国家级"十三五"规划教材

U0960371

文学写作（第二版）

wenxue xiezuo

◎主　编　王　璐　郑　邀　杨艾娟

天津大学出版社
TIANJIN UNIVERSITY PRESS

图书在版编目(CIP)数据

文学写作 / 王璐，郑遨，杨艾娟主编. —2 版. —
天津：天津大学出版社，2018.12(2024.2 重印)
国家级"十三五"规划教材
ISBN 978-7-5618-6320-6

Ⅰ. ①文… Ⅱ. ①王… ②郑… ③杨… Ⅲ. ①文学写作学-高等学校-教材 Ⅳ. ①I04

中国版本图书馆 CIP 数据核字(2018)第 286039 号

出版发行	天津大学出版社
地　　址	天津市卫津路 92 号天津大学内(邮编:300072)
电　　话	发行部:022-27403647
网　　址	www. tjupress. com. cn
印　　刷	北京盛通印刷股份有限公司
经　　销	全国各地新华书店
开　　本	787mm×1092mm　1/16
印　　张	11.25
字　　数	293 千
版　　次	2024 年 2 月第 3 版
印　　次	2024 年 2 月第 6 次
定　　价	39.00 元

编审委员会

主　　编：王　璐　郑　邀　杨艾娟
编　　委：郑　邀　杨艾娟　彭朝开
顾军霞　温晶晶　王　璐

再版前言

在科学技术高度发达、计算机广泛使用的现代社会里，能否准确、及时、顺畅地接收信息、处理信息、输出信息，已经成为社会发达程度高低的重要标志之一，也是衡量社会进步与落后的一个重要尺度。本书以习近平新时代中国特色社会主义思想为指导，坚持党的教育方针，落实立德树人根本任务，旨在培养培养德、智、体、美全面发展的，具有系统的专业基本理论知识、基本技能和较强的口头与书面表达能力的，具有良好的人文素养和职业素养的，能够从事教育教学及各类企事业单位秘书文案、文化宣传等工作的适应面广、综合能力强、富有创造活力的应用型和复合型人才。

写作，是以文章作为信息传递的主要载体的，具有文章制作的优势，直接关系到信息传递的质量和效率。林默涵同志曾经说过："提高全国各族人民的写作能力和写作水平，以适应国家四化建设的需要，这是件大事，我觉得非常重要，也非常迫切。"确实是这样。提高中华民族的整体写作水平，有利于促进社会主义精神文明和物质文明的建设。

提高民族整体的写作水平，首先要提高大学生的写作水平；学生不写作或不会写作，就会被高科技时代所淘汰。即使是运用电脑写作，也要通过自己大脑进行周密的思考，构思成具有条理性、逻辑性、技巧性，中心突出、鲜明，文字通顺，体裁适宜的文章。

由重庆人文科技学院文学与新闻传播学院组织编写的新版《文学写作》，正是为了适应社会高科技发展的需要，从独立学院学生学习写作的实际出发而编写的一本教材。

本书的最大特点是理论联系实际，在市场经济的大潮中，本书编委们摸索到了许多新的东西，进一步丰富了"文学写作"的内容，弥补了传统"文学写作"的不足之处。学习写作而不学习写作理论是不行的。有的学生想得很简单，以为自然而然地就学会写文章了。这往往难以奏效，这样的学生写出的文章通常不能达到要求，其原因就在于缺乏正确的写作理论的指导。同时，写作教学不单是一门知识传授课，还是一门能力培养课，更是一门实践操作课，必须进行具体操作才行，有些人尽管理论知识学得很好，然而写出文章来却仍然一般化、无新意，其原因就在于没有把知识转化为能力。要把知识转化为能力，所学的知识必须是写作行为规律的正确反映，同时也应该找到有效的方法去指导写作训练。

本书在编写的整个过程中，吸收了"写作"理论研究的新成果，其理论框架具有针对性、实用性。本书本着教会学生写文章的目的，对深奥的理论知识仅作简要论述，重点放在写作基础知识、常用文体知识以及各种文章的写作方法、写作技巧和写作规律上。分析的例文，典型、精当、中肯、易懂、好记，这对独立学院的学生学习写作是非常重要的。

本书在出版过程中，得到了重庆人文科技学院及文学与新闻传播学院领导的大力支持。在此，对他们表示深深的谢意。本书既是从事几十年写作教学的专家、教授们多年心血的结晶，也是正在写作教学第一线辛勤耕耘的青年教师共同努力的成果。本书确实是一本很实用的，很有价值的，具有现实意义的好教材。

编　者

2024 年 1 月

目　　录

情景一　基础写作篇

情景二　文体写作篇

◎情景一

基础写作篇

模块一　绪　论

第一节　写作和写作学的界定

“写作”，即文章的制作，是一门独立的学科。文章是以文字为媒介或表情叙意或言事达理的由篇章组织的信息传递。写作是一种行为过程，是一种借助书面语言完成观念、情感传递的复杂精神产品制作的过程。写作又是一种能力表现，是一种熟练运用语言文字、准确严谨地表达思维的构制，“辞采篇章”的技能与技巧。写作还是一种工具、手段，是一种社会成员间交流思想、传递经验、认识人类自身并改造世界的重要武器。

写作学是一门历史悠久、传统深厚的古老而年轻的科学。它研究的范围包括基础理论的研究、文体理论的研究、其他专论的研究以及发展史的研究。

学习写作的意义如下：写作是一种重要的“表现”形式，它打破了“时”“空”限制，具有永久性。写作是人们学习、工作的基础工具，对国家的建设具有重大的宣事达理的作用。写作是一种科学的“语言”。写作是未来社会中信息传递的重要工具。

一、文学写作的作用

文学写作是高等院校的一门重要的基础课程，是文学院的必修课程，其目的很明确，就是为了提高学生的文学写作能力和写作水平。

写作，是理论体系完整、应用广泛的一门学科，研究人们在社会实践中用书面语言文字反映认识的过程，是研究交流思想感情的表达形式及其规律的学科。虽然与许多学科有所联系，但它是一门不附属于其他学科的独立学科，应当自立门户，自由发展。

人们生活在社会上，总要表达思想、交流感情、传递信息，单单依靠口头语言的交流是远远不够的，必须借助于书面语言的传递，超越时间和空间，才能传之久远，永世流传。因此，书面语言成了现代社会人们交往的主要工具。文学文体中的散文、诗歌、小说、戏剧、影视文学创作等，乃至常用的书信、公文写作、实用写作，都是人们的需求，是一种写作思维活动，在人们的社会生活和学习工作中起着重大的作用。

写作可以分为文学写作与实用写作两类。本书主要讲的是文学写作。

什么是文学？文学是一种以语言文字为媒介来创造艺术形象、表达思想感情的审美意识形态。文学指的是人们把自己的情绪、情感投入各种表象、意象，并用文学的语言来传达这些经过丰富审美情感孕育出来的鲜活的形象，从而产生感染人、吸引人、满足人精神需求的文学艺术作品。文学是人类的一种重要的精神劳动方式，人类对文学的需求实际上源于生存的需要，是人类对生存方式的总需求。

文学写作是人们运用文学语言、修辞手法、写作技巧来描述艺术形象、表达思想感情的一种创造性的审美心智活动。文学写作的成品，是物化了人的形象思维成果，用的是形象思维方式,也就是艺术思维方式,创造的是一种具有审美价值的精神产品。

二、文学写作的意义

文学写作教学根据理论联系实际的原则,通过讲授文学写作的基础知识和各种文体的写作方法与写作技巧,有步骤、系统地加强写作训练,以提高学生自身的写作能力,使其具有较高的表达水平和一定的辞章修养,为今后从事科学研究和搞好本职工作打下良好的基础。

写作——写各种文学文体如诗歌、散文、小说、戏剧、报告文学、传记文学、影视剧本,写通讯,写新闻,写书信,写笔记,写计划,写总结,写报告,写合同,写申请,写自荐书,写学术论文等等,是每一个社会成员搞好各项工作必须具备的一种基本素质。如果没有基本的写作能力,那么,人的思想感情就不能相互表达、交流、沟通,好的经验就不能总结,重要的信息也无法传播。因此,有了写作能力,情感能交流,经验能记载,信息能传播,通过写作的书面语言,能永世传于后代。

提高写作理论素养和文学表达能力,是时代发展的要求,是社会建设的迫切需要,也是现代生活提出的重要任务之一。在一些科学技术较为发达的国家里,不仅全社会重视写作,把它看成是一门基础学科、应用科学,而且在很多理、工、农、医类高等院校里,写作都是必考的科目之一。许多国家招聘厂长、经理、总裁等时,主要就是看他能否根据企业的实际情况,提出自己的设计方案与改革意见。可见,世界各国对写作都是很重视的。当前,新的经济竞争和科学技术的浪潮正在全世界范围内涌起,文化、科学技术及经济信息都以前所未有的广度和速度在传播。人们是通过什么来传播文化、科学技术及经济的最新信息呢?这首先就是写作,是书面语言。虽然,现代化的视听工具很发达,已经被普遍使用,但是人们对传播的信息仍然必须先用书面形式表达出来,然后再借助传播工具进行传播。因此,在国外,写作被认为是信息传播的基础学科,是“核心基础课程”。

近年来,写作教学和写作研究引起了我国普遍的重视,写作成为大学生、中学生必须具备的一项基本功。科学技术人员在事业上成就的大小与他本人的文字表达能力也是密切相关的。学会写文章,不仅能够给日常生活带来极大的便利,更重要的是,将来走上工作岗位,还能更有效地提高工作效率,搞好本职工作,使自己的聪明才智得到充分发挥,从而为祖国的建设作出更大的贡献。

第二节 文学写作的特点和规律

一、文学写作的特点

写作是人们以语言文字为媒介,把各种信息及思想感情有目的地用书面形式表达出来的一种精神劳动。本章讲的是文学写作,是人们经常使用的一种重要技能,人人都应该熟练地掌握它。文学写作同其他的任何事物一样,有它自身的特点。

(一)文学写作具有高度的审美性

文学写作与实用写作的最大区别在于:文学写作是审美的、感性的、情绪化的,而实用写作是实用的、理性的、科学性的。

文学是人学。文学是用来展示人的生活,表现人的思想感情,研究人的灵魂的。它从人的社会生活和情感世界中去寻找、发现和表现人的价值及人生意义。它透过感性的、现象的层面,来显示深层次的人的感情与人生体验,表现人生的意蕴。例如《红楼梦》就充分体现了文学以审美方式来把握生活的特点。

同时,文学创作的审美性还必须以对象化的方式进行。即创作主体要以独特的人生体验的方式来感受客观世界,将世界作为人的对象性存在来把握,从而使外在于自己的生活对象成为主体感觉经验中的对象,从而创造出生动、具体、感人的艺术形象或艺术境界。

例如艾青的诗《礁石》:

一个浪,一个浪
无休止地扑过来
每一个浪都在它脚下
被打成碎沫,散开……

它的脸上和身上
像刀砍过的一样
但它依然站在那里
含着微笑,看着海洋……

诗人通过礁石面对大海中的风浪岿然屹立、含笑自若的外在具象,深刻地展示了诗人在人生和社会的风浪面前含笑屹立的精神境界和人格风采。同时,写这首诗时,诗人把礁石这个外在形象作为自己的对象性存在和象征性形象来把握,与之感同身受,并在礁石上发现了自己,从而写出了这个感人至深的诗篇!

(二)文学写作具有明显的综合性

文学写作是作者思想、生活、知识、文字、技巧、理论、政策等各方面水平的综合反映。在一篇文章中,作者各方面的素养、学识、能力都会明确地表现出来。因此,要提高写作能力,除学习一般的写作知识外,更重要的是要在思想、生活、知识、文化、文字、技巧等方面下工夫,只有这样,思想水平才能提高,认识能力才能提高,也才能把握住客观事物具有本质意义的东西,才有生活的积累,才能做到厚积薄发,写出内容充实的文章。只有知识储备充足,才能文思敏捷。只有文字的技巧能力强,才能灵活地运用各种表现技巧,使文章具有文采。

(三)文学写作具有很强的实践性

文学写作是一种能力,主要是一种运用语言文字来表达思想感情的技能、技巧。这种能力、技能、技巧要通过写作者长期的、反复的、刻苦的实践进行历练,并经过自觉的咀嚼、消化、体味、揣摩,真正有所悟,才能把道理和知识转化为习惯和手段,才能真正地用自己的理论指导自己的写作。

中国有句老话,叫做“师傅领进门,修行在个人”。学别的行当大约也是如此,文学写作怕连这也做不到,只能是“师傅指指门,修行在个人”。这不是自我贬低,而是实事求是地按照规律来办事。要提高写作水平,你就要多写多练,自始至终居于主动的地位。

所谓历练,就是写作实践。这说明,学习了写作理论知识,还要通过长期的、反复的刻苦实践,才能把所学的知识转化为自身的能力,才能用于自己的写作。有的同学以为学了写作知识就获得了写作能力,就能用于自己的写作,就能下笔成章,这是一种不切实际的想法。

(四)文学写作具有很高的独创性

文学写作是人们在精神领域的审美创造,它带有很强的个性色彩,具有很高的独创性。同样是写海，普希金笔下的海和评论家笔下的海就很不相同；同是咏梅，陆游的词和毛泽东的词更是大相径庭。每个作家都追求自己的个性特征和独特风味。这与写政论文、机关文书有很大的不同。

综上所述，高度的审美性、明显的综合性、很强的实践性、很高的独创性是文学写作的四个基本特点，认识这些基本特点，对于学习写作有很重要的指导意义。

二、文学写作的规律

文学作品是社会生活的反映，没有观察客观事物的社会生活，就没有文学作品的诞生；同样，如果只有客观事物而没有反映表现的各种文学文体，社会生活就不能展现在读者的眼前。这种从认识论到反映论，即从“意化”到“物化”的过程，是“双重转化”规律。这就是写作的基本规律。

“意化”即客观事物通过作者的头脑转化为观点、判断、理念或思想，这就是“物”通过人脑转化为“意”的过程。这是第一重转化的思维方式。如果一个人面对客观事物无动于衷、无思无感、一无所获，就不能形成作者头脑中的“意”，即看法、主题或思想，当然也就不能创制文学作品，如果勉强写作，那么，文学作品必然缺少精神与灵魂。

“物化”即是将“意化”了的意，通过提炼、加工转化为书面语言，这是文学作品的写作过程，也就是第二重转化。第二重转化的过程，需要作者具备写作方法、写作技巧和写作能力。

以下就是文学作品具体的操作规律：

素材积累→艺术触发→艺术构思→艺术传达

素材积累指作者运用自己的审美感知、审美情感、审美理想，有意识地去观察、感受、体验自然界和社会生活，并将这些山川风物、社会生活“化为自己的血肉”，“融入自己的心灵”，成为自己的创作素材。

艺术触发是指作者在积累这些文学创作素材的过程中，或是受到外界的刺激（诸如一个人物，一个故事，一个景物，一种环境，一席谈话，一场电影）突然拨动自己的心弦，或是出于内心的孕育突然激发起强烈的写作愿望，而产生艺术的触发、创作的冲动。

艺术触发后，作者进入艺术构思阶段。艺术构思指作者对观察体验来的素材进行想象、联想、虚拟、筛选、组合，在大脑中孕育出未来作品的艺术形象或艺术境界的思维活动。它包括艺术形象的孕育、主题意蕴的提炼、艺术形式（体裁、技法、手法）的探索乃至结构的大体安排。

如果说，艺术构思犹如设计师绘制蓝图，那么，艺术传达则如修建房屋。艺术传达是以语言为中介，把作者在艺术构思中形成的审美意象外化、物化，使之成为读者可以感知的栩栩如生的艺术形象或艺术境界。

三、如何提高写作能力

（一）日积月累，循序渐进

写作，首先靠日积月累。从小学到中学，从中学再到大学，我们都在不断地学习写作；工作后，也还要不断地练、不断地学。“冰冻三尺，非一日之寒”，文字功夫非靠长期的磨砺不可。

写作的“序”指的是什么呢？意思是由少到多，先放后收；就是说随着人的各方面阅历的增长，文章会由短而写长的。“放”指的是青少年要放开手脚写，大胆地写，有了兴趣和一定基础后，再加以“修剪”“收束”，使之渐入“纯粹”。写文章先放后收的过程，是符合写作训练规律的。

初学阶段，一般来讲，写作并非易事。如果再加以种种限制，条条框框太多，动辄得咎，就会挫伤写作者的积极性。换言之，把刚刚萌发的一点写作热情"扼杀"了，写作就会变成一种毫无兴趣的强制性劳动，这是失败的开端。所以，宋代文学家欧阳修极力主张"作文之体，初欲奔驰"(《与渑池徐宰》)。记事出点格，跑点野马也没什么关系。要提倡内容的充实，鼓励想象和联想，使写作者"但见文之易，不见文之难，必能放言高论，笔端不窘束矣"(谢枋得:《文章轨范》)。在写作的道路上走的时间长了，渐渐成熟起来，再由放到收。

从记叙到议论，这是由人对客观事物的认识总是由具体到抽象、由感性到理性的过程决定的。一般说来，小学、初中阶段应该以叙述为主，高中阶段叙述与议论并重，大学阶段以议论为重心。因为在大学已经开始了"术业有专攻"的学习，学术研究的结果就是学术性的研究论文。这种由叙述到论述的过程，是符合人们的认识规律和思维顺序的。此外，中文系的学生应学会文学写作。

另外，应"先规矩而后技巧"。俗话说:"无规矩不能成方圆。"这指的是写作的基本功、基本要求。按规矩办事写出像样的文章，然后再求技巧；技巧就是要求脱离一般写作的窠臼，走写作的新路，文章要新颖，结构要出新，内容要充实创新。

(二)打好基础，养成习惯

这指的是在写作上，一开始就要打好基础，养成良好的写作习惯。平时要养成注重积累材料的习惯，认真构思谋篇布局的习惯，事先拟定提纲的习惯，写好文章后进行反复修改的习惯，讲究文面、书写整洁的习惯。这就需要从早抓起，从小抓起，大学毕业后要求能写"文从字顺"的学术论文。上述诸多方面的因素，要求起步早，重视写作基础，养成良好的写作习惯，最终是会有成就的。强调基础必须早打，好习惯必须早养好，这是写作时应予以重视的。

(三)培养旺盛的写作热情

在写作中，要始终保持旺盛的写作热情。因为写作能力的养成和写作技巧的获得，都是需要吃一点"苦中苦"的。

写作虽不神秘，但也不轻松。如乒乓球运动员为了抽杀得有力，何止千万次挥拍苦练；排球运动员为了抢救险球，训练时要上千百次地倒地、翻滚；唱戏就更不用说了，"台上一分钟，台下十年功"。学会写作，特别是写好文章，绝不会比打球、唱戏更容易，它同样需要付出艰苦的劳动。鲁迅是一代宗师，他说自己写的文章，哪怕是极短小的杂文，都是"绞尽了脑汁"，用"血"和"生命"所换来的东西。这就是实实在在的自白。所以，没有旺盛的写作热情，没有自甘吃苦的精神，没有勤学苦练的劲头，是肯定不能成功的。

有的人把写作这门课程，当成是"包袱"，是"任务"，是"苦差事"，一听写作就头疼，"硬着头皮"不得不写作，这种精神状态，是很难学好写作的。对写作，不仅要爱它，而且要深深地爱它，就是要心中有一团火，并且燃烧得越旺越好。哪个作家不是因为迷上了写作，而且又在写作上达到了废寝忘食、如痴如醉的程度，才获得了丰硕成果的呢?

鲁迅说:"我有一言应记取，文章得失不由天。"(《别诸弟三首》)会不会写文章，文章写得好坏，不要怨天，也不要尤人，全在自己的努力。郑板桥说得好:"精神专一，奋苦数十年，神将相之，鬼将告之，人将启之，物将发之。不奋苦而求速效，只落得少日浮夸，老来窘隘而已。"(《题画》)奋斗可以弥补"天分"的不足，可以增长后天的才干。写作的推动力正源于燃烧不熄的写作热情。

(四)抓住特色,发挥优势

写作能力的提高,得力点往往各有不同。因为写作具有明显的综合性,是多方面知识、能力、技巧的结合体;学习写作者的成长道路不尽相同,取得进步的得力点也有相应的区别。每个人都应抓住自己的特色,发挥自己的优势。

有的人得力点源于深厚的生活积累,如工人、农民、军人、知识分子、科技工作者、在生活中奔走的公务员干部、新闻工作者……阅世的机会有的比看书的机会还要多,他们本身就处于生活的激流之中,每天都有许多新鲜的人、事、物、理、情,使他们思如泉涌,是生活促使他们写作,因此,他们的作品带有浓郁的生活气息,成为读者们喜闻乐见的好作品。这些好作品的产生,得力于深厚的生活积累,如果在这基础上,再加以写作知识理论的指导,将会如虎添翼。

有的人得力于多学多练。人们的生活积累和阅读书籍都不一定很多,但有部分人就是喜欢勤笔苦练,手不停写,学了再学,改了再改,坚持不懈,同样也提高了自己的写作水平,这是有先例的。

有的人得力于思想修养的精湛,理论造诣的深邃。比如说,既爱读,又爱写;既有生活积累,又能不懈地练笔。

我们分开来剖析,就清晰地展示出各条提高写作能力的途径,并非是孤立起来甚至对立起来的。写作是综合性能力,因此,必须下综合治理的工夫。如果自己在某一文体上有所特长,善写这方面的文章,如散文、诗歌、小说、戏剧、影视、网络文学、报告文学等,认清自己的擅长之处,就从这方面发展,扣住题目,定准主题,定准基调,为正文选准突破口,找准着力点,使正文能够顺势而下,浩荡推进,成功的实践证明你会写出好的文学作品。

思考与练习

1. 什么是文学写作?
2. 学习写作有什么重要意义?
3. 写作有何特点与规律,谈谈你怎样学习写作。
4. 怎样提高自身的写作能力?
5. 文学写作的性质与任务是什么?
6. 良好的写作习惯有哪些?
7. 什么叫写作的“意化”与“物化”?

模块二　材　料

第一节　材料的概述

一、什么是材料

无论写什么类型的文章,材料都是写作的第一要素,是一切文章之源。正如江河湖泊不能没有源头一样,没有材料,文章就不能形成,世上也就没有文章。因而,材料是进行一切写作的基础。

素材是指那些进入作者视野并被其所意识、所采撷的全部生活现象。它是文学创作的原始材料,也是作者搜集的第一手材料,是作者亲身经历的、真实的原始材料。这些生活中的素材,经过写作上的集中、提炼、加工、改制,被写入作品当中。

"素材"一词最初来源于绘画。画家在创作一部作品前要到生活中去观察、体验,认真地去实践于生活。国画家常常跋涉万里,走遍名山大川去写生。或画一棵弯松、一块怪石,或画一片茅舍,或绘一座古刹……这些看起来零乱无章、支离破碎的一松一石、山村古庙,却是画家搜集的绘画素材,这些素材在画家的创作中是不可缺少的资料。这些素材根据表达的需要,升华为有用的材料。

那么,什么是材料呢?已被作者写入文章的事实或理论可称为"材料";因某种原因,没有被作者写入文章中的,但曾是作者搜集的那些事实现象或理论依据,同样可称为"材料"。那么,材料的准确含义为:作者为了某一写作目的所搜集和写入文章的事实现象和理论依据。

对材料这个概念,我们可以从以下方面加以理解。

首先,材料有明确的特指性和目的性。就是说,它特指作者为了满足"某一写作目的"的需要而去搜集、摄取的种种材料。

其次,材料具有广泛性。可以说是天地万物,无所不包,"譬之富人积财,金玉布帛竹头木屑之属,无不预贮……而当其必需,则粪土之用,有时与金玉同功"(清·魏禧《宗子发文集序》)。若细作划分,则材料既包括进入作者视野的各种原始材料,又包括经作者鉴别、选择后写入文章的典型材料;既包括人物、事件、景物、场面等具体材料,又包括观点、结论、原则、主张等抽象材料;还包括从阅读、交谈中所获得的第二手材料,又叫间接材料。

最后,材料这个概念具有较强的适应性。它不仅用于议论文、应用文、新闻等一般文章,也用于文艺作品。在讲文艺创作的时候,作家们也常常使用"材料"这个概念。因此,它的适应性是很广泛的。

我们在写作时常常用到以下几个同材料有关的概念,但也有所区别,使用时应认真辨析。

一是资料。什么是资料?资料在写作中常常指的是书面文字材料,不过,现在的载体多了,就不单是书面资料,还有音像资料、录像资料、电脑资料等。

二是素材。什么是素材？素材单指文学创作中作者搜集到的、未经加工整理的材料，进入作者视线的第一手材料，也就是原始材料，也是作者亲身经历的直接材料。一般多用于文学作品与艺术创作之中。

三是题材。什么是题材？题材是文艺创作中的一个术语，不适用于非文艺作品的写作。题材有广义和狭义之分。广义的题材指社会生活的某一方面，如工业题材、农业题材、战争题材、历史题材等；狭义的题材指一部作品的全部内容。

二、材料的作用

（一）材料是形成主题的基础

形成主题的根本途径在于现实生活和社会实践。但是，现实生活和社会实践并不会直接转化为文章的主题，还必须经过作者的加工、提炼。在这个过程中，进入作者视野的种种生活现象就成了写作的材料，作者正是依据这些材料加工、提炼出具体的文章的主题的。从这个角度看，材料是形成主题的基础。

从材料与主题的关系来看，在动笔前，材料是表现主题的支柱和物质依托。主题形成之后，就面临着把抽象的理性认识用具体的感性材料表现出来的任务。即用经过选择的典型的、准确的、生动的材料表现主题、支持主题，如众星之拱北斗，如江河之载舟船。古人说，材料是“寄主意之穴所”，“情之所寄，理之所寓”。写作的过程本质上就是即事明理、即事寓情的过程。如果说主题是文章的灵魂，那么材料就是文章的血肉，血肉之躯是使灵魂有所依托的物质基础。

高尔基说：“从知识和印象的宝库中间抽出最显著和最有特征的事实、景象、细节，把它们包括在最正确、最鲜明、最被一般理解的语言里。”（《苏联文学》）人的知识和印象来源于“人的肉体五官对客观外界的感觉”（毛泽东《实践论》）。人有了感觉便获得了知识、印象；有了知识、印象，才谈得上写作。作者写文章总是先感知客观世界，即先从现实生活中或文献资料中获取大量的材料，然后对占有的材料进行分析、思考，予以选择、加工、提炼，使之产生飞跃，形成观点、思想或理论，最后按照一定的章法以语言文字为媒介进行表达，作出文章。文学艺术作品，就是从大量丰富的生活材料中概括、创造出鲜明典型的形象来的。契诃夫说过：“活的形象创造思想，可是思想并不创造形象。”凡是优秀的文学艺术作品，其思想和艺术上所取得的成就，都是和作者深厚的生活积累分不开的。

一般地说，作者从生活中有了感受，确立了要写的主题，就可以根据生活中的感受进行写作了。但事物是复杂的，作者从生活中得到的感受可能还不够深厚，凭感受写出来的文章力量或嫌不够。如果作者有了生活的感受，而这种感受又非常深厚，作者又掌握了大量有关这方面的材料，那么写出来的文章内容就丰富、充实、深厚，且富有很强的说服力。所以，材料成了决定文章写作优劣的关键，是形成主题的有力基础。

（二）材料是构成内容的要素

文章的内容由主题和材料两个要素构成，两者缺一不可。没有主题的制约，材料会成为一盘散沙，一群“乌合之众”，形不成合力，难以实现文章写作的目的和意图；如缺乏材料，或材料不充分、不充实、不扎实，主题就成了“孤家寡人”，成了干巴巴的标语口号，也达不到说服人、感染人的目的。所以，凡是好文章，都必须做到主题与材料的完美统一，既有深刻独到的见解，又有丰富精致的材料，这样就能给人以思想的启迪和美的享受。古往今来，概莫能外。同时，材料自身也能表现出一定的能动作用:它不仅可以成为文章的一个独立的评价标准,还可以对文章的其他要素产生影响。

材料的作用不仅表现为形成主题的基础,还表现为构成内容的要素,它对文章的形成有一定的制约作用。鲁迅在谈到创作体会时说过这样的话,“有了小感触,就学写些短文”,“得到较整齐的材料,则还是短篇小说”(《自选集》自序),“宁可将可作小说的材料缩成速写,决不将速写材料拉成小说”(《答北斗杂志问》)。这说明材料对文体的选用是有影响的。鲁迅说的“速写”相当于新闻中的通讯。在新闻写作中也一样,适合写消息的材料,不一定能写成通讯,适合写通讯的材料,不一定能写成报告文学。

鲁迅自己的一件事也很说明问题。1932 年,红军指挥员陈赓因伤秘密到上海治疗,鲁迅曾约请陈赓到家里畅谈苏区的情况。当他听到党领导下的人民群众英勇斗争的事迹后,他产生了写一部反映红军的长篇小说的愿望。但鲁迅最终未能实现这个愿望。他说:“因为我不在革命漩涡的中心,而且久不能到各处去考察,所以我大约仍然只能暴露旧社会的坏处。”(《答苏联作家问》)由此可见,即使像鲁迅这样的大作家,如果缺乏材料,缺乏生活中的实际内容,缺乏对写作对象的必要了解,也是写不出东西来的,如果非要硬写,那也不过是胡编乱造、东拼西凑的平庸之作。

材料不仅对文章写作有直接的影响和作用,而且从根本上讲,材料本身就是知识。有了材料,内容才能诞生,才有血肉,材料越多,内容就越丰富,血肉丰富了主题,就为写作提供了构成内容的要素。

三、材料与技巧的关系

马卡连柯曾说:“只有正确地解决了材料的问题,才谈得上技巧的问题。”因为,技巧是帮助我们运用材料以达到某种目的的方法和技能。正如没有棉花就没有棉纺织技术,没有写作的材料如何来说写作的技巧?所以,清代文学家刘大櫆说:“譬如大匠操斤,无土木材料,纵有成风尽垩手段,何处设施?”(《论文偶记》)1932 年,鲁迅听到鄂豫皖根据地红军的英勇事迹后,非常感动,很想写一部小说反映这一题材,在具体结构上、技巧上已决定“像《铁流》似的写”。但是终于没有写,为什么呢?鲁迅在《回答国际文学新问》中说:“资料不十分熟悉,怕写不好而因此搁笔。”但没有多少文化的高玉宝,却能完成三十万字的自传体小说。可见,有材料、无技巧,经过提高后可望成为佳作;无材料、有技巧,则无法写出好文章。

四、材料与语言的关系

高尔基说:“语言是一切事实和思想的外衣。”这句话既可以说明语言在文章中不可忽视的作用,又可说明语言是从属于事实材料的。有什么样的材料,就要求用什么样的语言。如果只有材料,或只有虚假、平庸的材料,那么语言再美也无法显现;甚至,愈是讲究语言,文章反而愈加面目可憎。如六朝骈文,生活圈子狭小;明清八股只“代圣人立言”。它们脱离生活实际,内容空洞。虽然语言竭尽雕琢之能事,留下的也只能是一批苍白无力的东西。

我们还可以从文章语言的社会作用来看。文章一旦写成,便要付诸社会,接受读者的检验。阅读文章时,读者所接受的,首先是一段段写入文章的表达生动具体的感性材料和准确有力的理性材料的语言,通过这些文章的语言,读者才能接受作者所要传达的思想观点。这里,材料的语言成了传情达意、晓事喻理的媒介。一篇文章影响的好坏、分量的轻重、价值的大小、质量的高低,常常取决于它的材料的选取。法国伟大的批判现实主义作家巴尔扎克在他的《人间喜剧》里,艺术而精细地描写了当时法国的经济状况、意识形态、风俗人情、道德品质等种种事实现象。恩格斯说,这些材料使他学到的东西"比从当时所有职业的历史学家、经济学家和统计学家那里学到的全部东西还要多"。这里,材料成了衡量作品价值的重要砝码,直接决定了作品的社会效果和地位。

总之,历史上一切真正有见解、有科学价值的文章,无一不是在详细占有材料的基础上写成的。马克思列宁主义经典作家的著作,便是堆积如山材料的结晶。列宁为了写《帝国主义是资本主义的最后阶段》一书,曾收集了大量的材料。他说,其中"每一句话都不是凭空说出,而是根据大量的历史和政治材料写成的"。

认识到材料工作的重要性,认真严肃地做好材料工作,这是写好文章的必要因素。

五、材料的种类

材料是怎样分类的呢? 又有哪些类型呢?

(1)从时间上来划分:材料分为现实材料和历史材料。

(2)从点、面、深度、广度来划分:材料分为具体材料和概括材料。点、深度材料指的是具体材料;面、广度材料指的是概括材料。

(3)从与作者的关系来划分:材料分为直接材料和间接材料。

(4)从性质来划分:材料分为正面材料和反面材料。

第二节 材料工作的四个环节

整个材料的工作可分为"占有""鉴别""选择"和"使用"这四个环节,也就是材料工作的四大部分。以下将一一予以介绍。

一、占有材料

占有材料是个"实践"问题,体现在一个"多"字上。材料多了,左右逢源,游刃有余;材料少了,捉襟见肘,左右为难。多多益善,是写一切文章前"聚材"的总要求。多,指的是材料的数量多,从众多的材料中进行比较,才能提炼出高质量的晶体。

关于占有材料应务求其"多"的问题,茅盾曾在《有意为之——谈如何收集题材》(1942年)这篇文章里有过一个精彩的比喻。他说:

> "采集之时,贪多务得,要跟奸商一样,只消风闻得何处有门路,有货,便千方百计钻挖,弄到手方肯死心。不管是什么东西,只要是可称为'货'的,便囤积,不厌其多。"

占有材料也应如此,要像奸商一样,这比喻是很形象的。奸商囤"货",是为了高利盘剥,发财致富;我们囤"货",却是为了积累材料,搞好写作。通过对材料的精选,直接为表现文章的主题服务。

写文学作品需要占有材料,无数创作的实践都证明,文学作品的创作,需要有意识地去收集材料,在生活中去观察、体验。亲身亲历是一种收集、占有材料的很好的方法;对于间接的经验,有目的地去调查、收集,仍然是一种不可或缺的收集、占有材料的方法。

写文学作品是这样,写论文、写新闻同样需要详尽地占有材料。新闻包括通讯、特写、报告文学等。应用文体写作包括写总结、调查报告、通知、通报等,同样需要详细地占有材料,这是写一切文学作品在动笔前“聚材”的总要求,这是写作前的基本功。

作家秦牧说:“一个作家应该有三个仓库。一个是直接材料的仓库,装从生活中得来的材料;一个是间接材料的仓库,装书籍和资料得来的材料;另一个是日常收集的人民语言的仓库。有了这三个仓库,写起来就比较容易。”

综上所述,我们可以归纳、引申出以下几点。

第一,占有材料是进行写作的第一步,是基础的工作。是否占有了详尽的材料,是写作活动能否坚持唯物论的“反映论”的一个关键性的问题。

第二,学会收集材料,包括直接材料与间接材料等各种材料,建立材料的仓库,这是一切文字工作者(包括作家、记者、学者等)最重要的一项基本功训练。材料是写作的本钱,材料是作者的财富。不建立材料的“仓库”是“叫花子主义”,永远写不好文章。要说写作有什么“门径”,那就必须学会收集材料,建立富有的材料“仓库”,这就是写作的“入门”途径。

第三,就一篇文章来说,材料也是构成文章内容的主要成分。“夫立言之要在于有物”(章学诚《文史通义·文理》),“作文须是靠实……不可驾空纤巧。大要七分实,只二、三分文”(朱熹语,转引自吴纳《文章辨体序说》),“不使事难于立意”(陈善《扪虱新话》),说的都是这个意思。因此,要舍得在占有材料上下工夫。写作之前,要先掂量一下材料的分量,材料不够,“火候”不到,不忙动笔。

第四,很多时候,我们写作上的失败,最重要的一个原因不是在动笔之后,而在动笔之前。材料贫乏,内容空洞,是不可克服的致命伤。表达能力是有“弹性”的:材料充实,内容生动,表达能力可以得到充分发挥;相反,材料干巴,内容苍白,表达能力就会随之下降。所以,从本质上说,占有材料是个“实践”问题,不是个理论问题。有了“实践”为基础,取得了第一手亲身经历的直接材料或调查采访得来的间接材料,才能构成内容,才能为表现主题服务。

二、鉴别材料

鉴别材料是个“认识”问题,鉴别要“精”,体现在一个“精”字上。如果对所占有的材料,下过一番“精鉴”的工夫,就能把材料的现象和实质、本质意义和旁属意义、轻和重、大和小、主和次、真和假、典型和一般等搞透彻,就为选择材料打下了坚实的基础,也就心中有数了。

毛泽东在《实践论》中说过:“感觉到了的东西,我们不能立刻理解它,只有理解了的东西,才能更深刻地感觉它。”你感觉到了,把它占有了,但是如果不真正理解它,没有吃透它,你还是不会用或者会用错。特别是一些“活”的材料、现实的材料,情况往往比较复杂。如你去采访一个先进人物,随着采访的深入,你有可能会听到不同的意见,即使是同一事件,看法也可能截然不同。这时,就需要你认真思考,对收集到的材料进行取舍了。

鉴别,是个对材料的认识过程,有时需要反复地去进行思索,往往在动笔之前或动笔之中;真正使用它的时候,才能更深刻、更准确地印证最初的鉴别结论是否真正可用。很多时候之所以要删、换材料,加工修改,其目的之一,也正在于使这种鉴别更加精严,更为准确。

有人认为“选择”就是“鉴别”。这是一种非常错误的看法,因为从认识的过程来看,“鉴别”是一个独立的步骤,一个完全独立的环节。它和“选择”并不是一回事,虽然两者之间有密切的关系。要知道“鉴别”反映作者对材料的认识,“选择”体现作者对材料的取舍。没有认识,即无选择;没有正确的认识,即无恰当的取舍。这不是明明白白的道理吗?如你去市场上买布,品类多样,花色繁多。你当然可以看来看去,挑来挑去,也可以略为一瞥,一眼“相中”。但不管如何,你既挑中了其中的一种(这就是所谓的“选择”了),那么就必有你挑中的理由,颜色适宜也好,花色大方也好,价格低也好,个人的偏爱也好,不管怎样,这“理由”就是你的一种“鉴别”,一种“认识”布的过程。没有这种鉴别认识的过程,你就是一个毫无主见、一点都“不识货”的人。生活中的材料有的是,有人看见了,就理解认识了,赶紧把它采集起来;有人却视若无睹,无从发现。又如,他们同去选择,一个“身入宝山取宝回”,一个“身入宝山不识宝”,这就充分说明了由于鉴别力不同而造成的悬殊差别。“伯乐相马”“悟空辨妖”“慧眼识英雄”,这所谓“相”“辨”“识”,都强有力地体现了“鉴别”的功夫。所以,不承认“鉴别”的存在,不承认“鉴别”的重要,是完全不正确的。你空唤“选择”而没有“鉴别”的眼力,不下“鉴别”的工夫,仍然无济于事。我们应该这样认为:鉴别是选择的基础,选择是鉴别的升华。

其实,“鉴别”才最能真正反映作者的才、学、胆、识。从实践中肯定了“鉴别”这一含义,我们可以得出这样的结论:鉴别与选择有根本上的区别,鉴别反映作者对材料的认识问题,选择体现了作者对材料的取舍问题,两者之间有联系,但决不能等同看待。

鉴别是材料工作的重要环节。所谓鉴别,就是以客观、科学的态度和方法对材料进行分析、审察,以识别其真伪,判定其价值,认清其本质特征。对从间接途径获取的材料要认真鉴别,不要认为书籍报刊上的全部都正确。即使是名人、名著,有时也难免有失误与疏漏;报刊上相互矛盾的文章,也并不少见。所以,古人告诫我们:“尽信书则不如无书。”陈云讲:“不唯上,不唯书,只唯实。”这就要求大家不做书本的奴隶。无论读书看报、与人交谈,都得经过自己头脑的过滤,认真地鉴别,确认其真实可靠、具有价值,才可作为材料吸收。

总的来说,客观事物的复杂性和人的认识的局限性使鉴别成为选择工作中不可缺少的一环。如果我们看不到这种复杂性,不能克服这种局限性,那么就完全可能把宝玉当做顽石,把杂草视为香花,最终必会影响文章的质量和水平。

三、选择材料

选择材料,贵在一个“严”字上,是个取舍问题。选择的目的是为了表述,因作者此前已获得了认识论的观点,所以材料要求“典型”“新颖”,越精越好。越严格选择越能使作者获得科学的结论,越能简洁明快地表述作者的观点。“严”字还包含着“真实”和“准确”的选材要求。

关于选材应“严”的问题,茅盾也曾说过这样一段很精辟的话:

> “选用的时候,可就要像关卡的税吏似的百般挑剔了;整整一卡车的‘货’,全要翻过身来,硬的要敲一敲,软的要捫一把,薄而成片的,还得对着阳光照了又照——一句话,用尽心力,总想找个把柄,便扣下来,不让过卡。”(《有意为之——谈如何收集题材》)

你看,收集材料时要像“奸商”,贪得无厌;选用材料时却又要像“税吏”,百般挑剔。一个是“以十当一”,一个是“以一当十”。在这一多一少之中,包含着量与质的很深刻的辩证法。大凡好的文章,有功力的文章,内涵深刻的文章,都有一个共同的特点,即在它写出的文字的背后,还有很多没有写出的东西作为后盾。所谓文章的“底气”“威慑力”,指的就是这种潜在于文章字里行间的、文章背后的支持力。“后盾”越强,文章就越有“底气”,越有分量。你从十个材料中严加筛选,最后只选用了一个,甚至从一百个材料中严加筛选,最后只选用了一个。那么，被舍弃的那九个或九十九个材料决不是消极被动、毫无作为的；它作为一种背后的“支持力”，作为一种后盾，同样显示着一种无形的力量。

选择材料是在占有材料、鉴别材料的基础上进行的，一般来说要遵循以下四个原则。

（一）要围绕主题选择材料

这是最重要的标准，是由主题的地位所决定的。材料必须突出主题，为表现主题服务。以此标准选择和主题有关并能有力地说明、烘托、突出主题者，把这种材料留下。和主题无关的，不能说明主题，不能烘托、突出主题者，要坚决地把它“扣”下来，勿使其轻易过“关”。

日本作家小林多喜二说得好：“只要确定了写什么，以后就好办了；只要沿着必要的路线选择取舍就可以了。”（《小说写作法》）他所说的“写什么”，就是指主题的确立。他认为，只要主题确立了，那么按照表现主题的需要选择取舍材料就行了。我们不妨把它反过来，选择取舍材料所遵循的路线正是主题表现的需要。

但是，初学写作者最常犯的毛病之一恰恰在于疏于选材，不忍割爱。占有的材料越多，这个毛病越易暴露。衡量材料的优劣不是根据主题表现的需要，而是孤立看它的好坏，以自己的“偏好”作为选材的尺度，这是不可取的。当然，有人不忍割爱，对自己辛辛苦苦搜集来的材料产生不忍割截的感情也可以理解。“家有敝帚，享之千金”，自己家里一把破敝帚都看得不得了，似乎“千金难买”呢。这也算是人之常情。就连大诗人白居易不也发过这样的感慨吗？“凡人为文，私于自是，不忍于割截，或失于繁多。”（《与元九书》）一般人写文章，很容易自以为“是”，不忍心割爱、删削，这样就常常犯繁杂冗长的毛病。

俄国大作家契诃夫是写短篇小说的大师，他的作品非常简洁、精粹。他认为：“在小说里不要有多余的东西，这就如同在战船甲板上一样，那儿多余的东西是一样也没有的。”

这是多么发人深省的见解啊！有“取”，即有“舍”；有“选材”，就有“剪材”。“选”和“剪”，“剔”和“留”，是一件事的两面，是写作中很重要的一条美学原则的两端。善“取”即是善“删”。精于选材就是精于“剔”的艺术。堆砌良莠不分的材料，从来都不能构成真正的艺术、真正的美。

围绕主题选择材料，要学会“压缩”，要做到观点与材料的吻合。为了使材料有力地表现主题，最有效的办法就是“压缩”材料，即鲁迅所说，文章写完后将可有可无的字、句、段删去。俄国小说家契诃夫则说得更有哲理性。他说：“要知道在大理石上刻出人脸来，无非是把这块石头上不是人脸的地方剔掉罢了。”（《契诃夫论文学》）压缩文章的本领，也就是剔掉“不是脸的地方”，也就是把那些与主题无关或关系不大的材料删去，脸就像脸了。1962 年，我国外交部发了一份阐述我国立场的外交照会，全文长达几万字。为扩大影响，周总理指示新华社将其稿件压缩到两三千字，既要讲清问题，又要鲜明地表达我国的立场。在周总理具体指导下，记者修改 24 次才达到要求。可以想见，由几万字压缩到两三千字，需要删除多少材料，但留下的材料一定是花中之花，精华中之精华。

（二）要选择典型的材料

我国有句俗话说得好，“动人春色不须多”。选材贵精，要“以一当十”，这就要求材料典型、有力。所谓典型材料，又叫表现主题的“重心材料”，是指具有广泛代表性和强大说服力的材料，指能够深刻揭示事物本质意义的事实或理论依据。

材料典型，能收到以一当十、以少胜多的功效，文章自然就容易简短精练。像报刊上的那些小评论，往往是抓住现实生活中的一个典型现象或事例略加分析，三两百字即可成篇，还能给读者留下深刻的印象。这就说明了，典型材料不仅能够增强文章的感染力、说服力，还能使文章写得精练。那些长而空洞无味的“裹脚布”文章，病根多半出在这里。

材料是否典型，关键在于其能不能说明问题，能不能很好地表现作者的目的意图，不一定非要是重大事件或者非要用很多的文字去叙述强调。像司马迁写蔺相如，用了“完璧归赵”和“渑池之会”两个材料，是大事也很典型；写廉颇却没有写他的赫赫战功，而是写他如何与蔺相如斗气，如何负荆请罪，这是小事，却能表现他气量小但又识大体的鲜明个性，因此也很典型。

再举几个实例，可以充分说明并认识典型材料。

夏衍有一篇散文，题目叫《野草》。一开篇就讲了一个小故事，说，有人问：世界上什么东西的气力最大？回答纷纭得很，有的说是大象，有的说是狮子，还有人说是金刚——金刚到底有多大气力，当然谁也说不清。但是，这些答案全不对，世界上气力最大的是植物的种子。为什么植物的种子是世界上气力最大的东西呢？这里，作者用了一个极好的材料：

> “人的头盖骨结合得非常致密与坚固，生理学家和解剖家用尽了一切的方法，要把它完整地分出来，都没有成功。后来，忽然有人发明了一个方法，就是把一些植物的种子放在要解剖的头盖骨里，给它以温度与湿度，使它发芽。一发芽，这些种子便以可怕的力量，将一切机械力所不能分开的骨骼，完整的分开了。”

这则材料可以说是个别的、具体的，但同时又是最具有概括力和说服力的，对于作者所要论述的“世界上气力最大的是种子”的观点，起到了“以一当十”的作用。

在文章中，材料不是以量来表现，而是以质取胜的，即以精当、典型的材料达到以少胜多的效果。在抗美援朝时期，魏巍作为随军记者曾写了一篇通讯《自豪吧，祖国》。文中用了20多个他采访来的、认为非常生动的例子，但效果并不好。于是，他又重新提炼、加工，只选取了松鼓峰战斗、火中救孩子与防空洞吃雪与炒面三个材料，写出了《谁是最可爱的人》。松鼓峰战斗，侧重表现志愿军战士对敌人的刻骨仇恨，反映了其高度的革命英雄主义精神；马玉祥从大火中抢救朝鲜儿童，则侧重表现志愿军战士对朝鲜人民的深挚热爱，反映了其崇高的国际主义精神；某战士吃一把炒面就一口雪以及和作者的交谈，则更深一层地揭示了志愿军战士襟怀的宽广、品德的高尚，展现了他们美好的心灵。三个材料，生动感人，相得益彰，交相辉映，气势磅礴。文章发表后，强烈地震撼了读者的心灵，甚至“最可爱的人”也成了志愿军的代名词。对此，作者总结说：“用最能代表一般的典型例子，来说明本质的东西，给人的印象是清楚的，也会是突出的。”

（三）要选择真实、准确的材料

一般文章的写作，对材料的真实性和准确性都有很严格的要求。是否具有真实性是评判文章好坏的标准之一。即使是文艺作品，也要让人感到真实自然。

材料有两种真实。一种叫艺术的真实，它允许虚构与夸张，不要求真人真事，只要是社会生活中已经有的、可能有的或者应该有的，都可以算得上符合艺术的真实。文艺作品中的材料就是这样，其真实性要求较为宽松，只要不违背事理、符合生活逻辑就行了。另一种真实叫生活的真实，它要求材料必须符合客观事实，可信可靠，容不得半点差错与含糊。对于非文学类的文章来说，所选用的材料必须符合生活的真实，绝不允许添枝加叶、合理想象，要同艺术真实彻底划清界限。这是材料真实性最基本的要求，不论有意还是无意，只要混淆了两者之间的界限，都会造成不好的后果。

材料真实性的更高一层要求叫做本质的真实。它要求材料不仅要符合生活的真实或艺术的真实，而且要反映生活的主流、事物的本质。要做到材料的本质真实，关键在于树立正确的世界观，掌握科学的认识方法。但在具体的选材过程中，则要防止把个别的、偶然的材料当成普遍的、必然的现象，更不可采取实用主义的态度以偏概全，轻率地从个别事实中得出普遍性的结论。要记住，“如果不是从全部总和，不是从联系中去掌握事实，而是片断的和随便挑出的，那么事实就只能是一种儿戏，或者甚至连儿戏也不如”（列宁《统计学和社会学》）。

什么是准确的材料？所谓准确，就是确凿无疑、可靠无误。记人，姓氏籍贯、面目特征、脾气禀性、语言动作，都要一一刻画准确；叙事，时间、地点、人物、事件、原因、结果，要交代准确；引文，作者、篇名、书名、出处（包括出版社、出版年月、页数）等，要摘引准确。不管选用“活材料”，还是“死材料”，最好不要用那种道听途说、间接转引的东西，力争要用第一手材料。

要做到材料真实准确，也是很不容易的。不下工夫，稍一疏忽，就很可能出差错。有的通讯，写一个先进人物为一项技术革新熬夜，“头发都熬白了”。发表后在该单位引起一片哄笑，因为那个人物早已“谢顶”，根本就没有头发可“白”。1976 年，《光明日报》发表了一篇上海某单位的文章，说“黎劭西”先生在新中国成立后不久即已逝世。其实，“黎劭西”先生即著名的语言学家黎锦熙先生，当时还健在。黎先生当即打电话给报社，要求更正。这不是闹了个大笑话吗？还有《北京晚报》的一篇短文，竟把《孙子兵法》一书的作者说成了“孙吴”（其实，这是孙武和吴起二人的连称），一位读者纠正了这个错误；却又把在“山东临沂银雀山汉墓”中出土的《孙膑兵法》竹简误写为在“马王堆”出土（作者随即自行纠正了）。可见，确保材料的真实、准确，一点也不能大意。

我国古人对这个问题是非常看重的。刘勰在《文心雕龙》里就讲，要“事信而不诞”，就是指材料要可信而不荒诞。南宋文学家洪迈也认为：“作议论文字，须考引事实无差忒，乃可传信后世。”（《容斋随笔》）意思是说，做议论、说理一类的文章，必须使你所论述的材料没有差错了，才能流传并取信于后世。到了清代，一些作家更明确强调“考据”的重要。这是一个好的传统，应该加以认真的借鉴。

在确保材料真实、准确的问题上，马克思主义经典作家是我们学习的最好榜样。马克思在写作时，就从不满足于间接得来的材料，总要找原著寻根究底，不管这样做有多麻烦。即令是为了证实一个不重要的事实，他也特意去大英博物馆一趟。因此，马克思所引证的任何一件事实或任何一个数字都是得到最权威的书籍的佐证，或最权威人士的证实的。真实、准确既是“选材”的要求，更是写作的良好习惯和严谨的学风。

（四）要选择新颖、生动的材料

新颖的材料包含有时间上的新和角度上的新两层含义。从时间意义上讲，新颖的材料应当是新近出现的新情况、新观点、新现象。总之，是别人尚未使用过的材料。这类材料最有生气，最具活力，能给人以新的启迪，从而增强文章的可读性和吸引力。这个道理是很明显的。角度新是对老材料、旧材料而言的。别人用过的材料并不是完全不能用，但要力求变换选择新的角度，赋予其新意，这同样可以给读者以新的感受和启发。像纪念抗战胜利 60 周年的很多文章，包括影视作品，虽然选用的还是那些历史材料，但它已经融进了当代人的视角和思考，其内涵显然就深刻得多，同时也新颖得多了。

选择新颖的材料不仅能增强文章的吸引力，满足人们求新的审美需要，同时也有利于提炼新的主题。因为，材料是形成主题的基础，我们只有不断地把握新的情况、新的材料，才能形成新的认识，提炼出新的主题。尤其是新闻、公文等时效性极强的文章，如果不能及时向人们提供新的信息，不能及时对变化着的新情况、新局面作出指导，那就失去了存在的意义。这就要求写作者特别注意发现那些层出不穷的新东西，特别注意研究现实生活中的新课题，像企业用新产品占领市场那样，用新材料支持文章内容，写出高质量的作品来。

材料新颖、生动，才能表现出新鲜活泼的内容，才能吸引人、打动人。一篇文章，如果净是些陈芝麻烂谷子，净是些尽人皆知的"老"材料、"死"材料、"硬"材料，硬邦邦、干巴巴的东西，那文章恐怕就很难有什么新意，有什么新气了，只能发点老生常谈之论，而这种东西读者是不喜欢看的。所以，写文章应该给读者提供一点新的"食品"，新的"营养"。

"运动在发展中，又有新的东西在前头，新东西是层出不穷的。研究这个运动的全面及其发展，是我们要时刻注意的大课题。"（毛泽东《中国共产党在民族战争中的地位》）事物在变化，生活在发展，时代在前进。特别是现在，无论是全世界还是我们全中国，都处在一个新旧交替、转机纷呈的伟大时代之中。在这种形势下，要特别注意研究那些"层出不穷"的新东西，要特别注意研究现实社会生活中的"大课题"。这样，生活之树才会常青。在各个领域里，在各门学科中，都应该关注、捕捉那些新事实、新经验、新问题、新情况，并给予研究、总结，勇于在理论上作出新的概括。最近几年，这样的好文章确已出了不少。

鲁迅的文章博大精深，材料十分丰富。他特别擅长使用"新"材料、"活"材料。像《灯下漫笔》（写于1925年4月29日），他开篇即从那时的所谓"纸钞""现银"谈起，全是亲身经历的事情，读起来非常新鲜、亲切。像其中所引的"饿得垂死的，每斤八文的孩子"这一材料，就见于当时的《现代评论》二十一期上（作者仲瑚，其文题为《一个四川人的通信》，文曰："男小孩只卖八枚铜圆一斤，女小孩连这个价钱也卖不了。"），和作者写的时间几乎同时。《论"费厄泼赖"应该缓行》，用了王金发对杀害秋瑾烈士的元凶章介眉"慈悲"、最终招致杀身之祸的例子，特别是用了"女师大风潮"的例子，这在当时都是很新颖的例子，很生动的材料，也很能说明问题。

创作，就是"发现"的才能。题材、主题，都应该是作者的独特的"发现"。写作，其实也应该强调这种"发现"，最好的文章应该就是立意新、材料新、构思新的东西。"文章最忌百家衣。"（陆游《次韵和杨伯子主簿见赠》）东拼西凑些老材料，能够成为好文章吗？这肯定是不可能的。

四、使用材料

占有、鉴别、选择几个环节都完成了，最后就是使用材料的问题了。使用材料是一个在实际中应用的问题，体现在一个"活"字上。材料的使用是把选定的材料写进文章里，组合成篇，完成"产品"的生产。这是材料工作的最后一个环节，也是十分重要而复杂的一个环节。犹如产品零件已经完全备齐、需要在装配车间进行组装一样，其技术上的要求是特别高的。同样的材料在不同的作者笔下，完全可能产生不同的效果，这是写作中一个普遍的情况。总的来说，材料的使用讲究一个"活"字，即灵活、巧妙、不拘一格。因为文章是一种精神产品，它毕竟不能像组装一部电视机一样，按照同一图纸、同一程序，甚至用机器代替人工进行装配。正如马克思所说，"人们并不要求玫瑰花和紫罗兰散发同样的芳香"，"为什么却要求世界上最丰富的东西——精神只能有一种存在的形式呢？"（《评普鲁士最近的书报检查令》）在材料的使用上，没有什么不变的模式，也没有什么捷径好走，需要根据不同的写作目的以及结合材料的实际情况，作出灵活具体的组织安排。同时要看到，材料的使用同文章的结构、语言等形式要素有着密切的关系,甚至相互交叉,因此,不应把材料的使用看做一个孤立、封闭的环节。

对于材料的使用,直接关系到主题的表现,是真正的“实战”阶段,是不能掉以轻心的。使用材料,重在一个“活”字。要把材料吃透,运用要有技巧,笔下的功夫要深,材料就用“活”了。

(一)安排好材料的顺序

面对众多要写进文章中的材料,首先要考虑谁先谁后,作出恰当的顺序安排。这安排就是把材料分类,根据材料的性质、时间的先后,考虑行文的目的和文章的逻辑,有条不紊地一一道来,给人以清晰的印象。同时还要注意各类材料的交叉使用,善于把具体材料和概括材料、事实材料和理论材料、正面材料和反面材料、现实材料和历史材料等进行合理的搭配,做到相互印证或互为补充,形成有机整体,以充分地表现主题和增强文笔上的感染力。

(二)把握材料的详略程度

材料的详略程度要适当。有的材料要细致地展开,像是工笔细描的国画那样;有的材料则只需粗笔勾勒,像是写意。写作中不能平均用力,要讲究详略疏密,才能取得良好的表达效果。

由于不同的材料对于主题的表现具有不同的作用和力度,因此在使用材料时决不能平均用墨,而应有详略疏密的区别。凡对表现主题起重要作用的材料应当详写,对表现主题起次要作用的材料应当略写;具体典型的材料宜详,概括一般的材料宜略;新鲜的材料宜详,旧的材料宜略;鲜为人知的材料宜详,人所共知的材料宜略;人所难言的材料宜详,人所易知的材料宜略。这样安排使用材料,文章才会详略得当,主次分明,主题才能鲜明突出,从而避免堆砌材料造成的平板呆滞。

古人所谓“久则论略,近则论详;略则举大,详则举小”(荀子语);“人弃我取,人取我与”,“为文能用人所不能用”(节孝先生语);“作文,他人所详者我略,他人所略者我详”(《麓泽文说》)。这都颇有些道理,可资借鉴。

总之,使用材料要恰当地分布笔墨,尽可能做到繁简适度,浓淡相宜。

(三)做好材料的转述

除了少数引文外,多数材料在使用时都需要用自己的语言进行转述,才能融入文章,表达出自己的思想感情。这实际上是材料的文字表现问题。表现得好,材料能显示出应有的情调和力度,成为突出主题的强大支持;表现得不好,生动的材料也可能变得平淡无味,甚至根本起不到支持主题的作用。所以,加强文字的修养,提高驾驭语言的能力,乃是使用材料的基础。在这方面,无数名家大师为我们留下了许许多多可资借鉴的宝贵经验,值得我们认真体会,从中获得有益的养分。

(四)显示材料不同的情调和色彩

这是使用材料的核心问题。材料好,不只是素材好,还要写得好,需要的是行家驾驭文字的功力。同样的材料,在不同的作者笔下,往往有不同的效用,它所显示的情调、所表现的力度和所展示的魅力都不尽相同。好材料被写得很平淡,甚至写糟了的例子比比皆是。文学大家用材料写活文章的例子,更是不胜枚举。

鲁迅对材料的使用就是非常出色的。无论古今中外的事例,只要到了他的手里,就立刻获得了活力,获得了个性。请看这段叙述吧:

> 从前海涅以为诗人最高贵,而上帝最公平。诗人在死后,便到上帝那里去,围着上帝坐着,上帝请他吃糖果。在现在,上帝请吃糖果的事,是当然无人相信的了,但以为诗人或文学家,现在为劳动大众革命,将来革命成功,劳动阶级一定从丰报酬,特别优待,请他坐特等车,吃特等饭,或者劳动者捧着牛油面包来献他,说:“我们的诗人,请用吧!”这也是不正确的……

这是《对于左翼作家联盟的意见》中的一段内容。这篇文章中的这一小段材料说明,“以为诗人或文学家高于一切人,他的工作比一切工作都高贵”的观念是不正确的,这是“不明白革命的实际情形”的表现之一,而这是很容易变成“右翼”的。但他叙述得幽默、诙谐、妙趣横生,全无“板着面孔”训人的味道,非常亲切、自然。这种活用材料的本领是很高明的。

《为了周总理的嘱托——记农民科学家吴吉昌》这篇通讯,材料在描绘上也是颇见功力的。其中,白杨“呜咽”、老汉“垂危”、割草“传经”、种瓜“迷花”、别妻“出走”、进京“探病”等材料的叙述,都能感人肺腑,催人泪下,使文章整个的基调显得慷慨悲壮。

所以,加强文学的修养,锻炼“转述”事实的能力,提升根据材料的重心使叙述角度紧扣主题的能力,强化将一件事情说得生动活泼、入耳动心的能力等,是很重要的事情。我们应该具有多副笔墨,多种手段。

总之,文章的材料应做到博采、精鉴、严选与活用。这些“关”过好了,写起文章来就会比较容易,比较得心应手了。

思考与练习

一、问答

(1)什么是材料?

(2)材料在文章中的作用是什么?

(3)材料工作有哪四个环节?

(4)材料有哪些类别? 什么是具体材料和概括材料?

(5)在写文章时,应该怎样使用材料?

二、填空

(1)材料解决____________的问题。

(2)材料工作的四个环节:一是________;二是________;三是________;四是________。

(3)占有材料要求________,鉴别材料要求________,选择材料要求________,使用材料要求__________。

(4)材料是文章的实际内容,它可以是事实现象或__________。

(5)从根本上说,作者占有材料都必须坚持不懈地进行__________;但就某一具体写作任务而言,也需要有目的地进行__________。

(6)材料是否典型,其判断的依据在于__________。

(7)在文章的表达全过程中,处理材料的重要标准和最根本的原则(要求)是__________。

(8)使用材料,重在一个“活”字。主要体现在:①______________;②______________;③______________;④______________。

(9)选择材料要遵循的四个原则:①______________;②______________;③______________;④______________。

(10)材料的种类包括:①______________;②______________;③______________ ④______________。

模块三　主　题

第一节　主题的概述

一、什么是主题

主题，即作者在说明问题、发表主张或反映生活现象时，透过全部文章内容所表达出来的基本观点或中心思想。这种思想、观点往往表现了作者对生活、对事物的一种认识、理解和看法。

“主题”一词，源于德国，最初是一个音乐上的术语，意为乐曲中最富有特征并处于优势地位的那一“旋律”——“主旋律”。它表现一个完整的音乐思想，是乐曲的核心。后来，这个术语被广泛用于一切“文学艺术”作品的创作。日本把这个概念译为“主题”，中国又从日语翻译时借用了过来。“主题”的含义适应性强，现在在广义的文章写作中，在涉及办事的目的时，常常使用它，从而使它取得了“通用”的地位。

与主题相同或相近的同类概念的词有很多。例如，中心思想、基本观点、意、义、理、主旨、主脑、志、观念、旨、中心论点等。古人常用的术语，如“意在笔先”“意犹帅也”“文以意为主”，其实讲的都是主题。如鲁迅的《药》，故事讲的是华老栓为儿子买人血馒头治病，但表达的主题却是作者对辛亥革命的评价。又如范仲淹的《岳阳楼记》，虽然用大量的篇幅写洞庭湖之景，但作者所要强调的却是“先天下之忧而忧，后天下之乐而乐”的主题。这种评价与主张显然已属于理解认识的范畴，是作者对具体生活现象、具体事物的一种认识与理解，这种认识与理解便是文章的“主题”。因此，主题乃是作者透过具体内容所表达出来的一种思想和认识，同时也是作者对一些问题所持有的观点、态度和看法。

二、主题是文章的灵魂

写文章是为了表达思想，进行宣传，从根本上讲，为了使一篇文章更好地达到写作效果，就必须有一鲜明而含蓄的主题。“凡为文以意为主，气为辅，以辞采章句为之卫兵。”（杜牧《答庄充书》）这说明了主题在文章中具有举足轻重的作用。主题是衡量一篇文章、一部作品高下优劣的重要尺度，其他如材料、结构、语言、表达，都必须为表现主题服务，主题制约着这些写作要素。主题可以统领文章的一切，它使材料、结构、语言等诸因素和谐地统一在一起，组成有机的整体。动笔之前，不明确主题，构思就无法下手。只有依据主题的需要来构思，思想才能汇聚在一个焦点上，才会有明确的中心思想。

主题是文章思想内容的集中体现。任何经得起时间检验的上乘之作，它们不仅在艺术上出类拔萃，更重要的还在于它们的主题都是进步的、积极的，能给人以鼓舞和启迪，更不用说那些具有划时代意义的名篇巨作了。列宁称赞托尔斯泰的作品是 19 世纪俄罗斯的一面“镜子”，毛泽东评价《红楼梦》是封建社会的一首“挽歌”，都是从作品的主题着眼给予肯定的。因此，人们常把文章的主题比喻为人的“灵魂”，没有灵魂的人其实不能算人，也就是说，忽视文章的主题也一定写不出好文章。

写文章必须考虑社会效果。好的文章可以鼓舞人、教育人；坏的文章可以误导人、毒害人。而判断好坏的关键首先就是看它的主题。缺乏这样一种能力和水平，往往会把平庸当做高雅，把毒草视为香花。这就强有力地说明了主题在文章中的重要性。

三、主题是文章的统帅

一篇文章离不开主题、材料、结构、语言和表达，在这诸多因素中，主题是第一位的，它是文章的统帅，处于统摄和支配的地位，文章中的其他要素都必须服务于表现主题的需要，服从于表现主题这一目的。如果在写作过程中缺乏明确的主题，那么无论是材料的取舍还是结构的安排、语言的运用与表达，都会失去依据的标准，即使勉强成篇，也犹如没有统帅的士兵一样，是群乌合之众。

主题对于材料是制约关系。一位作者掌握了大量素材的时候，仅仅是完成了写作的准备工作。事实上，在动笔之前，作者总要对所掌握的材料作一番分析、鉴别、选择的工作，从中悟出一些道理，对材料进行占有与定、取、舍，然后分轻重、排次序，再提笔使用材料成文。这个所谓道理，就是文章的主题。没有主题，全文就没有中心，再多的材料也只能是一盘散沙，各自游离，永远也不能成文。这就充分地说明，再多的材料也必须根据表现主题的需要来进行裁定。

主题也要制约文章的结构。结构属于写作技法的问题，主要涉及文章内容的组织与安排。如怎样确定文章的层次与段落、怎样结尾、怎样过渡、怎样照应等，都必须服从、服务于表现主题的需要。这是一切写作者都应该遵从的原则。用古人的话来说，就是要“以意定法”“因意定法”。

从主题与语言的关系上讲，语言为主题服务，语言为主题穿上外衣，也就是说，主题支配语言，语言服从于主题。遣词造句应以表现主题为目的。同时，要达到准确表达主题的目的，需要作者充分发挥自己驾驭语言的才能，尽可能完美地将自己的思想感情传达给读者，这就必须达到语言突出主题的目的，也就是说，主题必须制约语言。由此可见，主题在文章中始终是第一位的。

主题是文章的“灵魂”，材料是文章的“血肉”，结构是文章的“骨骸”。有骨头有血肉，四肢才发达，体格才健壮，这当然很好，但是，如果没有思想、没有灵魂，那只不过是一个躯壳而已。文章的主题就恰如人的灵魂，从文章的社会作用来看，一篇文章质量的高低、价值的大小、作用的强弱、影响的好坏、社会效果的优劣，主要就是看文章的主题，其他写作要素，如材料、结构、语言、表达、过渡、照应、伏笔、段落、层次、脉络、线索、开头、结尾等，都不能作为衡量一篇文章高下优劣的主要尺度，这是因为它们都是被主题所制约的，为表现主题服务的。因此，作为一种精神产品的文章，作为一种“言志”“载道”的工具，主题“一身之主”的地位和“灵魂”的地位是不可移易的。

主题又是一篇文章的“统帅”，“意犹帅也，无帅之兵，谓之乌合”。一篇文章，材料如何取舍，结构如何措置，语言如何遣用，标题如何拟定，过渡怎样衔接，段落怎样转述，脉络、线索怎样安排，开头、主体、结尾怎样成为有机和谐的整体，这一切写作要素都要依据主题表现的要求来加以裁定。

主题是统摄材料的元帅。有了主题,材料才会有生命的意义,主题一动,所有的写作要素都要飞扬灵动,获得艺术的生命力,在各自的位置上发挥自身的作用。以结构布局而言,也是依据主题表现的需要来裁定的,文章的起、承、转、合的布局,就像行军布阵一样,要听从“将军”的发令、指挥,也就是说,结构必须服从主题的号令。打仗要“兵随将转”,写作要“以意役法”。遣词造句、语言的运用也必须听从主题的指挥,文章是“表情言志”的工具,所以应当以“旨意”为主。以文传意,言词才不至于流散杂乱。总之,在文章中能够贯通首尾、弥纶群言、统帅全篇的只有主题,它制约全局,规范总体。因此,主题具有战略意义,它是文章内在的“发动机”,起着统帅全篇的作用。

第二节 主题的提炼

主题的提炼,指的是从大量的原始材料中陶冶、熔炼、提取出有用的精华。这个精华是什么呢? 这个精华指的是在正确观点的指导下,作者对外界事物和问题的认识,用心去感知外面的客观世界和“人”“事”“景”“物”,由感性认识升华为理性认识的飞跃是从材料中自然引出的正确结论,是综合、概括全部材料而引申出来的思想意义。因此,要提炼主题就要从主题的属性,即客观性、主观性、观念性和当代性来考虑。

一、材料是提炼主题的基础和前提

主题是全部材料或题材“思想意义”的准确概括。因为它具有客观性,因此,提炼主题,就离不开众多表达观点的、具体的材料。“主题”是潜藏、寓含在全部材料或题材之中的,作者的任务无非是理解它、消化它、捕捉它,把它准确地“概括”出来。所以,材料是提炼主题的基础和依据,对主题的确立起着客观性的作用,主题决不是外在的、人为地“贴”上去的东西。因此,占有丰富的材料是提炼主题必须凭借的客观条件。

二、加强思想和理论的修养

加强思想和理论的修养,树立科学的世界观,是提炼主题的主观条件。主题作为一种思想观念的形式,是现实生活在人们头脑中的反映,总是积极的、能动的表现。作者不同,思想相异,即使是同一事物也会反映不一。准确地说,主题是现实生活和作者心灵相撞击的产物,这是客观事物和作者思想相感应的结果。因为主题具有主观性,所以作者的世界观对于主题的提炼起着重要的“烛照”作用。中国文学史上许多事实说明,同一事物、相同的材料,因作者不同、世界观不同,对事物作出的判断、得出的主题也不同。因此,要提炼出正确、深刻、新颖的主题,作者必须攀登新时代科学的高峰,用准确的望远镜、显微镜去观察生活、实践生活、烛照事物。那种无视思想的提高和锻炼,而只重艺术技巧的倾向是十分偏颇的。

三、掌握认识事物的科学方法

这主要指掌握“去粗取精、去伪存真、由此及彼、由表及里”地认识事物的科学方法。主题是作者对现实生活、客观事物由感性认识而通往理性认识那一“飞跃”的产物,是观念形态的东西。因为它具有这一观念性,作者就必须掌握马克思主义关于“去粗取精、去伪存真、由此及彼、由表及里”的科学方法,摒弃事物那些粗糙的、偶然的、虚妄的成分和表面的、惑人的假象，保留能反映事物内部规律的、正确的并且有本质特征的材料。这样的材料才能完成从物质到精神、从感性到理性的那个飞跃，才能提炼出真实、可靠的主题来。

四、把握时代的脉搏

主题是具有当代性的。当代性指的是主题所固有的时代性的一种集中与浓缩，是时代精神的一种具体化。任何思想或观念均渗透着特定时代、特定时期人们对社会生活及客观事物所具有的那种特定的评价，反映出强烈的时代精神。

在当今时代，作者用现代人所独有的、所实际达到的思想高度、文学写作及思维高度、美学高度去认识生活、去评价生活、去理解与把握事物，准确地传达出当今现代人的思想、情绪、愿望、心声。总之，人民群众的一切所思所想……反映出现代人的思索、判断、发现、突破，使自己文章的主题具有前所未有的、不可重复的时代精神，这是写作者必须重视的问题。因此，写作者必须站在当今时代的高度，把握时代的脉搏、时代的精神，提炼出富有时代性的主题来。总之，一切文学作品，不管什么历史时期，作者都要站在那个时代的高度，使自己的作品渗透着时代的气息，体现出鲜明的当代性。

第三节　主题的要求

任何文学作品都应该把主题摆在首要位置。主题在文章中起着核心的作用。既然如此重要，那么对主题的要求就必须做到正确、深刻、新颖、集中。

一、正确性

主题正确是对主题最基本的要求。怎样确定主题是否正确呢？所谓主题正确，就是指文章要准确地反映客观实际。具体地讲，就是要符合客观事物的发展规律，能揭示事物的本质，能反映事物的内部联系，能给人以美的陶冶和有益的启示。这里应注意，在各种不同文体的文学作品中，可能会各有所侧重，但总的具体精神是应当遵循的。

文学写作在我国具有悠久的历史，自古以来就有重视思想内容的优良传统。从孔夫子起，就主张立言之旨在于“明道”，主张通过“文”这一形式，“正得失、动天地、感鬼神、经夫妇、孝双亲、厚人伦、美教化、移风俗”（《诗大序》）。从历史的角度看，无疑体现了主题正确的要求。

屈原、司马迁的诗文之所以千古不朽，固然是由于他们表现出高深的艺术造诣，但更重要的是作品主题正确、鲜明、突出，又通过精湛的艺术技巧表达了可与日月争光的光辉品格和崇高的爱国精神，因而受到后世的景仰，这是一种民族精神和人格的力量，是古代文学佳作至今还为人们广为传颂的原因。但在我国现实社会中，某些文学作品的主题存在严重问题的并不鲜见。例如，宣传色情暴力的，宣扬封建迷信的，披着科学外衣宣传伪科学的，打着民族特色的旗号展示愚昧与落后的，在严肃公文写作中弄虚作假、虚报浮夸的等等。此外，还有一些格调不高、胡编乱造、无病呻吟、故弄玄虚的东西在青少年中也很有市场，甚至造成青少年学生在写作中过分追求自我表现，忽视主题正确与否的不良倾向。如此等等，不能不引起我们的重视与警惕。在当今现实社会中，从有利于社会主义精神文明和物质文明建设出发，我们必须强调“正确”是确立文章主题的第一要求。总之，正确就是要符合人民的愿望和时代的要求，要经得起历史的检验。

二、深刻性

主题应该具有深刻性。要做到主题深刻，就应该锻炼自己的眼力，扩大自己的眼界视野，洞察事物千姿百态的外部特征和复杂微妙的内部联系，能够准确揭示出事理的内核，使读者看到事物的本质。

什么叫“深刻”？要求作者写出能“见人所未发”，写出“人人心中皆有，人人笔下俱无”的主题来，这就叫深刻。“见”和“发”相比，“见”是更为主要的。“见”就是发现，就是创造。你在生活中没有深刻的感受，没有透辟的认识，没有独到的见解，总之，你没有高人一筹的东西，就无法发现、无法前进，也就根本谈不上什么深刻。

“深刻”，要求作者从平凡的生活中去发现美，从普通的事物中去洞察事物的本质意义。比一般的写作者观察得更细、研究得更深、琢磨得更透，你就会获得更为深刻的主题。不下工夫多思是不行的，是不能捕捉到深刻的主题的。

主题是否深刻是衡量文章价值的重要标准。一篇文章，如果达不到材料生动感人、结构精巧严密、语言简练流畅、表述准确清晰、主题正确集中等要求，缺乏对生活深入的感受，对事理透辟的认识，没有独到的见解，没有独到的认识与看法，没有自身高人一筹的东西，一句话，主题欠深刻，就不是好的文学作品。要做到主题深刻，同主题正确一样，最根本的途径还在于提高作者自身的思想水平。素养高的作者才能发现、提炼出深刻的主题来，思想平庸和贫乏的作者必定导致主题的肤浅和一般化。例如鲁迅，他既是伟大的文学家，也是伟大的思想家。所以，他的小说、杂文与散文，都无不体现了时代的精神，反映出了时代的深刻主题，给后人留下了一座座丰碑。

三、新颖性

所谓新颖，就是与众不同，新鲜独特。对文章主题来说，就是见解独特，独具匠心，具有新鲜的意味，异于一般。初读之出乎意料，细读之合乎情理；具有创造性的思维活动能力和对客观现象的敏锐洞察能力以及突破思维定式，这就是新颖。为什么文章要强调新颖？这首先是由文章写作规律所决定的。因文章是客观事物的反映，而客观事物总是处于不断发展变化的过程中，这种变化过程反映在文章中就必须讲个“新”字，如新思想、新事物、新观点、新理念、新内涵、新创意等，突出文章的新意。

主题的新颖同选择主题的角度很有关系。很多事物都是有多面性的，同一个事物，从不同的角度去分析认识，就会呈现出不同的思想意义。如照相，可以正拍、侧拍、俯拍、仰拍、顺光拍、逆光拍，不同的角度拍出照片的韵味不同，就显示出了照片的新意。有经验的作家会对事物作精心的审视，纵横比较，力图避开那些浮在事物表面的、一望而知的意义特征，从一般人意想不到的角度切入，发掘出事物更新鲜、更深刻的意义来；就是前人写过的内容，也能表达独到见解，写出前人从未写出的新意。主题不一般化，这就是新颖。

准确地说，文章新颖不单指主题，结构安排上的新、语言上的新、选用材料的新、表述上的新，都可达到审美上的创新。

四、集中性

集中指的是什么？集中是指一篇文章只能有一个主题，并且要使这个主题贯穿全篇、统帅全篇。主题集中，能给读者留下鲜明、深刻的印象，能很好地达到表达思想、感染读者的目的。我们写文章，总有一个目的、意图，或是为了宣传某种主张，或是为了解决工作中的某个问题，或是为了表达某种感受，或是为了传播某一项经验等。如果目的不明确、表达不集中，必然使文章失去中心，失去统帅，写起来东拉西扯，读起来不知所云，当然也就达不到写作的目的。这些毛病，病根就在于主题不集中。古人讲得好，"意多乱文"，指的就是主题不集中的问题。

在集中上，古典文学作品为我们做出了光辉的典范。如《红楼梦》，表现封建大家庭的必然没落是正主题，而贾宝玉与林黛玉的爱情悲剧是副主题。柳宗元的《捕蛇者说》，引用了孔子的话"苛政猛于虎也"，一针见血地指明了主题。范仲淹的《岳阳楼记》中的"先天下之忧而忧，后天下之乐而乐"，很明显地揭示了文章的主题。这就是主题集中的体现。

主题在文章表达中，还涉及人的思维水平和驾驭语言的能力。如果对事物的认识还不够清楚明白，思维本身就是一团乱麻，理不清头绪，自身的语言表达有限，根本无法表达较为复杂的情感认识，这就难免陷入剪不断、理还乱、说不清、道不明的尴尬境地。因此，集中，必须引起写作者的高度重视。

思考与练习

1. 什么是文章的主题？
2. 与主题相同或相近的同类概念词有哪些？
3. 为什么说主题是文章的灵魂？
4. 为什么说主题是文章的统帅？
5. 对主题的要求是什么？
6. 主题是怎样形成的？
7. 写文章应该怎样提炼主题？
8. 怎样才能使主题集中、突出？

模块四　结　构

第一节　结构的概述

一、结构的含义和重要性

篇章结构是写作中的一个非常重要的问题。“结构”一词，原是建筑学上的一个术语，它指的是建筑物的内部构成及整体布局。借用在写作中，结构指文章的组织构成，指内容分布与组合，即通常所说的谋篇与布局。结构的任务是指的是把各部分材料连缀成一个有机和谐的整体，达到“圆”“合”“美”的结尾。结构的原则是正确反映客观事物的发展规律和内部联系，也就是事物的内部条理性；服从、服务于表现主题的需要。结构有适用于不同文体、体裁的特点，如叙述性文章、论理性文章、新闻实用文章、科教性文章、工作总结、情况汇报以及其他各种各样的文学体裁。结构要求：严谨、自然、统一。结构的具体内容包括开头加结尾、层次与段落、线索与脉络、过渡与照应。材料是血肉，主题是灵魂，结构是骨架。

占有了材料，确立了主题，只解决了文章主题与思想内容的问题，还不能称其为“文章”。材料只能解决“言之有物”的问题，主题只能解决“言之有理”的问题。倘若不把这些纷繁众多的材料依据表达主题的需要加以适当的编织和穿结，进而解决“言之有序”的问题，就形不成文章。没有安排好结构，只是材料归材料，观点归观点，它们各自游离而不能有机统一，那就始终只能是一堆零散的材料和一些抽象的思想，而不能成“形”。

日本作家小林多喜二说得好：“正如‘结构’两个字的全面含意是盖房子一样，不管你的材料有多么优良，不管你的目的又是多么高尚，如果盖得不好，摇摇晃晃，结果是毫无用场的。”（《小说写作法》，选自《小林多喜二选集》第三卷）这段话的确很形象地揭示了结构对于文章写作的重要意义。

我们在前面两章中讲过：一篇文章的主题犹如人的灵魂，没有灵魂只能是一个躯壳；一篇文章的材料好比人的血肉，没有血肉只能剩一个空架子。而一篇文章的结构，正恰似人的“骨骼”，没有坚实、健壮的骨骼，血肉无所依附，灵魂亦无处寄托；没有完整、匀称的骨骼或缺胳膊少腿、畸形变态，那也决不能成为一个完整美好的人。所以，古今中外的作家，对于结构问题都予以高度的重视，对于结构之美进行执着的追求。

可以说，结构是文章表达，即表现形式的一个最主要的问题。动笔之先，需要匠心独运；写作之中，需要惨淡经营。不在这上面下一点工夫是很难取得成功的。清代著名戏剧理论家李渔认为：

> 至于“结构”二字，则在引商刻羽之先，拈韵抽毫之始，如造物之赋形，当其精血初凝，胞胎未就，先为制定全形，使点血而具五官百骸之势。倘先无成局，而由顶及踵，逐段滋生，则人生之一身当有无数断续之痕，而血气为之中阻矣。工师之建宅亦然，基址初平，间架未立，先筹何庭建厅，何

方开户，栋需何木，梁用何材，必俟成局了然，始可挥斤运斧。倘造成一架，而后再筹一架，则便于前者不便于后，势必改而就之，未成先毁。犹之筑舍道旁，兼数宅之匠资，不足供一厅一堂之用矣，故作传奇者，不宜卒急拈毫。袖手于前，始能疾书于后。(《闲情偶寄》)

在李渔看来，动笔写作之前"五官百骸之势"未具，"成局"没有了然于胸，仓促"抽毫"和"挥斤运斧"，那结果势必是"未成先毁"，很不美妙。该怎样呢？应该"袖手于前"，把手抄在袖筒里，好好地思谋、筹划一番，然后，才能"疾书于后"，一气呵成，一挥而就。这讲的是很合乎写作规律，很有点辩证观点的。思谋、筹划些什么呢？比如怎么样开头、怎么样承接、分多少层次、划多少段落、何先何后、何轻何重、如何过渡照应、如何跌宕起伏、以什么为线索、用什么做主体、怎样点题、如何结尾等等，都应该一一想好，搭好了"架子"，"谋"好了"篇"，文章"蓝图"就清晰了，"雏形"就具备了。

二、结构的任务

结构的主要任务是保证文章"言之有序"。具体地说，结构就是研究文章怎样开头，怎样安排主干，怎样结尾；全篇分作几个部分来写，每个部分大致怎样进一步划分，怎样安排文章的先后顺序，怎样处理主次详略，怎样安排过渡照应，从开头到结尾，须保持何种逻辑关系等。

三、结构的意义

结构的意义在于它关系文章的全局，从全局上影响文章的命运。正如金刚石和石墨的差异完全取决于结构一样，文章写作的成败也取决于结构的好坏。文章的材料即便完全相同，但如果结构不同，其质量和效果也是绝不会相同的。有些同学喜欢信笔写作，拼凑文章，不在乎结构的意义，这是很不妥当的。可以这样说，谁不重视结构，或不认真锻炼安排结构的能力，谁就不可能写出好文章。因此，我们必须认清结构的意义。

（一）在形式上，结构是文章的架子

它在形式的诸多要素中占据着特殊的地位。广义地说，形式可以包括体裁、结构、表达方式和语言。体裁影响结构，但它最终还要靠结构来落实和体现；表达方式和语言当然也很重要，但都有赖于结构来为它们安排或规划实际运用的空间。文章搭好了"架子"，它的体裁才能够获得一个具体的样式，表达方式和语言也才能够获得实际的活动的区域和相互组合的格局。

（二）在内容上，结构是文章的"骨骼"

它体现在内容的有机联系上。没有骨骼，血肉（材料）无处依附，灵魂（主题）无所寄托，三者也不可能结合起来，成为一个有生命的整体。所以说，结构不仅是形式中最重要的问题，"也是内容的问题"。

（三）在写作过程中，结构是文章表达时的"蓝图"

它规范着文章的思想内容如何实际地进行表述。整个写作过程，可以分为两大阶段。第一阶段，解决"写什么"的问题，这需要占有材料，研究事物，并形成主题。根本的工作是"研究"，要从接触事物的物质形态开始，通过分析和综合，直至形成内容的观念形态才告终结。第二阶段，解决"怎么写"的问题。根本的工作是"表现"，这要从表现既得的观念着眼，通过安排材料和运用各种手段，将既成的观念完满地表达出来，才告终结。结构一般酝酿于第一阶段的后期，并解决于第二阶段的前期。它是承先启后、沟通两个阶段的关键性环节，是将"研究"

的成果(观念)转变为“表现”的成果(文章)的关键环节。这环节就是“蓝图”设计,只要设计好了“蓝图”,也就是安排好了结构,即“怎么写”的写作提纲,结构的工作就能产生实效。

歌德曾说:“如果你在整体上安排错了,一切力量都白费了。”这就告诉我们,学习写作要十分重视结构的安排,注意锻炼结构的能力,要养成在动笔之前精心地“满盘布局”的好习惯。如果事先没有想好完整而合理的结构,就匆忙地动手写文章,那我们就连“最蹩脚的建筑师”也不如了。

第二节　结构的内容

一、开头和结尾

这两个部分在写作中较难处理,因为,一方面“头”“尾”与“身”是有区别的,另一方面它们又是完整结构的有机组成部分,不能与“身”截然分开。要处理好开头和结尾,必须从它们在整体表述中的根本任务来考虑。

开头的根本任务是什么?这就是自然地引起正文,顺势而下。亚里士多德说:“所谓‘完整’,指事之有头,有身,有尾。所谓‘头’,指事之不必然上承他事,但自然引起他事发生者。”能够自然引起正文,开头就完成了自己的任务。要完成这个任务,必须贯彻以下两个指导思想。

(一)准

开头要扣住题目,定准主题,定准基调。写文章的主要目的本是为了表现主题,正文的任务即是将主题充分展开,写深写透,但它必须先获得一个突破口和一个着力点。开头要想自然地引起正文,必须从主题上为正文选准突破口,找准突破口,找准着力点,使正文能够顺势而下,浩荡推进。如《白杨礼赞》一文,文章开头便说:“白杨树实在是不平凡的树……”有了这样的开头,正文便能够顺势而下,借这“不平凡”之势,滔滔地赞美这种树实在不平凡。这便是好的开头,选准了突破口,找准了着力点。

任何一篇文章都有一个基调,无论何种文体,概莫能外。文章反映出来的基调或庄严,或沉重,或悲壮,或诙谐,或轻快,或爽朗,或辛辣,或宽容,或讲实际,或求浪漫,或重在理性思辨,或意在解释说明……每一种基调都必须从开始就定准确。

《白杨礼赞》的基调是热情洋溢,《背影》的基调是质朴而深沉,《药》的基调是悲凉。基调并不是别的什么东西,它实际是主题的一部分。如表彰性通报的基调是褒扬,惩处性通报是警戒,这都属于主题的范畴。要真正瞄准主题,就必须进一步准确地定好基调,不高不低,使全文能够顺利地“唱”得下去,而不致被迫中途“变调”。

(二)快

开头快入题,快引起正文。想说事,就言归正传;想说问题,就提出问题;想讲道理,就开言明义;想反驳,就单刀直入;想说一件小事,就说一件小事。总之,“开门见山”。所谓“头”,指事之不必然上承他事。这是在形式上和精神上都贯彻了快的指导思想。一切文体的作品,都必须按“准”“快”的指导思想来开头,而无需弄什么花招,来一个“欲说高山先说海”的开头。

但是,文学作品的写作,往往要追求艺术的效果和韵味。它不拘泥于形式上的快,而是往往别开生面,专在精神上贯彻快的思想。这时候形式上好像慢了,但在精神上,即在表现主题和奠定基调上，反而是更快了。

至于结尾，我们也必须从它的根本任务来考虑。结尾的根本任务是收束全文，完成主题。将正文收束起来，使主题得到有力的传递，这就是好的结尾。怎么收束正文，使主题得到有力的传递呢？我们依亚里士多德所说："按照必然律或常规自然地上承某事"，并收束正文。具体地说，常有以下情况。

(1)当正文内容已经写完，主题已经写透时，就让那个正文"戛然而止"。叙事类文章，往往这样收束在事件的描述上。

(2)当正文内容已经写完，而主题仍需概括或引申时，那就得写一个总结归纳式的结尾，即所谓"点明主题"或"卒章显志"。较长的议论，往往有这样概括式的或点睛式的结尾。

(3)当正文内容已经写完，主题也已写清，但仍期待读者的行动时，那就得写一个期望性或鼓动性的结尾，即所谓"展望未来"或"鼓舞斗志"。宣传性、鼓动性、指导性的文章，往往要有一个这样的结尾。

(4)当正文内容已经写完，主题实际已经写透，但作者心中确实"意犹未尽"时，那也可以从正文里深掘一层，升华出某种有分量的哲理或情愫，写出一个"开辟新纪元"的结尾，即所谓"余味无穷"或"发人深省"。抒情散文，述怀言志或抒情色彩强的记人叙事咏物的文章，多采用这样的结尾方式。如鲁迅的《故乡》、方志敏的《清贫》、郁达夫的《怀鲁迅》、杜牧的《阿房宫赋》等，就是这类结尾。

开头要有利于正文的自然展开，让正文和全篇能够顺利地写得下去，结尾要自然地收束正文，使主题获得预期的传递力量。

二、层次和段落

(一)层次和段落的含义

层次和段落在文章中同样起着重要的作用，可以这样说，层次清晰、段落分明是对一篇文章结构最起码的要求。

层次，指的是文章思想内容的表现次序，它是事物发展的阶段性、客观矛盾的各个侧面以及人们认识和表达问题的思维进程在文章中的反映。层次，有时人们又把它称为"意义段""结构段"或径称为"部分"，层次体现了作者思路开展的步骤。

段落，是构成文章的基本单位。它具有"换行"另起一行的明显标志，是文章思想内容在表达时由于转折、强调、间歇等情况所造成的停顿。段落，人们习惯地把它称为自然段。

总之，层次着眼于思想内容上的划分，段落侧重于文字表达上的需要。一个是从"内容"上划分，一个是从"表现"上说明。

层次既然是文章思想内容上的割截划分，体现着作者对全局和局部观点中的材料所作的大的布局和安排。所以，在考虑文章层次布局时，疏通思想脉络、选择恰当的方式是非常重要的。

(二)记叙文划分层次

记叙文划分层次的方式，通常有以下几种。

(1)以时间的推移为顺序来安排层次。如大家都熟悉的一篇古代散文《曹刿论战》(选自《左传》)，就是以"时间顺序"来组织文章内容的。"(鲁庄公)十年春，齐师伐我。公将战。"一句话揭开了事件的序幕。这时候，"曹刿请见"。乡人阻止，曹刿以"肉食者鄙，未能远谋"作答，“乃入见”。然后，见到鲁庄公，二人答对者三，曹刿才认为“可以一战，战则请从”。于是“公与之乘，战于长勺”。两军对垒之后，“公将鼓之”，欲鸣鼓以进兵，曹刿说：不行。齐人三鼓之后，曹刿才说：可以进攻了。齐师大败。鲁庄公此时驱车欲追，曹刿说：不行。等他下车看了看车迹，然后又登“轼”（车前有横木）望了望齐军旗帜后，才说：可以追击了。“遂逐齐师”，大获全胜。事后，鲁庄公问他不鼓、下视、登望之故，他才说出当时的考虑。正像《古文观止》编者所评点的那样，这篇文章叙事“未战考君德，方战养士气，既战察敌情，步步精粹，着着奇妙”。其层次是以时间为顺序，十分清晰。散文《长江三日》《独攀巫山最高峰》等等，都是采用这种以时间推移为顺序的写法。

（2）以空间的变换为标志来安排层次。如周定舫的散文《人民英雄永垂不朽》就是这样布局成篇的。这篇文章的内容就是文章的副题：“瞻仰首都人民英雄纪念碑”。本文由东而南，由南而西，由西而北，娓娓写来。作者立足“方位”的每一转换，都是以空间的变换为标志来安排层次的。

（3）以时间为“经”，以空间为“纬”，采用“纵横交叉”的办法来安排层次。最典型的就是《为了六十一个阶级弟兄》这篇著名的通讯。这篇文章，从“纵”的方面来说，以时间的推移作为其开展情节的总的“经线”，但同时，它在“横”的方面，又以空间方位的转换为其“纬线”。这样，就把同一时间不同地点所发生的种种事情十分巧妙而紧凑地“交织”到了一起，纵横交叉，各得其所，既从“纵”的方面注意了时间上的连贯性，又从“横”的方面照顾了空间的并列性。一“经”而多“纬”，变化而不乱，很好地反映了“一方有难，八方支援”的共产主义协作精神。

（4）以材料的性质分类来安排层次，这是所谓的“逻辑顺序”。把表现主题的众多材料按照它们性质加以分类，再从各个不同的侧面去多层次地展现主题。

《谁是最可爱的人》就是以“逻辑顺序”来安排层次的，每一个层次都写了一个较完整的故事。它所写的三个故事，就是三个层次。第一个“松鼓峰战斗”表示战士对敌人的“憎”，第二个“马玉祥抢救朝鲜儿童”表示战士对人民的“爱”，第三个“某战士吃一口炒面就一口雪”以及“和作者的谈话”则表示了战士对祖国的“忠”。这三个层次合起来，有机地反映了文章的主题。这都是以材料的性质分类来安排结构层次的，类似的作品是很多的。

（5）以作者认识发展的顺序来安排层次。如杨朔的著名散文《荔枝蜜》、马烽的著名短篇小说《我的第一个上级》，都是按照发展顺序来安排层次的。

《荔枝蜜》先写“我”儿时因被螫而不喜欢蜜蜂；继而写由喝蜜而“动情”想去看看它；接着写老梁颂赞蜜蜂的谈话，使“我”心头不禁“一颤”有所感悟；最后，由物及人，写“我”对辛勤劳动农民的感佩；末句，写“梦见自己变成一只小蜜蜂”，表现了作者“融”于普通劳动者之中的衷心愿望，使全文的主题思想“升华”到了最高峰。文章以“我”的认识发展、感情上的变化为契机，曲折跌宕，往复三折，层次显豁。

《我的第一个上级》是先写“我”骑车“上任”时在路上与怪老头的相撞；次写报到后的所见所闻，感到在“怪人”领导下工作真是“倒霉”；接着，写一个夜晚山洪突然暴发后，老田的种种作为，使“我”的思想开始转变；然后写在“三岔河”决口后抢险拦洪时老田带病下水，旧病发作，昏迷不醒，使“我”对自己的“上级”由衷赞佩。作者在认识上的每步推进，都自然地“化”为了作品的一个内在的层次，欲扬先抑，波澜迭起。

（6）以人物的意识流动为顺序来安排层次。王蒙的《春之声》和《海的梦》，茹志鹃的《剪辑错了的故事》，谌容的《玫瑰色的晚餐》等，都是用这种办法来展示内容的层次的。

典型的"意识流"作品一反传统的"单线"或"复线"式的结构，呈现出所谓"放射性"的"心理结构"的特点，即"满天开花，放射性线条，一方面是尽情联想，闪电般地变化，互相切入，无边无际，一方面，却又是万变不离其宗，放出去的又都能转回来，所有的射线都有一个共同的端点"（王蒙《关于〈春之声〉的通信》）。这个共同的"端点"就是"自我"，就是人物的心灵。以人的心灵为中心，人物的回忆、联想、闪念、梦想、幻觉、隐秘、独白等等，都可以自由驰骋，任意组合。

（三）议论文划分层次

议论文划分层次采用以下三种方式。

（1）并列式，指的是各个层次之间为"并列"的关系。

如鲁迅的《答北斗杂志新问》中《二心集》这篇短文，回答了"创作要怎样才会好"的问题，他谈了八条：

一、留心各样的事情，多看看，不看到一点就写。

二、写不出的时候不硬写。

三、模特儿不用一个一定的人，看得多了，凑合起来的。

四、写完后至少看两遍，竭力将可有可无的字、句、段删去，毫不可惜。

五、看外国短篇小说，几乎全是东欧及北欧的作品，也看日本作品。

六、不生造除自己之外，谁也不懂的形容词之类。

七、不相信"小说作法"之类的话。

八、不相信中国的所谓"批评家"之类的话，而看看可靠的外国批评家的评论。

这八条，基本上是"并列"的关系（先后次序也有一些考虑，但并不严格）。我们不妨把它看做是一篇论文的"提纲"。这每一条都是并列关系，都是可以展开论述一番的。

并列式层次关系，是议论文结构的常见形态。

（2）递进式，即各个层次之间表现为"进层"的关系。

如毛泽东写的《一个极其重要的政策》一文，其主题是论述"精兵简政"这个政策在抗日战争最后阶段的重要性。全文共分四段，恰好讲了四层。第一段说明了进一步讨论这个问题的必要性；第二段从形势分析入手，强调了只有实行"精兵简政"的办法，才能克服日益严重的物质困难；第三段，再进一步深入论述"精兵简政"何以能够有效地克服困难；最后，更深一层，指出不克服"现状与习惯"对人们头脑的束缚，即不能正确地实行"精兵简政"这一重要政策，就不能"轻轻快快地同敌人作斗争"。四层意思，层层递进，一层比一层意思深，前面是后面论述的基础，后面是前面论述的深入，就像抽丝剥茧一样，对问题的论述步步推进，自浅而深。

递进关系的结构形式，对各层文字的前后位置有严格的要求，不能任意倒置其顺序。

（3）分总式，即各个层次之间表现为先"分"后"总"的关系。

如毛泽东所写的《中国社会各阶级的分析》一文，就很典型。文章开宗明义，先提出论题，接着即对各个阶级的状况进行了细致的分析；然后，"综上所述"予以总结。文章显得条理清晰。

以"提出问题—分析问题—解决问题"为展开论述步骤的文章，尽管其中"分析问题"的部分可能段落较多（注：局部呈"并列"式），但总体来看，都表现为这种结构形式。这也是论说文结构的比较常见的形态。

这里应说明的是，一篇文章的层次安排往往是比较复杂的，它很少单纯采用一种方式，而是将两种或多种方式结合起来使用，而且记叙、论说两大类文章的结构方式也有交错。所以，很多文章在实际上所呈现的面貌是纷纭变化、复杂多样的。

（四）划分段落的作用

（1）逻辑地表现思维进程中的每一段分析，清晰地反映出文章的内在层次。

（2）使文章眉目清楚，便于读者阅读、理解，并给他们在阅读中以“停顿”的时机，从而获得思索和回味的余地。

（3）某些特殊段落（一般均较短），能够起到强调重点、加强印象、传达某种感情色彩的作用。

（五）划分段落的原则

（1）要注意段落的“单一性”和“完整性”。所谓单一性，就是说一段只能有一个中心意思，不可把一些互不相干的意思放在同一个段落里，也不允许同一段落中存在若干中心意思。所谓完整性，就是说一个意思要在一个段落里集中讲完，不要在这一段里说一点，在那一段里说一点，把一个完整的意思分在若干段里，七零八落。

（2）各个段落间的意思要有内在联系，使每段均成为全篇文章的一个有机的组成部分，做到“分为一段，合则成为全篇”，不可随便移易。

三、过渡和照应

（一）过渡和照应的含义

这两者的作用在于使文气畅通，内容密切连贯，从而更有效地表现主题。过渡是指相邻的部分上下衔接、转换，像“桥梁”，照应是指相隔的部分前后呼应，像“遥感”。

（二）过渡安排在两种大转换之间

1. 过渡安排于内容上的大转换之间

记叙性文章的事件、情节、时间、空间等实际内容在进行大的转换时，其交接之间往往需要安排过渡。例如《谁是最可爱的人》，在写完第一个事件松鼓峰战斗之后、转入写第二个事件马玉祥救火以前，作者安排了一个过渡：“我们的战士，对敌人这样狠，而对朝鲜人民都是那样的仁义，充满了国际主义的深厚热情”。这就将上下两个事件密切地连接了起来。又例如《一件小事》，第一段写“不少‘大事’在我心里，都不留什么痕迹……只是增长了我们的坏脾气……”在转入实写那件小事之前，先安排了一个过渡段：“但有一件小事，却于我有意义，将我从坏脾气里拖开，使我至今忘记不得”。这就将上下内容紧紧连在一起，使文气贯通畅达，主题也分外鲜明了。

2. 过渡安排于表达方式上的大转换之间

各类文体在表述思想内容时，都不可能只使用一种表达方式，常常综合运用议论、抒情、描写、说明、倒叙、顺叙、插叙、总叙和分叙等。只要出现较大的转换，都必须过渡。仍以《谁是最可爱的人》为例。首层抒情、议论，中层叙述、描写，在两层的方式转换交接之间，作者安排了过渡：“让我还是来说一段故事吧”。中层叙述、描写过后又转入抒情、议论，于是又安排了一个过渡：“用不着烦琐的举例。”再如《祝福》，开头倒叙祥林嫂悲惨的晚景和穷死的结局，接着通过一个过渡“然而先前所见所闻的她的前半生事迹的片断，至此也连成一片了”，这才转入对她前半生的叙述和描写。这是记叙性文体的例子。

（三）过渡的手段

过渡的手段有过渡段、过渡句、过渡句群、过渡词语、过渡词组等。这些手段的使用，都应依上下文之间的内容发展和逻辑关系（顺承、递进、转折、因果等）来决定。

（四）照应的情形

1. 文题照应

这是最基本的一种照应。题目要笼罩（照应）文章，文章须处处照应题目，这在写作中必须始终注意。如果写的文章“跑题”，问题就很严重了。所谓文章照应题目，是指全文扣准题目，写透中心，写够范围。如《白杨礼赞》，一开头就入题说：“白杨树实在是不平凡的，我赞美白杨树！”接着，围绕题目从各方面去“赞美”，说它在无边无垠、坦荡如砥、雄壮伟大却有点“单调”的黄土高原上，傲然耸立，像哨兵似的；说它“力争上游”，“倔强挺立”，“不折不挠，对抗着西北风”；说它“伟岸，正直、朴质、严肃，也不缺乏温和”，它坚强挺拔，“是树中的伟丈夫”，象征着崇高的“精神和意志”。最后再照应题目，也就是文章的开头，说：“我要高声赞美白杨树！”

这就是文章照应题目的事例。从这里，我们看到了文章照应题目的一般规律。开头，不管你用什么方式入题，在写作的中间部分也紧紧围绕题目，在题目所允许的范围内，四面八方，深入透彻地、鲜明地、突出地写清主题。结尾则用了强调的方式，回应开头和题目。

2. 前后照应

前后照应指的是文章的后文必须照应前文。要做到对应，就要前有呼后有应，切不可后有应前无呼。还必须做到自然。“应”应该做到毫不勉强，是行文所至，是自然而然的“应”，是顺理成章的回应；“呼”要不露声色，是行文所至、不见痕迹的“伏笔”。

3. 首尾照应

首尾照应指的是将前后照应一直贯彻到底，使结尾回照开头，就是首尾照应。结尾照应开头有三个作用：①造成首尾相衔接的“圆合美”；②形成充沛强劲的文势；③唤起读者对正文的全面回味，引起读者对主题的深入思考。

四、线索和脉络

（一）线索和脉络的含义

“段”即是“断”，是从“区分”、从横断面看结构的。如果从“连贯”、从纵剖面看结构，那么文章的结构从开头直到结尾，应该有某种线索和脉络贯串其间。没有线索和脉络来贯串，无论什么段，都不能连接成为有机的整体，正如珍珠没有线无法串联成为项链一样。只有掌握了线索和脉络，才能够安排好结构段和自然段。

线索有狭义和广义之分，狭义的线索指叙事性文学作品中串联全部情节的“线”；广义的线索则是指各类文学作品乃至一切文章中串联全部材料内容的“线”。从写作的实际出发，我们取广义的概念，将那些显露的线称为线索，而将那些不显露的线称为脉络。

（二）记叙性文章常用的线索

1. 以事件为线索

记叙事件的文章常以所记叙的中心事件为主要线索串联情节和场面，有时还辅以别的线。如《药》，以华家用人血馒头治病这件事作为明线串联了四个场面，但同时又以夏瑜就义这一事件作为暗线。又如《红楼梦》，以贾宝玉和林黛玉的爱情悲剧作为主线，《西游记》以唐僧师徒西天取经作为主线，同时又都配合有辅线。

2. 以“题眼”为线索

文章全篇以某个词或词组为线索，又因为它常在题目中标出，所以也可以说是以“题眼”为线索。如李密的《陈情表》即以“情”字为线索，柳宗元的《愚溪诗序》以“愚”字为线索，《谁是最可爱的人》以“最可爱的人”这一词组为线索，王蒙的短篇小说《最宝贵的》便是以“最宝贵的”为线索。这种线索广泛适用于一切记叙性和抒情性较强的文章里面。

3. 以物为线索

许多记叙性文章也常以具体的“物”为线索。如莫泊桑的《项链》即以项链为线索，《药》以“人血馒头”为线索，《核舟记》以核舟为线索，《十五贯》以十五贯铜钱为线索，《丑石》以那块陨石为线索，小米的《回忆》以小米为线索，《海燕》以海燕为线索，《白杨礼赞》以白杨树为线索，《黄土》以黄土为线索，《荔枝蜜》是以蜜蜂为线索。这个“物”往往具有象征意义，可以为情感提供耐人回味的形象。所以不仅是小说，散文也常常以物为全篇构思的线索。

4. 以“我”为线索

用第一人称叙述的文章，“我”无论只充当见证人，或扮演主人公角色，都是全篇的线索。如《孔乙己》中的小伙计，托尔斯泰的《奔袭》中的记者“我”。再如屠格涅夫的《初恋》，“我”是故事中的第一主角，也是整个故事发展中的线索。上述可见，故事始终以“我”来叙述，离开这个“我”，实际的故事内容便会中断，转述也不得不终止，所以这些“我”都是线索。

（三）说明文、议论文的脉络

至于说明文、议论文，它们都有贯穿全篇的线，但多是“逻辑线”，即事物本身所包含的“道理”或“特点”，因此一般不显露于外，这就是我们所说的“脉络”。

现在我们先看看一篇说明文《猫》，弄清全篇的“脉络”是什么？

> 猫有很高强的捕鼠本领。因为它首先有一对明亮的眼睛。它可以随着光线的明暗调节瞳孔，即使在伸手不见五指的黑夜里，它那双眼睛也能够看清任何东西，再狡猾的老鼠也逃不脱它的视线。其次，它有一双灵敏的耳朵，能够随意转向声音的来处。只要有一声响，哪怕是极其细微的声响，它也能及时辨出。还有，猫的脚趾上长着锋利的脚爪，能在平地上疾走如飞，又能爬壁翻墙，如履平地，能快捷地进行追捕。猫的脚掌还长有厚厚的软肉，可以悄无声息，出其不意地袭击老鼠。猫的胡须又很硬，传感性能极强，能精确地测出洞口的大小。所以，猫捕老鼠犹如探囊取物，叫人赞不绝口。

不难看出，这则说明文贯串全篇的脉络是猫的本领，具体说就是猫的五大生理特点，因而文章写得具体而连贯。从结构上看，它的整体安排有议论文的“完整式”，着眼于解释事理，但关键还是五个合理特点，否则即解释不清。所以，我们可以这样说，事物自身特点及其所包含的道理，就是说明文的脉络。

我们再来研究一下议论文《为学》的脉络。

> 天下事有难易乎？为之，则难者亦易矣；不为，则易者亦难矣。人之为学有难易乎？学之，则难者亦易矣；不学，则易者亦难矣。
>
> 蜀之鄙有二僧，其一贫，其一富。贫者语于富者曰：“吾欲之南海，何如？”
>
> 富者曰：“子何恃而往？”
>
> 曰：“吾一瓶一钵足矣。”
>
> 富者曰：“吾数年欲买舟而下，犹未能也。子何恃而往！”
>
> 越明年，贫者自南海还，以告富者。富者有惭色。

西蜀之去南海，不知几千里也，僧富者不能至而贫者至焉。

人之立志，顾不如蜀鄙之僧哉？

这则短文中间插了一个故事，但它只是一个喻证层。贯串首层、喻证层和尾层的是一个简单而辩证的道理：难与易要看为与不为，为与不为能使难易转化。这个道理是全文的脉络。其他议论文也是如此，事物的固有规律性即是议论文的脉络。

第三节　结构的原则和要求

一、结构的原则

安排结构一般要遵守以下三条原则。

（一）结构要为写透主题服务

将主题写透彻是一切文章写作的根本目的。为了实现这个目的，作者需要调动一切有效手段。结构作为最重要的手段，自然应该为此目的服务。谋篇布局，“务总纲领，驱万途于同归，贞百虑于一致”。整个谋篇布局要求抓住纲领，使千万条道路通向同一目标，使千万种考虑汇入一致的结论。这个目标，这个结论，便是主题。

以《谁是最可爱的人》一文为例。据作者自己介绍，他通过长期的共同生活，深入地采访、观察和体验，由衷地感受到志愿军战士那种崇高的英雄品德，产生了一种强烈的愿望来表现他们是最可爱的人这一主题。为了表现这一主题，他写作这篇通讯时，对二十几个“最生动的例子”进行筛选，最后决定选择其中三个典型的材料，加以详尽的实写，结合以必要的抒情、议论（实际也是作者自己的感受），把“战士的英雄行为”和“崇高的英雄思想感情”如实地、生动地、深刻地表现出来。为什么安排这种以实为主，虚实结合的结构呢？因为它能够直接反映战士的形象，集中表现心中的感受，产生感人的力量。他将“许多例子”“好多个意思”都删去了，他不愿意“面面俱到”，生怕“哪个意思也没有说透，怎么能给人以深刻的印象呢？”（《我怎样写〈谁是最可爱的人〉》）。

这个经验以及通讯实际呈现在我们面前的结构告诉我们，安排结构必须依主题来取舍，为写透主题服务。

（二）结构要正确体现客观事物的发展规律和内在联系

“文章是客观事物的反映”，主题要正确反映事物并且令人信服，必不可少的条件之一，就是结构必须正确体现客观事物的发展规律和内在联系。以记叙性文章为例，孙犁早已说过，事物有其“进行的规律”，抓住这个规律，写出这个规律，使它鲜明，便是作品的结构。要写一件事，最好必须有一个“发生—发展—高潮—结局”的结构，这才能够将事件写完整，将主题写透彻。以记叙性文体中的倒叙结构为例，倒叙的结构重在体现事物的因果规律和内在联系，当需要凸现因果规律或联系时，才安排倒叙的结构，否则便是为倒叙而倒叙，即使是“巧说悬念”也不正确。同理，顺叙的结构意在依原貌反映事物自然发展的规律和联系，平叙或插叙的结构意在整体或局部显示事物之间的相互联系和相互影响的规律，这些都必须按需要安排，否则便不正确。而且更重要的是，在安排上，都必须如实地体现事物固有的规律和内在的联系，这才算正确；如果是作者自己生造一个所谓的规律或联系强加给事物，那就不可能正确，不可能令读者信服。议论性、说明性文章更是如此。这些文章本来是要揭示或介绍事物发展的内在规律、联系和特点的，如果安排结构首先不能正确体现这一要求，势必出现思维上的混乱和表述上的悖情逆理，其结果必然反常而荒谬。这个道理无须多加说明。

（三）结构要适应体裁的特色

文章体裁在总体面貌上影响结构，结构的安排必须从整体面貌上适应体裁的特色。首先是各大类体裁的整体面貌，其次是各大类中的小种别体裁的整体面貌，结构都必须适应其应有的特色。

一般地说，记叙性文体以“再现”的面貌反映事物并表现其主题。所以，小说依事件的情节或场面来安排结构，戏剧在情节和场面中突出表现矛盾和冲突，电影电视则运用“蒙太奇”组合结构，抒情散文常依情感的节奏和变化来剪辑事件，消息常按“导语—主体—结尾”来安排结构，通讯的结构则近似散文。这些可以一般地称为记叙性文体的种别，其整体面貌都需反映事物并表现主题。议论文依论点和论据的关系来安排结构，但是，在结构的具体安排上则又各显差异。例如，理论性强的议论文，一般要首先突出中心论点，它不在总体上而只在局部上采用“并列式”的结构，而杂感漫谈之类却不受此种限制；驳论文安排结构，一般从反面“树靶子”入手，立论文则经常先从正面提出论点。至于说明文体，则以“解说”的面貌来反映事物，并表现主题。说明文多依事物本身的特点来安排结构。例如，应用的公文体要按“告知”或“要求”的面貌出现，要按照“依据—缘由—事项—要求”来安排结构。总之，每篇文章的具体结构安排要适应它所归属的文体。就是说，结构要适应体裁的特色。

二、结构的要求

从外部关系说，结构必须遵守上述三条原则；但就结构自身的构成而言，其形体应是严谨而完美的，必须遵循下述三个基本要求。

（一）完整、紧凑

所谓完整，指整体中应有的一切部分都应该完备齐全、不残缺、无疏漏；所谓紧凑，指整体中所具有的一切部分都密切连接、不枝蔓、无多余。

如《药》这篇文章只有四个部分，四个部分密切相连，所以完整而紧凑。如果随意改变，结构必将遭到破坏。再如《独攀巫山最高峰》的结构，就从见到巫山最高峰产生的仰慕和攀登之情写起，然后写攀登高峰，再写峰顶包揽壮阔之景致、写巫山的传说和诗歌，最后写作者的感慨，显得完整而紧凑，不枝不蔓，一气呵成，统一和谐。

（二）清晰、自然

所谓清晰，指整体中各部分安排得井井有条，头绪分明，不芜杂、无含混；所谓自然，指一切都顺理成章，“行于所当行”“止于所可止”，丝毫不带牵强和雕琢的痕迹。

以《背影》一文为例，文章把父亲的背影作为主线，写父亲对儿子的关怀备至和儿子对父亲的感激。全文共有六段。第一段引出“背影”后，写“那年”的祸不单行，第二段写家中光景惨淡，第三段写父子同到南京，行将离别，第四段写渡江进浦口车站时，“父亲一路张罗一路叮咛嘱咐”。这四段是“次”，是铺垫，较略。第五段是“主”，是中心，细写父亲如何穿过铁路，如何艰难而又努力地在月台上爬上爬下，以及回来后如何显出很轻松似的，最后又如何消失在人群里。这个中心的一幕写得很详，突出而鲜明地再现了最不能忘记的背影。第六段是结束全文，追叙父亲生平，以捧读父亲来信回忆“那年”的背影作结。全文六段写起来井然有序，行止自如，衔接得极其自然而毫无痕迹。这篇文章层次、脉络非常清楚，是清晰、自然的典范文章。

至于议论性文章和说明性文章,其结构也应做到清晰、自然。这些文章的任务或目的,本来就是要将事物的抽象道理或固有的特性、特征整理清楚,并且明白如实地告知读者,不能整理便不能做到明白如实。文章中的道理或要点,较之于事物的实际,若已经“走了样子”,传播的就不是真理、真知。即使并未走样,却不能概括出清晰自然的结构,读的人也会觉得费解,摸不清文章的头绪,这也违背了写作的目的与任务。

清晰和自然有一个共同的基础,那就是对于事物本质的深刻认知,对于表象之内的“真”的准确把握。认清这个本质有利于清晰,顺着这个“真”去写,有利于自然。“深爱”是父亲一切言行的本质,是“背影”这个表象之内的“真”,作者紧紧地把握住这一主线,所以文章才极为纯真、质朴、清晰、自然。

(三)统一、和谐

所谓统一,指全篇主旨集中一贯,不冲突,无游离;所谓和谐,指通篇配合匀称、协调,没有失比例,没有不融洽的地方。任何形体要想引起人们的美感,自身必须具有统一、和谐的属性。文学作品本来就是一种美的艺术,当然更需要统一、和谐。譬如,前面提到的《背影》,具有质朴纯净美;《谁是最可爱的人》具有庄严崇高美;《药》是通过华家苦难蒙昧的挣扎、夏瑜壮烈而寂寞的就义、康大叔的骄横愚蠢和众人的麻木描绘出一个社会的悲剧,表现出一种深沉悲凄美。它们都具有统一、和谐的色彩,鲜明的格调,集中的主旨,没有任何乖异、游离、失调的缺憾,都是严谨完美的艺术品。

议论文在安排结构时也不能不注意统一、和谐。如议论文开头不能太大,中间的分论点彼此要成比例,要协调一致;论点和论据要有统一的属性,论据不能单薄也不能泛滥;结尾必须与开头相统一,并且要比开头更有力;全篇要主旨一贯,不能有任何偏颇转移等等。

结构的三项要求都是基本的,在写作文章时满足这些基本要求是非常必要的。这样,结构大体上也就严谨而完美了。

第四节 结构能力的培养

一、理清思路、安排提纲

思路即是思想前进的路线。思想亦称“观念”,是人的头脑对客观事物进行思考并获得认识的过程和结果。毛泽东所说的“去粗取精、去伪存真、由此及彼、由表及里的改造制作”的过程就是思路。思路“移出”人的头脑并在文字上系统地归纳出来,这就是结构。结构反映思路,思路反映人对事物的认识过程。结构—思路—事物,是两个层面上的表里关系。在事物和结构的中间,思路是“中介”,而且是唯一的“中介”。经由这个“中介”,事物以其面貌、状态、联系、本质和规律表现为结构。结构所表现的,并不是事物的混沌形态,而是它的“生命”,即被“改造过”的观念形态。

思路要完成“中介”的使命,必须满足以下两个前提。

(一)当“移入”时,思路必须开阔、缜密、深入和飞跃

开阔,是说思考事物应力求广泛、全面,不能坐井观天,以偏概全。缜密,是说思考事物还应该力求细致、周密,不能粗枝大叶、草率疏忽。深入和飞跃,是说思考应努力向深度开掘,不能浮光掠影、浅尝辄止。古人说“研阅以穷照”“探螭龙而得其珠”,就是强调要研究事物的真谛，要实现由粗浅的感性认识到深刻的理性认识的飞跃，最终找到事物的本质和规律。这样，人的思考在经历了艰苦的思路过程以后，才会在认识上获得有价值的成果。

（二）当“移出”时，思路应该具有层次性、条理性和整一性

层次性，实际是从各阶段、各侧面及其主次关系、主从关系的角度对事物进行“改造”的结果。将事物一切有实际意义的部分，有步骤、有次第、完满而熨帖地归纳出来，结构才会完整、紧凑。条理性，实际是从普遍而复杂的联系的角度对事物进行“改造”的结果。将这些联系归纳得条分缕析、合情入理，结构才会清晰、自然。整一性，实际是从本质和根本规律的角度对事物进行“改造”的结果。将事物中贯穿首尾的本质和规律鲜明而突出地归纳出来，结构才会统一、和谐。在这“三性”中，整一性尤为重要，更具有全局的意义。

思路若能满足这两个前提，就可以实际地转变为结构了。

二、安排结构的步骤

（一）确立主题、定准分寸

这是写作首要的一步。首先，应该确立主题，确定了究竟要写什么，结构才有取舍，安排才有依据和标准。其次，还应该进一步定准主题的分寸。分寸不可不足，也不可过度。不足会失去应有的力量；过度了，真理也会变成错误。有了合理明确的主题和合理准确的分寸，结构就有了可靠的目标和确定的中心。

（二）明确体裁、遵守规矩

相同的主题可以采用不同的体裁，不同的体裁又有着不同的结构。所谓体裁，就是文章的样式、样子，是一篇文章所实际表现出来的整体状貌，一篇像样子的文章都应该能够归入一种体裁。明确体裁，对于有一定文体感的人，对于在某些文体写作上已有一定基础的人，都不是困难的问题。但对于初学某些文体写作的人，这就是一个不可忽视的、相当实在的问题了。

体裁的结构规矩体现在那一类体裁的范文里。文章宜“一组一组地读”，很重要的原因之一就是“一组一组”的范文可以示范一类一类文体谋篇布局的规矩。因此，掌握规矩最重要的、最有效的途径，就是平时要认真学习范文，还要学习一些有关的写作理论知识。

（三）理清要点、分段组段

明确主题及其分寸、明确文体及其规矩以后，接下来就是理清思路中的各个要点，将它们或概括或简洁而准确地划分，使它们既能鲜明地区分，又能连贯地组合，按照合理的先后次序组成文章。

（四）综观全局、审视提纲

结构都要归纳概括为一个提纲。提纲是否符合要求，最后须从全局上加以审视，依全局的需要和可能，核定提纲中的各个局部。全局的需要和可能主要包括：主题的表现，体裁的规范，篇幅的规模，各部分的协调与配合；核定各个局部主要是指核定各个“大段”和关键性的“小段”。

如传记作家郭久麟在采写传记文学《罗世文传》的过程中，采访了大量材料之后，就反复地研究素材，按照时间顺序，拟出了全篇的提纲：

家世和童年
探索和觉醒
在反帝爱国运动中

"壮游北国"(写留学前苏联)
蓬溪暴动
前仆后继
"千锤百炼是钢精"
"继往开来为工农"(写狱中斗争)
"许党为民万事轻"(写狱中斗争)
"群情尽望春"(写罗世文牺牲)

这个提纲,反映了罗世文童年的苦难,少年的成长,在重庆的革命运动,在苏联留学,领导武装起义,抗战中到成都从事抗日统一战线工作,被捕后在狱中的顽强斗争直至英勇牺牲的历程。有了这个提纲,作者写作时就胸有成竹、游刃有余了。

思考与练习

1. 什么是结构?
2. 文章结构的基本原则和要求是什么?
3. 结构有哪些基本内容?
4. 写文章在什么情况下需要过渡?
5. 常见的照应方式有哪些?
6. 开头与结尾有些什么要求?
7. 什么是思路? 什么是格局?

模块五　语　言

写作，是一种语言的艺术。“文学的第一要素是语言”，这是高尔基的一句名言，它道出了语言在文学中的重要性。巴尔扎克也说：“构思一部作品是很容易的，但是把它写出来却很难。”可见，文学创作中构思固然重要，把构思付诸语言更是关键的一步。千百年来，人们通过写作实践得以成形的作品，无论是卷帙浩繁的皇皇巨著，还是玲珑小巧的精美诗篇，无不是在语言上见功夫的。而古今中外的名家名篇，恰恰由于其在语言上堪称瑰宝才被列入经典，成为人类精神家园的重要组成部分。

第一节　文学语言的概念

一、文学语言的含义

文学创作是需要靠表达来实现构思的符号化、定型化的工作，即通过语言文字对构思中孕育的“意”进行表述和传达，用词语、句子、标点、体式和语言色彩把意义定型下来。不管是构思所用的“内部语言”，还是表达所用的“外部语言”，写作活动的最终完成总是以物化产品呈现给读者的，这物化产品的语言是一种书面语言。

语言是社会成员之间的一种约定俗成的产物，不约定俗成就无法交流，这种社会认同性是语言最根本的特征。因此，语言不但具有鲜明的民族文化特征和突出的社会群体性，而且必然需要共同遵守的规范化。因此，语言具有社会性，也就是语言符号与语言使用的规范性。

但是，语言的社会规范化并非语言运用的僵化与机械。文学创作中不同文体有不同的语言要求，需要我们变通和灵活地使用语言。同时，不同写作者又可以根据具体情况而有自己的创新语言，从而形成自己的“言语”风格。此外，文学作品的语言在构造上常常打破常规语法的约束，形成生动灵活和更富表现力的词句。

由于具有社会性，语言便肩负着文章载体、文化传承的重任，在人类社会漫长岁月的历史积淀中不断丰富发展。由此，语言还具有历史性。直到现在，古代汉语中的大量成语和习惯用语还被我们所使用，不少古代经典作品还被我们推崇和欣赏。

千百年来，文学作品演绎着历史的变迁，文学语言打上了鲜明的时代烙印。不同历史时代，文学语言往往具有不同的时代风格。比如明清白话小说和宋代话本小说相比，语言的时代风格就发生了很大的变化，语言表达不仅更加“白话”，而且更为丰富多彩。

综上所述，文学语言是一种具有民族性、社会性、历史性和时代性特征的专门的书面语言，它不仅和文体有密切关系，而且可以有多种样式和风格。

二、文学语言的要求

(一)准确

准确,是指运用最确切、精当的字、词、句,恰如其分地表达思想。不论记事、写人、绘景、抒情,还是阐发事理、发表观点、说明问题,都必须力求准确无误。梁启超说:“写作,最低限度的要求,是该说的话或要说的话不多不少地照原样说出,令读者完全理解我们的意思。”可见,语言不准确,词不达意,不仅使作者的主观愿望与表达效果相违背,还给读者造成理解上的困难,这与写作的初衷是相违的。

要做到语言准确,其要领有以下四点。

1. 对客观事物认识准确,思维清晰

这需要对客观事物仔细和准确地观察。相传唐朝和尚齐己写了一首《早梅》诗,其中有两句是“前村深雪里,昨夜数枝开”。他请朋友郑谷指点。郑谷认为,“数枝”不足以点明“早”,不如改为“一枝”。一字之改,真实地传达了“早梅”的客观真实之处。

2. 选词要恰如其分

选炼字词要准确,就是要寻找到一个最能表现思想的字词。正如福楼拜所说:“你所说的任何事情,都只有一个名词来称呼,只有一个动词来标志它的动作,只有一个形容词来形容它,仅仅发现与这些名词、动词、形容词类似的词句是不行的,绝不能因思索困难而用类似的词句敷衍了事。”要准确地挑选词语,须精心辨析词义,对意义相近、相似的词语,只有弄清它们细微的差别,才能准确地表达思想。因此,贾岛关于“推敲”的故事被传为佳话。一个“敲”字,反衬出乡间月夜的幽深静谧。另外,“苍黄的天底下,远近横着几个萧索的荒村”(鲁迅《故乡》),这句描写中的“横”字,也用得恰到好处。

3. 注意词语的感情色彩

汉语词汇中的大量词语,除了表示一定的意义外,还带有不同的感情色彩,能表现作者肯定或否定、讴歌或鞭挞、喜爱或厌恶等主观感情倾向。注意词语的感情色彩,恰当地运用褒贬词语,是使语言准确的重要环节。

徐迟在《地质之光》中写道:“李四光用乐观的、十分肯定的语言答复主席的垂询。”这“垂询”一词,就用得很准,它恰如其分地体现出了交谈双方的关系。

美学家朱光潜曾在《咬文嚼字》中提到,郭沫若的剧本《屈原》里婵娟骂宋玉:“你是没有骨气的文人!”上演时,他自己在台下听,嫌这话不够味儿,想在“没有骨气的”下面加上“无耻的”三个字。一位演员提醒他把“是”改为“这”,“你这没有骨气的文人”就够味儿了。因为在这里,“你是什么”只是单纯的叙述语,而“你这什么”则是坚决的判断了,语义更强。

4. 造句要合乎语法和逻辑

这就是说,书面语言所选的句子既要合乎语法规范,又要完整清晰地表述意思,还要与上下文之间建立正确的意序联系。这样,才能使句子准确。如“他叙述了一个未成年的工人的女儿误入歧途的故事”。几个定语的位置混乱,造成歧义。因此,在叙述多层状语或多层定语时,一定要搞清楚各层之间的关系。

(二)简练

堪称语言大师的老舍说:“世界上最好的著作,差不多就是文字清新简练的著作。”简练,就是话说得少,而意包含得多。运用语言要简洁、精练,用最经济的文字表达尽量多的内容。

晋代陶渊明写过一篇仅25字的小小说《殒盗》："蔡裔有勇力，声若雷震，尝有二偷儿入室，裔拊床一呼，二盗俱殒。"虽然全文只有短短的25个字，但却非常精彩地写出了殒盗的全过程，做到了言简意赅。

文章的语言美，首先就要表现为简洁精练。拖泥带水的语言，不仅破坏了文章的形式美，而且必定妨碍思想内容的表达。如写"一个人坐在草地上"，这很容易懂，因为它清清楚楚。若写成"一个高高的、窄胸脯的、身量中等的、留着胡子的人坐在绿色的、已经被人践踏的草地上"，这段话反而不好懂，显得晦涩、繁难，不能一下子映入人的脑海。

因此，契诃夫给我们一个忠告"我们应该尽量删去形容名词和动词的词"，而鲁迅在创作时也是用"惜墨如金"的态度，力求用最简练的语言表达最丰富的思想内容。要做到语言简练，我们须从以下三个方面来着手。

1. 节约用字，选用容量大、表现力强的词语

汉语词汇里有大量成语、文言词、谚语、俗语，都具有丰富的含义和凝练的形式。如果我们能恰当地运用这类词汇，则可以起到以少胜多、以简驭繁的效果。如写某个很聪明的人，但这人在行为上却表现出一种愚钝的样子，我们就可以用一个成语"大智若愚"来概括。想要表达两个人走不同的路，最后却又走到了一起，就可以用"殊途同归"来表达。又如"虎毒不食子""看菜吃饭，量体裁衣""到什么山唱什么歌"等俗语，生动而凝练地说明了生活的道理。

2. 使用电报式语言

电报式语言的特点是凝练、以少胜多，具有高度的概括力。

欧阳修写作，非常注意文章的平易流畅，简洁洗练。他的散文名作《醉翁亭记》开头一句仅用"环滁皆山也"五个字，就把滁州的自然环境描绘出来了。关于他用字的简洁，还有一则逸事。欧阳修曾和两位朋友在街上散步，看到一匹脱缰的奔马踏死一只狗。他提议，看谁能把这件事最简练地记述下来。一位朋友说："有犬卧于通衢，逸马蹄而死之。"用了12个字。另一位朋友说："有马逸于街衢，卧犬遭之而毙。"也是12个字。而欧阳修只用了"逸马杀犬于道"6个字便表达清楚了。

鲁迅说："写完文章至少应看两遍，竭力将可有可无的字、句、段删去，毫不可惜，宁可将可作小说的材料缩成速写，决不将速写材料拉成小说。"这就是提示我们语言高度凝练的重要性。

20世纪美国小说家海明威，其《老人与海》本来可以写成几十万字，写小说里交代过的村庄、每个人物以及他们怎样谋生、怎样受教育、生孩子等一切过程，但小说最后却被浓缩到只有五万多字，小说仅仅集中描写了老人在海上捕鱼的惊心动魄的三天。海明威简约清新的文体风格是最让人称道的。他曾经说过："冰山在海里移动，很庄严宏伟，这是因为它只有八分之一是露在水面上的。"当然，他也根据"冰山原理"来创作，把更多的东西隐藏到作品的内涵中去，但读者却可以根据"浮在海面上的八分之一的冰川"，强烈地感受到底下的八分之七。

所以，电报式语言是高度浓缩的语言，其丰富内涵产生在语言之内，由语言本身包含概括。

3. 使用白描式语言

白描式语言的特点是抓住事物的特点、神韵来简略勾勒，能够留下空白，给人想象的余地，引起更多的联想，达到"言有尽而意无穷"的效果。

如唐栋的小说《红鞋》里有一段白描式的语言，写的是边卡的连长：

> 边卡的连长是河南人，姓水，瘦高个，脾气暴躁，人称大炮。

这一段文字就运用了典型的白描技法，寥寥数语就勾勒出了人物的外貌及性格特征。“瘦高个”，但究竟瘦到何种程度，“脾气暴躁”，但究竟脾气有多暴躁，则全由读者根据小说的内容去意会。

白描法是一种朴实的描写方法，用词简明洗练、笔调自然、意蕴真切，三言两语即能以一目传尽精神，同时形象的特征鲜明突出，活灵活现。取名于中国绘画中的白描，取其意于白描的淡墨少彩、以神韵传形象的技法。好的白描手法甚至可以达到力透纸背、入木三分的境地，深得中国水墨画的精髓。

老舍在《人物·语言及其他》里说过：“文字不怕朴实，因为朴实也会生动，也会有色彩。齐白石画的小鸡，虽然只有那么几笔，但墨分五彩，能使人看出许多颜色。”由此看来，白描式语言是不事修饰的语言，其丰富内涵产生在语言之外，由语言暗示出来，并最终由读者领会理解。如，贾岛的《寻隐者不遇》、崔颢的《长干行》都是白描式语言的典范之作。

必须说明的是，语言简练的目的在于更精确地表现内容。如果内容得不到充分的表达，只求字面上的节省，那叫简陋、寒碜。这样不仅不能达到简练的目的，而且还可能损害原意，弄巧成拙。“鹤颈虽长，断之则悲；凫胫虽短，续之则忧。”因此，语言的运用应该由作品的内容来决定，既不能故意求繁，也不能刻意求简。

(三)生动

生动，指语言要有活力、感染力，讲究形象和文采。古人说：“言之无文，行而不远。”说明文章必须有文采，语言生动活泼，才能产生广泛的传播效应。要达到语言生动这一要求，首先就要使用形象化的语言。形象化的语言有表象、有声响、有色彩、有味道，能唤起读者的想象，给读者以具体可感的画面。当然，使用这类语言还应该有自己的个性，不能人云亦云，而要力求新鲜独特。

正因为生动，语言才会呈现出各种美质。

第二节 文学语言的美质

一、文学语言的形象美

文学语言是艺术的语言，它的首要特征是形象性。文学语言要具有形象性，就必须重视每一个词的作用。清代文学评论家袁枚在《随园诗话》中说：“余尝谓：一切诗文，总须字立纸上，不可字卧纸上。人活则立，人死则卧，用笔亦然。”用笔要做到“字立纸上”，必须用生动的形象性的词语。

如王安石“春风又绿江南岸”中的“绿”字，既有色彩美，又有他东山再起的心情。一个“绿”字，既是生命的象征，又是希望的所在；既可作形容词，又可作动词，具有深刻的文化内涵。而张继“夜半钟声到客船”之“到”，则以动写静，把夜晚江面的宁静和寂然被寒山寺清脆的钟声撞醒的静谧之美写活了。

要真正使我们的作品具有这种形象美，需要使用有表现力、立体感、新鲜和情态化的语言。

(一)使用有表现力的语言

在遣词造句上，福楼拜不愧为大师。《包法利夫人》文字的精美，在法国小说中可以说是首屈一指的，名句也是不胜枚举的。如他形容包法利的平庸说“像人行道一样平板”；写他的第一个妻子的瘦削时则写道："骨头一把，套上个袍子，就像剑入了鞘一样。"

老舍也是一位语言大师，他写干妈的外貌"干妈的脸确实是干的，像烤干了的苹果，红而多皱"，使人一下子就想到了干妈衰老的样子。

这些语句为何形象？是因为选用了具体可感的语言，使人读之心领神会。这一类词语与有关的表象联系比较紧密，那些表象本身也比较清晰而稳定。因此，人们使用或接触这类词时，比较容易引起对有关表象的联想，容易产生一定的形象感。这一类语言具有形、音、色、味的特点，并有可以为阅读者直接感知的性质。要使语言具有色彩美，使语言富于色彩、光泽，能绘声绘色地传达出事物的神采风韵，给读者以具体、可感的画面。

下面两段文字，描写对象相同，但由于第二段运用了有表现力的语言，因此更加形象。

> 天空是蓝色的，鸟儿飞来飞去，远方的山连绵起伏，田野散发出好闻的香味。
>
> 天空是孩子们画中的那种天空，彻头彻尾的深蓝色，绵延的山脉看上去就像恐龙的背脊，青翠欲滴的田野散发出阵阵新刈的牧草的清香。——（美）康拉德

用这种方法还可以把抽象的情感、概念等具象化。如"愁"本来是一种抽象的、不可言传的情感，但在贺铸的《青玉案》中"试问闲愁都几许，一川烟草，满城风絮，梅子黄时雨"；而在李后主笔下则是"问君能有几多愁，恰似一江春水向东流"，都变得可观可感，形象生动。

（二）使用富于立体感的语言

柳宗元的《小石潭记》对游鱼的描绘，极富立体感。

> 潭中鱼可百许头，皆若空游无所依。日光下澈，影布石上，佁然不动；俶尔远逝，往来翕忽。似与游者相乐。

又如，李乐薇的《我的空中楼阁》，就从不同的角度来描写他的小屋。文章写道：

> 我的小屋在树与树之间若隐若现，凌空而起，姿态翩然。本质上，它是一幢房屋；形式上，却像鸟一样，蝶一样，憩于枝头，轻灵而自由！

这就给读者无限遐想的空间，小屋的形象、小屋周边的美丽环境，立体地再现在读者面前。

（三）使用新鲜的语言

新鲜是说遣词造句要在合乎语法、逻辑和事理的前提之下，尽量做到新颖别致，不落俗套。那种写人物的眼睛，动辄用"炯炯有神""深邃""水灵灵"，写一个人忘我地工作，只知道用"废寝忘食"这类词，就叫俗套。

朱光潜说："一说美人都是'柳腰桃面'，'王嫱、西施'；才子都是学富五车，才高八斗；谈风景必是春花秋月，叙离别不离柳岸灞桥，做买卖都有端木遗风等等，这些都是前人所谓的套语，我们称之为滥调。一件事物发生时立即使你联想到一些套语滥调，而你自己也安于此，毫不斟酌地使用它们，这就是近代文艺心理学家所说的'套板反应'。"所以，要使语言新鲜，首先要打破套板反应。

语言的新鲜感来自于作者对生活的体验程度、观察事物的角度和思想认识的深度，不可闭门造车。我们要在生活中积累语言，像我们的很多俗语、俚语，如"脸红脖子粗""三天打鱼，两天晒网""屋漏偏逢连夜雨"等，通俗凝练，形象生动，有很强的表现力。

（四）使用情态化的语言

优秀的文章往往是思想性和趣味性的统一。语言的趣味来自对生活的敏锐捕捉，来自对

语言的娴熟驾驭和独特的语感。如汪曾祺的《詹大胖子》中写：

> 詹大胖子是个大胖子。很胖，而且很白。是个大白胖子。尤其是夏天，他穿了白夏布的背心，露出胸脯和肚子，浑身的肉一走一哆嗦，就显得更白、更胖。

“哆嗦”一词，妙不可言，简直就是神来之笔，一个胖子的形象呼之欲出。

朱自清在《绿》中写道：“我的心随潭水的绿而摇荡。那醉人的绿呀！仿佛一张极大极大的荷叶铺着，满是奇异的绿呀，我想张开双臂抱住她……这平铺着、厚积着的绿，着实可爱。她松松地皱缬着，像少妇拖着的裙幅。”作者把自然之绿作为极富魅力的女性来赞美，这样一种倾注了强烈感情的情态化的语言描述，给人以生动之感。

二、文学语言的情意美

“情者文之经”，情意本身就是文章的生命之花。没有情意注入的作品，就如干枯的花朵，只留下毫无生命的躯壳。而语言，则是情意的“直接现实”和“外在标志”。所以，情意作为文章的重要因素，通过作者带有褒、贬、爱、憎、喜、怒、哀、乐的语言载体来实现。

语言的情意美，主要从以下几方面来达到。

（一）用不同感情色彩的词直接表现

汉语中大量词语，有些带有鲜明的爱憎色彩，不仅可以表意，也可以表情。注意词语的感情色彩，恰当地使用褒贬词语，就可以把作者的情感很好地表现出来。

《天安门诗抄》之《扬眉剑出鞘》，便用了鲜明的褒贬词语来抒发情感：

> 欲悲闻鬼叫，我哭豺狼笑。洒泪祭雄杰，扬眉剑出鞘。

巴金的《怀念萧珊》更是一篇用血和泪写成的抒情悼亡之作。其中充满感情色彩的词语的运用，使巴金那种无尽的怀念和哀戚难支的深情得到了淋漓尽致的抒写。

（二）巧借人、事、景、物间接抒情

作者所要表达的情意是看不见、摸不着的，相对而言比较抽象，但可以通过记人、叙事、写景、状物的过程来表现，还可以通过比喻、象征等修辞手法含蓄地表达出来。比如苏轼的《江城子》：

> 十年生死两茫茫，不思量，自难忘。千里孤坟，无处话凄凉。纵使相逢应不识，尘满面，鬓如霜。
>
> 夜来幽梦忽还乡。小轩窗，正梳妆。相顾无言，惟有泪千行。料得年年肠断处，明月夜，短松冈。

上阕侧重写梦前，十年来对亡妻的无限思念。其中既倾诉了对亡妻至死不渝的深情，也渗透着自己因仕途多艰而带来的人生忧伤。“尘满面，鬓如霜”既是肖像描写，又倾注了一种十年思念之苦、仕途坎坷之苦的情感。

下阕则是正面描写梦境，展现出乍见而喜、喜极而悲的场面。十年阔别，梦中重逢却相顾无言，泪眼相对，写得情真意切，情深难言，此时无声胜有声啊！这是虚拟的相见时的情态描写。后面的“料得年年肠断处，明月夜，短松冈”则是梦后的哀思，以“明月夜，短松冈”的孤凄寒冷的景象来做结，令人回味无穷。也可以说是作者以孤坟凄凉的场景特写，来表达阴阳相隔、哀思无尽的情感。

全词写景、记事、抒情融为一体。写容貌,谓“尘满面,鬓如霜”,可见其黯淡的情怀;写亡妻,谓“小轩窗,正梳妆”,可见其温馨的情调;写相逢,谓“相顾无言,唯有泪千行”,又是此时无声胜有声的妙笔;写景物,谓“明月夜,短松冈”,景物中包含着无限哀伤、凄恻的情思。

三、文学语言的音乐美

语言的音乐美,是指语言的节奏、韵律作用于人的听觉所产生的美感。文学作品通过语言的音乐美能够传达出特殊的情味和韵致。

(一)把握音节的自然停顿

古代格律诗一般是四言二顿、五言三顿、七言五顿,从而形成鲜明的节奏。

一些现代诗,因特意的安排,也有强烈的节奏美。如新月诗派讲究“三美”:绘画美、音韵美、建筑美,其代表诗作也就有了节奏美。很多新诗往往根据情感抒发的需要,把握语言的节奏,富有乐感。如海子的《日记》,全诗充满怀念的情调,如一首忧伤低徊的小夜曲。傅天琳的《梦话》抒写圣洁深挚的母爱,又似一首咏叹调。

(二)句式的参差错落

1. 整散结合

整句是指句子结构相同或相似;散句是指结构不整齐,而交错运用的一组句子。整句,讲究对称之美和音乐之美,目的是增强语言气势。散句,随心所欲,但散而不乱,显得自然活泼,可避免单调、呆板,从而取得生动感人的效果。

散句使用的频率常常高于整句,但两者又是交错运用,既有整齐完整之美,又有参差交错之妙,所以常常是波澜起伏,引人入胜。

如鲁迅的《记念刘和珍君》:

> 惨象,已使我目不忍视了;流言,尤使我耳不忍闻。我还有什么话可说呢?我懂得衰亡民族之所以默无声息的缘由了。沉默呵,沉默呵!不在沉默中爆发,就在沉默中灭亡。
>
> ……
>
> 真的猛士,敢于直面惨淡的人生,敢于正视淋漓的鲜血。这是怎样的哀痛者和幸福者?然而造化又常常为庸人设计,以时间的流驶,来洗涤旧迹,仅使留下淡红的血色和微漠的悲哀。在这淡红的血色和微漠的悲哀中,又给人暂得偷生,维持着这似人非人的世界。我不知道这样的世界何时是一个尽头!

同时,他还综合运用反复,包括间隔反复,使文章节奏显得更为铿锵有力。

又如《红楼梦》第十七回描绘新修成的大观园:“只见许多异草,或有牵藤的,或有引蔓的,或垂山巅,或穿石隙,甚至垂檐绕柱,萦砌盘阶。或如翠带飘摇,或如金绳盘屈,或实若丹砂,或花如金桂,味芬气馥,非花香之可比。”中间用五组整句,写出了异草奇花的繁复多姿;而最后的散句,则总写其香气的独特。

2. 长短句交错

在散文中,作者经常自觉地注意语言的参差错落,“在长短、轻重、缓急上面现出情感思想的变化和发展”(朱光潜《散文的声音和节奏》)。长句结构复杂,速度缓慢,带有较多的修饰语和附加成分,可以把思想感情表达得精密细致,比较适合体现委婉平实的情趣,也可用于细腻的描绘和评述;短句则便于表达强烈的思想感情和激烈活泼的情趣。在散文中,长短句的参差错落,呈现出在表达作者主观情感时的一种节奏的自然和谐。如鲁彦的《听潮》,在描写静的大海时，基本上用的是长句；而在描写动的大海时，则以短句为主。

> 海在我们脚下沉吟着，诗人一般。那声音仿佛是朦胧的月光和玫瑰花间的晨雾那样温柔，又像是情人的蜜语那样芳醇。低低地，轻轻地，像微风拂过琴弦，像落花飘在水上。

语言在这里显得雍容华贵，富丽堂皇，语音是那样的舒缓，那样的流利，其节奏和情调同月光下沉静的大海的温柔和甜美，是那么的和谐。当“海受了创伤”“愤怒”起来时，又是怎样的情境呢？

> 音响越大了。战鼓声，金锣声，呐喊声，叫号声，啼哭声，马蹄声，车轮声，机翼声，掺杂在一起，像千军万马混战了起来。

一连用了一系列的短句，来描写大海的汹涌澎湃，节奏短促，气势磅礴，读后使人感觉到大海潮起时的惊心动魄。

3. 连贯排比句的运用

文章经常将三个以上的结构相同或相似、语气一致的句子排列成串，连珠爆发，形成具有夸张声势、淋漓尽致地表达情感的效果。

如郁达夫的《故都的秋》里有这样的句子：

> 南国之秋，当然是也有它的特异的地方的。比如廿四桥的明月，钱塘江的秋潮，普陀山的凉雾，荔枝湾的残荷等等，可是色彩不浓，回味不永。比起北国的秋来，正像黄酒之于白干，稀饭之于馍馍，鲈鱼之于大蟹，黄犬之于骆驼。

连用了几个排比句，对比解说，使人对故都的秋产生无尽的希望、回忆与神往。

（三）声调的抑扬顿挫

汉民族的语言，在古代，声调分平、上、去、入四类；在现代，分为阴平、阳平、上声、去声四种。我们如果能有规律地搭配安排平声与仄声，就能形成节奏富于变幻的音乐之美。

一平到底，一仄到底，效果都不好。如果在末尾和句中各词的搭配上交错地安排平仄，则能达到声音流转如振玉，文辞圆润如贯珠的效果。

如郁达夫的《故都的秋》：

> 不逢北国之秋，已将近十余年了。在南方每年到了秋天，总要想起陶然亭的芦花，钓鱼台的柳影，西山的虫唱，玉泉的夜月，潭柘寺的钟声。

以上五个词组“芦花、柳影、虫唱、夜月、钟声”的声调分别为“平平、仄仄、平仄、仄仄、平平”，声调高低相间，平仄杂错，悦耳动听。

（四）韵律的和谐整齐

1. 押韵

押韵可以使语言音韵和谐，节奏鲜明，读起来朗朗上口，悦耳动听。但我们在用韵的时候，也必须遵循“随情选韵，因情变声”的原则。

如艾青 1954 年 7 月 25 日写的《礁石》：

> 一个浪，一个浪
> 无休止地扑过来
> 每一个浪都在它脚下
> 被打成碎沫，散开……

它的脸上和身上
像刀砍过的一样
但它依然站在那里
含着微笑，看着海洋……

诗人以“含着微笑，看着海洋”八个字来看待人生。这微笑，在艰难困苦面前是一种自信，是一种强者的藐视，在欢乐与胜利的时刻则是一种舒畅。总之，不管是在历史的风云中，还是在个人的蹉跎的征途上，都应该采取一种积极的态度，勇敢地迎接生活，也勇敢地迎接各种挑战。正因如此，更可以理解诗人创作中的基本旋律了，也知道选用“ang”韵的缘由了。它响亮有力，便于吟诵，而且把诗中昂扬、舒畅、活泼、健朗的情调表达得更加悠长。

徐志摩的《沙扬娜拉》是写给一位日本女郎的：

最是那一低头的温柔，
像一朵水莲花不胜凉风的娇羞，
道一声珍重，道一声珍重，
那一声珍重里有甜密的忧愁——
沙扬娜拉！

诗歌里的“温柔、娇羞、忧愁”是“ou”韵，音调徐缓悠长，含蓄柔和，这正与全诗情调相符合。

2. 叠音词的运用

叠音、叠词的运用，可使语言有振玉贯珠的效果。

李清照的《声声慢》起拍的妙句“寻寻觅觅，冷冷清清，凄凄惨惨戚戚”，以众多叠字的运用表达难以言传的凄苦悲哀之情。

再如唐朝寒山和尚的《杳杳寒山道》，诗风幽冷，别具境界。而且用了很多叠词，分别从山水、环境、气候和作者自己的感受展开，把读者带到了冷寂幽静的境界。

杳杳寒山道，落落冷涧滨。
啾啾常有鸟，寂寂更无人。
淅淅风吹面，纷纷雪积身。
朝朝不见日，岁岁不知春。

这首诗除了用景物渲染气氛、以气氛烘托心情这种传统的表现手法之外，使用叠字是它的特点。通篇句首都用叠字，是不多见的。顾炎武的《日知录》里提到了使用叠字的要求：“复而不厌，赜而不乱。”要做到这一点，关键在于变化。寒山这首诗使用叠字，就很富于变化。“杳杳”具有幽暗的色彩感，“落落”具有空旷的空间感；“啾啾”言有声，“寂寂”言无声；“淅淅”写风的动态感，“纷纷”写雪的飞舞状；“朝朝”“岁岁”虽同指时间，又有长短的区别。八组叠字，各具情状。就词性看，这些叠字有形容词、副词、象声词、名词，也各不相同。就描摹对象看，或山或水，或鸟或人，或风或雪，或境或情，也不一样。这样就显得变化多姿，字虽重复而不会使人厌烦，繁赜而井然不乱。

使用叠字的效果，大抵像使用对偶排比一样，能获得整齐的形式美，增进感情的强度。寒山这首诗中的叠字，大都带有一种幽冷寂寥的感情色彩，接连使用，使诗笼罩着一层浓烈的气氛。再如,“朝”“岁”,单个的名词,本来不带感情色彩,但一经叠用,出现在上述特定的气氛中,就显出时间的无限延长,心情的执着,也就加强了诗意,具有感情色彩了。

这首诗还由于使用叠字,增强了它的音乐美。借助于音节的复沓,使人读起来感到和谐贯串,一气盘旋;又借助于形式上的划一,把本来分散的山、水、风、雪、境、情组织成一个整体,回环往复,连绵不断。

在现代散文中,也不乏具有音乐性的美文。余光中的《听听那冷雨》就是一个例证。

> 惊蛰一过,春寒加剧。先是料料峭峭,继而雨季开始,时而淋淋漓漓,时而淅淅沥沥,天潮潮地湿湿,即连在梦里,也似乎有把伞撑着。而就凭一把伞,躲过一阵潇潇的冷雨,也躲不过整个雨季。连思想也都是潮润润的。每天回家,曲折穿过金门街到厦门街迷宫式的长巷短巷,雨里风里,走入霏霏令人更想入非非。想这样子的台北凄凄切切完全是黑白片的味道,想整个中国整部中国的历史无非是一张黑白片子,片头到片尾,一直是这样下着雨的。这种感觉,不知道是不是从安东尼奥尼那里来的。不过那一块土地是久违了,二十五年,四分之一的世纪,即使有雨,也隔着千山万山,千伞万伞。十五年,一切都断了,只有气候,只有气象报告还牵连在一起,大寒流从那块土地上弥天卷来,这种酷冷吾与古大陆分担。不能扑进她怀里,被她的裙边扫一扫吧,也算是安慰孺慕之情。
>
> ……
>
> 听听,那冷雨。看看,那冷雨。嗅嗅闻闻,那冷雨,舔舔吧,那冷雨。雨在他的伞上这城市百万人的伞上雨衣上屋上天线上,雨下在基隆港在防波堤海峡的船上,清明这季雨。雨是女性,应该最富于感性。雨气空而迷幻,细细嗅嗅,清清爽爽新新,有一点点薄荷的香味,浓的时候,竟发出草和树林之后特有的淡淡土腥气,也许那竟是蚯蚓的蜗牛的腥气吧,毕竟是惊蛰了啊。也许地上的地下的生命也许古中国层层叠叠的记忆皆蠢蠢而蠕,也许是植物的潜意识和梦境,那腥气。

读起来具有别样的情趣,从“听听”“看看”“嗅嗅闻闻”到“舔舔”,再到后面的“细细嗅嗅,清清爽爽新新”,无不情趣盎然,具有品雨的情调和听雨的独特感受。同时,音韵和谐,读起来朗朗上口。

四、文学语言的风格美

每一个民族语言的发展都经过很悠久的历史,都有它生长变化的阶段。而对文学作品而言,作者拿来运用的只能是那个时代所公认的流行语言。这语言本是普通人在普通生活中运用的一种工具,所以它具有共性,正因为作家创作运用的是这种具有共性的语言,他的作品才能获得读者的了解。但这语言对于作家来讲,毕竟不同于普通人生活中的工具,所以又要求它具有个性,文学作品的语言有了个性,才能见得作家在艺术上的成就。而这种个性就是文学作品的语言风格。

文学作品的语言风格是作家的人格、个性与作品所处具体话语情境共同缔造出的、独一无二的美感特色。比如,屈原的《离骚》之所以能成为一代典范,就是因为他有自己独特的语言风格;这风格首先源于屈原的人格个性,他骨子里充斥着高寒的理想与热烈的感情这一对既矛盾又统一的品格,这一人格使得《离骚》具有既奇幻恣肆又凝重深沉的风格特色。这风格也源于《离骚》所处的具体话语情境,即它处在完全异于产生《诗经》的中原文化土壤的楚文化。我们可以从“其”“兮”等楚方言词汇的运用,体会出它不同于《诗经》飞扬飘逸的冷峻特点。

文学作品的语言风格具有独创性、稳定性和多样性的特点。

风格的独创性同作家创作个性密不可分。席勒认为,最理想的风格就是最高度的独创性。

别林斯基说:“文体和个性、性格一样,永远是独创的。”古今中外的优秀艺术家,无一例外地都有着自己独树一帜的文学风格。李白的飘逸清新、杜甫的沉郁顿挫、果戈理的辛辣幽默、契诃夫的隽永深远、郭沫若的热情奔放、鲁迅的刚毅冷峻,都是风格独创性的表现。

一般地说,当作家的一种风格形成之后,它的基本特点在一个较长时间内就会保持不变。因为风格同作家的个性密切相关,而作家个性一旦形成,是不会轻易改变的。在白色恐怖下,鲁迅为了斗争策略的需要,频繁地变更笔名,但明眼人还是能从风格上认出他的文章。他在给黎烈文的信中说:“夜里又做一篇,原想嬉皮笑脸,而仍剑拔弩张,倘不洗心,殊难革面,真是呜呼噫嘻,如何是好。换一笔名,图掩人目,恐亦无补。”郭沫若的奔腾激越、孙犁的清新秀美,都是贯穿他们始终的风格特点。

我们讲文学语言的风格,着重强调文学是语词的艺术,作家的文学创作风格往往通过语词的特点表现出来。一般来说,读者对作品风格的认识和感受,也首先是从语词的格调、色彩、气势和节奏的特点中获得的。

由于作家的创作个性不同,对生活的感受、体验、分析、评价不同,其创作构思、创作方法、艺术技巧以及语言的运用也就各不相同,从而形成了风格的多样化。

鲁迅的语言格调是文白贯通、严峻犀利、幽默含蓄、凝练精警、洒脱自如;老舍善于提炼和运用北京口语,凝练隽永而又温婉多讽;赵树理的语言像农民一样淳朴,明白如话,诙谐生动。由于作家们创作时运用的语言个性不同,自然就产生出了不同的语言风格。

刘勰在《文心雕龙·体性》中把风格分为“典雅”“远奥”“精约”“显附”“繁缛”“壮丽”“新奇”“轻靡”八种,这是文艺批评家根据语言表现的特点归纳出的多样化的文学风格。现代著名学者陈望道在《修辞学发凡》一书中所提出的四对八体,即简约、繁丰,刚健、柔婉,平淡、绚烂,谨严、疏放,也是基于文学语言的运用总结出的不同类型的风格。

总之,文学风格总是随着作家个性的不同,随着时代风气的变迁而不停地变动着的。但要注意的是,纯粹是某一种风格的作家往往不是第一流的作家。第一流的作家当不为一时的风气所囿,每一时代都可以有好的作品,而且在不同的话语情境中也能创作出多样风格的作品来。

第三节　提高文学语言能力的途径

一、在生活中学习和吸收

老舍告诫我们说:“不要只在语言上打圈子,而忘了与语言血肉相关的东西——生活。字典上有一切的字,但是,只抱着一本字典是写不出东西来的。”

语言的根扎在生活中,许多精妙的语言往往直接来自于生活。如“狗眼看人低”“狗嘴里吐不出象牙”“狗拿耗子多管闲事”“拆东墙补西墙”“屋漏偏逢连夜雨”“兔子不吃窝边草”“出门看天色,进门看脸色”“平时不烧香,临时抱佛脚”“和尚打伞——无法(发)无天”“虾子过河——谦虚(牵须)”,这类语言形象生动,通俗凝练,有很强的表现力和概括力。生活的丰富和发展,又促进了词汇的多姿多彩,如“大腕”“大款”“郁闷”“洗白”“秀”“超女”等一系列使用率很高的词汇便是当代生活的产物。如果我们置火热的生活于不顾,机械照搬前人语言,写出的文章多半是陈词滥调。

二、在阅读中积累和感悟

古人云:“操千曲而后晓声,观千剑而后识器。”优秀的文章在语言运用上为我们树立了很好的榜样,特别是古今中外的名篇佳作,更是闪烁着语言的光芒。我们应当广泛地、有选择地阅读各类优秀文章,充分占有词汇,丰富我们的语言库存。唯其如此,我们才能从容自如地运用语言材料。虽然常用汉字不过3 000多个,但由它们排列组合而成的各种词汇却蔚为大观,难以数计。要善于运用一切机会占有词汇、贮存词汇,努力使自己成为词汇的“富翁”、语言的“贵族”。要培养自己具有神来之笔的功夫,非下功夫阅读不可。

三、在写作实践中提高

贾岛有诗云“两句三年得,一吟双泪流”“为求一字稳,耐得半宵寒”。古人锤炼语句的精神,很值得我们学习。我们贮存、积累语言的终极目的就是为了在写作中加以运用,只有不断地加强写作训练,语言才能常新常活,语言运用也是一个熟能生巧的过程。掌握一个词语,背熟一段妙言是很容易的事;自己会操作,能恰如其分地运用,巧妙地活用,进而达到驾轻就熟、妙笔生花的境界,则需要长期不懈的写作实践。写得多了,语感增强了,文笔才会老道,才能在语言宝库中从容采撷,才能在语言驾驭上得心应手,挥毫有如神助。

思考与练习

1. 下列语段中,哪一种表达更为合适?请说明理由。

例:万一情况不佳,故乡父老不容我在乡间终老,我也许到严子陵的钓台矶头,去寻找我的归宿,我这一瞥,或将成为你我最后的诀别。我到此刻,才知道我胸际实在疼爱你的明媚河山。——郁达夫《还乡记》原文

万一情况不佳,故乡父老不容我在乡间终老,我也许到严子陵的钓台矶头,去寻找我的归宿,我这一瞥,或将成为你我最后的诀别也未可知。我到此刻,才知道我胸际实在疼爱你的明媚河山。——郁达夫《还乡记》再版

分析:“也未可知”四字,使作者那种孤独、悲凉、渺茫的心情,表达得缠绵悱恻。这说明语言的朴素、简洁与否并不在于字数的多少,而在于是否能够尽情达意。

(1)A. 孩子长大,倘无才能,可寻点小事过活,万不可去做空头文学家或美术家。

B. 孩子长大,倘无才能,可寻点小事过活,万不可去做文学家或美术家。(鲁迅《死》)

(2)A. 那人焦急起来,嚷道:“怕什么?怎的不拿!”老栓还踌躇着;黑的人便抢过灯笼,一把扯下纸罩,裹了馒头,塞给老栓,一手抓过洋钱,捏一捏,转身走了。嘴里哼着说:“这老东西……”

B. 那人焦急起来,嚷道:“怕什么?怎的不拿!”老栓还踌躇着;黑的人便抢过灯笼,一把撕下纸罩,裹了馒头,塞给老栓,一手拿过洋钱,数一数,转身走了。嘴里哼着说:“这老东西……”(鲁迅《药》)

(3)A. 杨进亭(一个令人十分厌恶的大胖子)身上裹着一件长衫。

B. 杨进亭身上穿着一件长衫。

2. 分析下列各句在表述中存在的问题。

例:(炒菜时)妈妈对我说:“儿子,请把氯化钠拿来。”

分析:语言在表述时不仅要追求文字通顺,而且要注意语境。炒菜时,妈妈对儿子肯定说口语化的“把盐拿来”,而不会说“把氯化钠拿来”。

(1)日本鬼子浩浩荡荡地进了村,开始了野蛮的大屠杀。

(2)王新新早上迟到的事件,已经得到了妥善的处理。

(3)“你能将相机借我用一下吗?”“要得。”同寝室的四川老乡爽快地答应了。

(4)在今天所有的比赛项目中,中国代表团共捞得七块金牌。

3. 文学作品的语言常常打破常规语言的约束,形成生动灵活、极富表现力的词句,这种情形在写作上被称为语言的超常搭配,即常规语言的变形处理。请仔细揣摩下列语句,注意它们跟常规语言的区别。

(1)留连的钟声还在敲打我的无眠,尘封的日子永远不会是一片云烟。(《涛声依旧》歌词)

(2)如今,那遥远的故事已经长满了荒草。(淡墨散文《古堡黄昏》)

(3)梦中的西湖,是不是在冥冥中贴近了?那哗哗的响声,是湖水拍打湖岸的响声吧?于是我的梦也滋润得好像在水乡潜游,悠游自在有如一条鱼。(陶然散文《湖畔白日梦》)

(4)夜蛙四起,我坐其中,听初夏的元气从大自然丹田的深处叱咤呼喝,漫野而来。(余光中散文《牛蛙记》)

(5)细伢子眼睛圆了,嘴巴忽大忽小了一阵子,竟是哇的一声灿烂。(何立伟《一夕三逝》)

(6)看看身上的破衣,再看看身后的三匹骆驼,他笑了笑。就凭四条这么不体面的人与牲口,他想,居然能逃出危险,能又朝着太阳走路,真透着奇怪。(老舍《骆驼祥子》)

(7)他谦逊的野心,骄傲的谦逊,他混乱之和谐,和他冲突的协调,他的信念,他的甜蜜的灾难……(莎士比亚《终成眷属》)

模块六　表达方式与写作技法

第一节　文学写作的表达方式

文章的表达方式有叙述、描写、抒情、议论和说明。在五种方式中，文学写作主要运用叙述、描写和抒情的表达方式，而议论、说明是文学写作辅助性的表达方式。下面就文学写作的主要表达方式作重点讲述，对议论、说明作简要说明。

一、叙述

（一）叙述的含义与要素

叙述是把人的经历、事件的经过表达出来的一种方式。叙述要素有人物、事件、时间、地点、原因和结果。在文学写作中，六要素的交代有以下几种方式。

（1）齐备。六要素齐全，是基本形态，初学写作的人，应从这里起步。

（2）隐含。主要是时间、地点两个要素，可以用景物的转换交代时间，以风物特点交代地点。

3. 省略。在不影响事件叙写及主题表现的情况下，有时可以省略时间、地点，有时可以省略因或果，造成艺术空白，给读者以想象空间。

（二）叙述的人称

叙述的人称有第一人称、第二人称和第三人称。

第一人称是作者以“我”的身份出现、以自我的视觉叙述自己的所见、所闻、所思、所感。作品中的“我”不等于作者，往往是当事人或假想的当事人。第一人称叙述真实、自然、亲切，但要受时空的限制，当事人见闻之外的事情就无法表现。

第二人称以“你”“你们”的角度叙述事件，具有双向交流的对话性质，拉近了作者与读者的距离，有一种亲切感。作品中的“你”或“你们”，可以指代读者，也可以指代作品中的人物。

第三人称是作者站在第三者“局外人”的角度，来叙写事物。第三人称叙述不受时空的制约，可以表现更丰富的社会内容，一般篇幅较长的作品，常采用第三人称的叙述方式。

三种叙述人称，在有的作品中可以兼用。例如，鲁迅先生的小说《祝福》，开头和结尾用的第一人称叙述；中间叙写祥林嫂悲惨的一生，则用的是第三人称。作品兼用了第一人称和第三人称，使叙述自由活泼。只是在叙述人称变换时，应有一定的过渡和交代，行文才流畅。

（三）叙述的种类

叙述从不同的角度和标准划分，有不同的种类。我们可以从叙述的顺序和详略两种角度和标准来划分。

1. 从叙述的顺序分

叙述有顺叙、倒叙、插叙、补叙、分叙五种。

顺叙:顺叙是叙述的基本方法,是按事件发生发展的先后顺序或人物经历的自然顺序来叙述。顺叙符合事物发展的规律和人们的认识习惯,其好处是条理清晰,易于将事件或人物经历叙写完整。但容易造成行文的平铺直叙,使行文呆板。运用时,要特别注意材料的取舍以及叙写的详略。

倒叙:倒叙是把事件的结局或发展过程中最精彩、最感人的片断提到前面叙写,然后再从头至尾写来。倒叙有三种情况:①结局提前;②拦腰说起;③先写作者的主观感受,然后依序写出事件。倒叙可以制造悬念,以"突发性"造成对读者的阅读刺激,且使行文曲折有致,富于变化。一般来说,在情节曲折、时空跨度较大的事件中,用倒叙较好。

插叙:在叙述过程中,由于某种需要,暂时中断叙述的线索,插入一段与中心事件有关内容的叙写。当插入内容叙写完后,又接着原来叙述的线索叙写。插叙的内容可以是介绍人物身份,也可以是对某事物作补充说明。插叙能加大作品的容量,并使行文有断有续,富于变化,但不宜过多。

补叙:补叙是对前文涉及的某些事物或情况作解释补充。其作用是对前文所设伏笔作照应,也可以对作品中留下的接榫处予以弥合。在写作实践中,有时补叙与插叙很难界分。

分叙:又叫平叙,是对同一时间发生在不同地点的两件事或多件事作平行叙述或交叉叙述。这种叙述方法,可以先叙一件事,再叙另一件事,从两者关系看,是平叙,如说书人所曰:"花开两朵,各表一枝。"章回小说常采用此法;还可以两件或多件事交叉进行,齐头并进,即交叉叙述。

顺叙、倒叙、插叙、补叙、分叙可以在一部作品中兼用,但必须服从并服务于主题的需要。

2. 从语言的详略分

叙述有概叙和详叙两种。

概叙:对人的经历、事件的经过作简要的介绍。一般来说,概叙的内容不是文章的重点,但就整个事件看,是不可缺少的。概叙有浓缩、有提炼、有跨度、有容量,能拓展叙述的空间,表现事物的广度,具有很强的艺术张力。

详叙:把能表现主题的重要材料具体详尽地表述出来,行文用笔细腻,能显示事物的深度,且能创造出极强的现场感,给人以身临其境之感。

例如,魏巍散文《依依惜别的深情》一文中,概叙志愿军战士离开朝鲜时为当地老百姓所做的好事。用了250字,写了7件事,一句一事,事事不同,表现出事物的广度。在概叙后,用了530字详叙了志愿军战士为一个孤苦妇女修房子的事。其中,如何精心修建,如何帮助搬家,如何共同欢庆等,写得详尽具体,形象生动,极富现场感。概叙和详叙在一篇作品中,应有机结合,以发挥各自的功能,造成叙述的惊奇。

(四)叙述的要求

1. 条理清楚,线索分明

无论写人叙事,何时何地,事情的起因、经过、结果,都要交代清楚,让读者知其来龙去脉。即使有些要素可以隐含或省略,但也不能影响整个事件的清晰与完整。有些复杂的事件,千头万绪,此事与彼事相连,还必须有一个串接所有情节的中心线索,才能头绪清楚,让读者了然于心。

2. 主次分明,详略得当

无论写人叙事,都不能平均笔墨,主次不分。叙述中的主次详略,其依据的标准是刻画人物性格或表现主题的需要。凡是能重点刻画人物性格，表现主题的内容，可泼墨如水；凡是能刻画人物、表现主题，但非重点内容的，可惜墨如金。当然，主次分明，详略得当，不仅表现在作者叙述的功力上，这也与作者认识生活、选择和运用材料的修养有关。

3. 注意叙述中的断续

为了主题表达的需要，在顺叙中难免插入与主要人物或事件相关的其他事物的叙写，或插入其他表达方式如议论、抒情，当插入部分完结，又接着原来的顺序叙述，这就造成了行文的断续。在一篇作品中，可一断一续，也可几断几续，但必须断得“必然”，续得“自然”，不露痕迹。如断得无必要，续得生硬，就有碍于叙述的流畅了。

4. 把握叙述的节奏

概叙与详叙可以造成叙述的节奏。详细叙述，常常是听我“细细道来”，追求有头有尾，故事完整，使叙述节奏迟缓。而概括叙述，节奏大大加快，落笔入题，甚至从中间切入，突破时空限制，采用变幻、跳跃的“心理”结构，运用这一手法，急速推进事件的展开，常使故事戛然而止。

例如，王蒙《春之声》写主人公岳之峰坐在闷罐车里听见人们七嘴八舌的议论和话题，采用短句概叙，节奏极快，容量也大，给人以纷至沓来、应接不暇之感：

> 自由市场。百货公司。香港电子石英表。豫剧片断《卷席筒》。羊肉泡馍。醪糟蛋花。三接头皮鞋。三片瓦帽子。包产到组。收购大葱。中医治癌。差额选举。结婚筵席……在这些温暖的闲言碎语中，岳之峰轮流把体重从左腿转移到右腿，再从右腿转移到左腿。

随着生活节奏加快，叙述节奏加快应是一种趋势。当然，叙述节奏的快慢，也应依据刻画人物精神面貌或突现主题的需要而定。

二、描写

（一）描写的含义

描写是用生动、形象的语言将具体的事物或抽象的情绪体验栩栩如生地表现出来，给人以身临其境之感的一种表达方式。描写是表达方式中最具魅力的手法。描写常同叙述结合运用。

例如，一个胖子进来了（叙述），他长着两条短腿，挺着圆圆的大肚子，像球一样滚了进来（描写）。又例如，太阳慢慢升起来了（叙述），先是一丝像红色的线。不一会像烧红的镰刀，像半只橙红的橘子。一转眼，变成一只红色的火球，推开云雾，腾空而升，把金色的光洒向四野，给大地披上了一层金色的轻纱（描写）。

由于描写与叙述相结合，不仅使事物清晰，且形象生动，如在眼前。

（二）描写的类别

以不同角度和标准划分，其类别也不一样。如按描写的详略分有白描、细描；以描写的角度分有直接描写、间接描写；以描写的对象分有人物描写、环境描写、场面描写和细节描写。

1. 按描写的详略分

按描写的详略分，有白描和细描。

（1）白描：用寥寥几笔就勾勒出事物的形貌或性状，表现出人物的性格或事物的特征。这样的描写只要抓住事物的主要特征，不借修饰，不加烘托，以质朴的文字，寥寥几笔就勾勒出人物或事物的情态或状貌。

例如,《儒林外史》对一小土豪形象的勾勒:

> 两只红眼睛,一副锅贴脸,几根黄胡子,歪戴着瓦楞帽,身上穿着沾满油腻而发亮的青皮衣服,手里拿着一根赶驴的鞭子,走进门来,和众人拱一拱手,一屁股就坐在上席。

——三言两语,几十个字把一个"骄横"的小土豪勾勒出来了。

例如,《故乡》中的写景:

> 时候既然深冬,渐近故乡时,天气又阴晦了,冷风吹进船舱中,呜呜的响,从缝隙往外一望,苍黄的天底下,远近横着几个萧索的荒村,没有一些活气。

——简笔勾勒了一幅萧索破败的农村景象,烘托着一种深沉的悲凉气氛,为下文闰土的坎坷不幸作了伏笔。

由于白描不借修饰、比喻,不加烘托,用质朴文字几笔勾勒出事物的形象,因此,从写法上,白描与详叙高度融合,很难找出二者的界线。

(2)细描:又称工笔描绘,是对描写对象精雕细刻,一笔一画地着意描绘,笔法非常细腻。

例如,姚雪垠《李自成》中,刻画李自成形象:

> "……高个儿,宽肩膀,颧骨隆起,天庭饱满,高鼻子,深眼窝,浓眉毛,一双炯炯有神的、正在向前凝视和深思的大眼睛,这种眼睛给人一种坚毅、沉着、又富有智慧的感觉。"
>
> 他戴着一顶北方农民常戴的白色尖顶的旧毡帽,帽尖折了下来,因为阴历十月的高原之夜已经很冷,所以他在铁甲外罩着一件半旧的青布面羊皮长袍。为着在时时碰到的战斗中脱掉方便,长袍上所有的扣子都松开着,都用一条战带拦腰束紧。他的背上斜背着一张弓,腰里挂着一柄宝剑和一个朱漆描金的牛皮箭囊,里面插着一柄宝剑和十来支雕翎利箭。

——作者以细腻的笔法,精雕细刻描绘李自成形象:身材、脸相、着装、佩戴,使一个英俊沉着、富有智慧和反叛精神的英雄立体地呈现在我们眼前了。

2. 从描写的角度分

从描写的角度分,有直接描写和间接描写。

(1)直接描写,也叫正面描写,是对人、事、物、景作直接的刻画和描摹,不借助其他事物作陪衬和烘托。

例如《三国演义》中,对刘备、关羽、张飞的肖像,都是用的直接描写:

> 刘备:"身长八尺,两耳垂肩,双手过膝,目能自顾其耳,面如冠玉,唇如涂脂。"
>
> 关羽:"身长九尺,髯长二尺,面如重枣,唇若涂脂,丹凤眼,卧蚕眉,威风凛凛。"
>
> 张飞:"身长八尺,豹头环眼,燕颔虎须,声若巨雷,势如奔马。"

以上人物肖像,作者抓住其外形特征,用直接描写,突出了人物形象的基本造型。

(2)间接描写,也叫侧面描写,是通过作品中主要人物或主要景物之外的其他人物或景物的描写,借以烘托出主要人物或主要景物,使主要人物或主要景物更突出、更丰满。有人借中国传统画技名称,叫"烘云托月"法。

例如汉乐府《陌上桑》中,描写采桑女秦罗敷之美,却无一字写她的容貌、仪态、衣饰、风度,而是写"……行者见罗敷,下担捋髭须。少年见罗敷,脱帽著帩头。耕者忘其犁,锄者忘其锄;来归相怨怒,但坐观罗敷。"文中以行者、少年、耕者、锄者见到罗敷后忘乎所以来突显罗敷的美貌。

侧面描写也可用于景物的描写。

例如,《桂林山水》中的写景:

> "桂林山水,毕竟是美的。早晨起来,打开窗户,便有一片灰蓝的山色扑进房子里来,照得房子里的墙壁、书桌、连同桌上的稿纸都仿佛有一层透明的岚光在浮动。而窗前的树,案头的花也因为这山岚的照耀,绿得更深,红得更艳了。
>
> 当然,这是太阳的作用,太阳这时还在山那边,由于重重山峰的曲折反映,层层云雾的回环照耀,阳光在远远的山峰、高低的云层上,涂上了浓淡不等的光彩。"

——作者未直接写山色,而是用烘托的方法,从山色对墙壁、书桌、树、花的影响来显现桂林的山色之美。

3. 从描写的对象分

从描写的对象分,有人物描写、环境描写、场面描写和细节描写。

(1)人物描写包括肖像描写、行动描写、语言描写和心理描写。

①肖像描写:是对人物的音容笑貌、衣着服饰、神情姿态等外部特征的描写。肖像描写,可从静态和动态两方面入手。

a. 静态描写:基本上一次完成,此后在行文中反复点染照应。

例如《孔乙己》中:

> "孔乙己是站着喝酒而穿长衫的唯一的人,他身材高大,青白脸色,皱纹间常夹着一些伤痕,一部乱蓬蓬的花白胡子,穿的虽是长衫,可是又脏又破,似乎十多年没有补,也没有洗了,说话总是满口之乎者也,叫人半懂不懂。"

——抓住人物外部特征,作静态描写,点出孔乙己的社会地位和性格特征,然后再在行文中反复点染照应,活画出一个穷酸潦倒、轻视劳动、好吃懒做、不肯放下读书人臭架子的封建知识分子的典型形象。

b. 动态描写:是把人物肖像的描写结合人物语言、行动,有层次地逐步突显人物外部特征的描写。例如阿 Q 的外貌:

> 喜欢瞪眼睛,是当他和别人发生口角时才看到的。阿 Q 头上的"癞疮疤",是别人骂他时,他还击说:"你还不配。"他的厚嘴唇,是在他捉虱子放在嘴里咬时发现的,在他和小 D 打架时,又发现了他的黄辫子。后来又看到了他的破夹袄,毡帽,褡裢……

——通过一系列动态描写,使我们了解了阿 Q 的肖像和他的怒目主义即精神胜利法。

肖像描写无论是作静态的还是动态的描写,都不求全面,而是要抓住特征,以形传神,表现出人物的性格特征和内心世界,绝不可泛泛由帽子一直写到鞋底。忌脸谱化,写好人都是圆圆脸,大眼睛;写坏人就是尖嘴猴腮,弯腰驼背。当然,人心不同,各如其面,也有"知人知面不知心"的情况。人不可貌相,恶人中的笑面虎,好人中的丑陋者也是常见的。如卡西摩多相貌虽奇丑,但心地善良;而宫廷卫士法比,仪表堂堂,但内心极为丑恶。总之,描写人物肖像,一定要和人物性格、内心联系起来,如雕塑家罗丹所说"能够发现在外形下透露出的内在真理,绝不能千人一面,抹杀人物个性特征"。

要使肖像描写成功,必须细致入微地观察。高尔基说:"为着要近于正确地描写一个工人、神甫、小商人的肖像,必须好好仔细去看其他的千百个工人、神甫、小商人。"注意捕捉人物外貌特征，如鲁迅指出："要极简省地画出一个人特点，最好是画他的眼睛。""画眼睛"是比喻，精髓就要抓特征，才能做到形似和神似。

例如《红楼梦》写宝玉肖像：

> 面若中秋之月，色如春晓之花，鬓若刀裁，眉如墨画，鼻如悬胆，睛若秋波，虽怒而似笑，即嗔视而有情……

——在今天看来，太烦锁，无特点，有些面面俱到了。

而托翁在《复活》中写马斯洛娃：

> 一个小小的，胸脯丰满的女人，贴身穿一套白色衣裙，外面套一件灰色的囚大衣……她头上扎着头巾，明明故意让一两绺头发从头巾里溜出来。这女人的面色显得长久受监禁的人那种苍白，叫人联想到地窖里所藏的白番薯所发的芽……两只眼睛又黑又亮，虽然浮肿，却仍旧发光，其中有一只眼睛稍稍有点斜睨。

——作者抓住人物特征进行肖像描写，使主人公的漂亮、风骚、玩世不恭又嘲弄一切的神态和性格因素显露无遗。

②行动描写：高尔基在谈小说创作时指出"尽可能地使主人公多行动少说话"。老舍认为"描写人物最难的地方是使人物立得起来"。而行动描写，是使人物立起来的好方法之一。

描写人物行动，其目的同样是为了突出人物性格和内心世界。好的行动描写，不仅应当写出人物"做什么"，而更应写出"怎么做"，尽量捕捉人物怎样做的典型化的行动。如孙悟空大闹天宫，武松景阳冈打虎，在写人物做什么的同时，重点写怎么做，以充分显示人物性格，使人物有立体感。

例如《红楼梦》写龄官（女戏子）在地上写几十个蔷字的过程：

> 此时正是五月，那蔷薇花叶茂盛之际。宝玉悄悄地隔着药栏一看，只见一女孩子蹲在花下，手里拿着根别头的簪子在地下抠土，一面悄悄地落泪……只见他虽用金簪画地，并不掘土埋花，竟是在地上画字。宝玉拿眼随簪子的起落，一直到底，一画，一点，一勾地看了去，数一数，十八笔。自己又在手心里拿指头按着她方才下笔的规矩写，猜是什么字。写成一想，原来是蔷薇花的'蔷'字。宝玉想：必定是她要做诗填词，这会儿见了花，因有所感，或者偶成两句，一时兴起，怕忘了，在地上画着推敲起来也未可知。且看她底下再写什么。一面想，一面看，只见那女孩子还在那画呢。画来画去，还是个"蔷"字。再看，又画一个蔷字，已经画了几十个。外面的不光也看痴了，两个眼睛珠儿只管随着簪子动……

——上文描写龄官一边流泪，一边在地上画"蔷"字，且画了几十个的行为动作。由于地位的悬殊，龄官满腔情爱无法倾诉，故只有一边流泪，一边画"蔷"字，在此行动中，饱含龄官对贾家少爷贾蔷的一片痴情和无法倾诉的愁绪，难怪在旁偷看的宝玉不由得发起痴来。

在行动描写中，必须让读者从人物一举手，一投足，一颦一笑中，窥视到人物性格和内心世界，写出一个立体的人来。

③语言描写：人曰"言为心声"。语言是表现人物思想情感的工具，展示人物性格的镜子，坦露人物内心世界的窗户，即所说的"闻其声，见其人"。语言描写包括人物独白和人物对话。

a. 人物独白可以是自言自语的有声独白，也可以是无声的内心独白。例如《水浒传》中，鲁达拳打镇关西一段，写郑屠死了，无人对话，就只有鲁达的独白了：

> 鲁达看时，只见郑屠挺在地上，口里只有出的气，没有入的气，动弹不得。鲁提辖假意道："你

这厮诈死，洒家再打。”只见面皮慢慢地变了。鲁达寻思道：“俺只望痛打这厮一顿，不想三拳真个打死了他。洒家须吃官司，又没人送饭，不如及早撒开。”拔步便走，回头指着郑屠尸体道：“你诈死，洒家慢慢和你理会。”一头骂，一头大踏步去了。

——这一段文字中，人物的自言自语和内心独白都有。

b. 人物对话有二人对话、三人对话和多人对话。对话，作为一种表达方式，其目的也在于表现人物性格和内心世界，因此写人物对话，也应抓住人物性格特征。例如阿 Q 的“妈妈的”“老子先前比你还阔呢”“这世道太不像话，儿子打老子”等等，充分显示了阿 Q 以精神取胜的性格特征。

《故乡》中杨二嫂与迅哥的对话：

“哈，这模样了，胡子这么长了！”一种尖利的怪声突然大叫起来。我愕然了。

“不认识了么？我还抱过你呢！”我愈加愕然了。

“忘了？真是贵人眼高……那么，迅哥儿，你阔了，搬动又笨重，你还要这些破烂木器？让我拿去吧，我们小户人家用得着。”

“我并没有阔了，我须卖了这些……”

“啊呀呀，真是愈是有钱愈是一毫不肯放松，便愈是有钱……”

——通过这段对话，使人称豆腐西施的杨二嫂那种泼辣、嘴巧、贪婪、脸厚的小市民形象跃然纸上。

人物对话除了能表现人物性格外，还具有推进情节发展的作用。如鲁迅小说《长明灯》、《离婚》等都是通过人物对话来推进情节的发展的。

总之，语言描写最基本也是最高的要求，是人物语言的个性化。每个人说的话要符合人物身份、地位、年龄、经历、教养、性格及心理状态。使读者听其言知其人，闻其声明其性，例如巴尔扎克在《鲛皮》中写银行家举行家宴，把 20 多个人说话的声音、眼神、笑貌都逼真地描绘出来，高尔基对此“惊愕万分”。语言描写最忌千人一腔，万口同调。那样的语言所表现的人物只是概念的化身，干瘪的木偶。

语言描写的形式多样：人 + 话；人 + 神态 + 话；人 + 行动 + 话；人 + 神态 + 行动 + 话；人 + 心理活动 + 话等等。

④心理描写：心理描写是对人物在特定环境中的心理活动、情绪、意念等进行具体刻画。心理描写的具体方式有以下几种。

其一：作者对人物作直接的心理剖析，行文中常有“他想”“他感到”等语言标志。

其二：由作品中人物直接倾吐，作自言自语的有声独白。例托翁小说《安娜·卡列尼娜》一文中，有一段安娜的直接倾诉：

“我的天，我真要亲口对他说吗？”“我对他说什么呢？难道我能告诉他我不爱他吗？那是谎话！我对他说什么好呢？说我爱上别的人吗？不，那是不行的！我要跑开！我要跑开！”

——安娜的这段自言自语的直接倾诉，把她对渥伦斯基欲爱不能、欲弃不舍的心理和盘托出。

其三：人物无声的内心独白。例如鲁迅先生的小说《狂人日记》，全文便是用人物内心独白写成的。人物的内心独白在行文中有时有“我想”的语言标志。

其四：用传神的动作和富有表现力的对话，也可揭示出人物的心理。传神的动作，一举手一投足，一颦一笑，都能从中窥视到人物内心情感的波澜，反映出人物心灵的秘密。例如《红楼梦》中，龄官在地上画了几十个“蔷”字，从中可以窥视到龄官对贾蔷的一片痴情和无法倾诉的一腔愁绪。通过传神的动作来反映人物心理，能动中见静，写人见情，达到形神兼备的境界。富有表现力的对话，富有个性和本色的语言，常常是一个人内心活动的自我写照。如文学人物中，阿 Q 的语言、祥林嫂的语言、葛朗台的语言等等，无不打上心理活动的色彩。通过语言来显现人物在特定环境下某种心理状态，比直接剖析人物心理的静态描写更有艺术趣味。

其五：通过梦境、幻觉、意识流表现人物心理活动。常言道：“日有所思，夜有所梦。”《阿 Q 正传》中阿 Q 在土谷祠中“未来畅想曲”，就是用梦境揭示了阿 Q 心中的所谓革命。安徒生的《卖火柴的小姑娘》，用幻觉传达出小姑娘对没有饥饿、寒冷、痛苦的生活的内心渴望。而王蒙的小说《春之声》等，主要运用了意识流手法，刻画人物多层次的内心活动。总之，一些难以人言的心理，都可以通过梦境、幻觉去表现，有着更为强烈的艺术效果。

心理描写是揭示人物心灵秘密的重要手段。古今中外名家无不重视心理描写。需要注意的是，进行心理描写，既要有引起人物心理活动的刺激物，又要给人物安排恰当的心理活动条件，这样心理活动描写才自然，真实。

人物的肖像描写、行动描写、语言描写、心理描写，这几种描写不是孤立的，而应密切配合，共同为塑造人物形象服务的。

(2)环境描写包括自然环境描写和社会环境描写。自然环境描写，是对自然景观和自然现象的描写，如山水花鸟、刮风下雨等。社会环境描写，是对时代特征、社会习俗、风土人情等的描写，自然环境一旦进入作品，便被“人格”化了，不再是皮相的复制和浅薄的描摹，而是渗透着作者主观情感体验和审美理想。社会环境的描写，能显示出作品的时代背景，交代故事发生的时间、地点，勾勒出一幅“风俗画”或“风情画”。

好的环境描写，都必须为塑造人物形象，刻画人物命运或为表现主题服务，因此，在写作中，应注意以下几点。

第一，必须与人物的心理相吻合，做到情景交融。人的心情舒畅，必配上鸟语花香，风和日丽的景，使乐者更见其乐；人愁苦时，配上凄风苦雨，天昏地暗，使悲者更见其悲。例如朱自清的《荷塘月色》，文中写荷塘、荷叶、荷花、荷香；写月光、月色、月影；构成素淡、静谧的意境，与朱自清淡淡的喜悦与淡淡的哀伤这种纠结的情绪完美统一。当然，也有“情景相逆”法。所谓“相逆”，即“以乐景写悲”，“以悲景写乐”，达到以情动人的目的。如《红楼梦》中，第 97 回叙写宝玉与宝钗成亲，第 98 回写黛玉焚诗诀别人世。这一喜一悲，互相映衬，既显现了宝玉的不幸，又突出了黛玉悲痛欲绝的心情，读之令人动情落泪。

第二，好的环境描写应揭示人物生活或事件发生的环境。如《孔乙己》开头：

> 鲁镇的酒店的格局，是和别处不同的，都是当街一个曲尺形的大柜台，柜里预备着热水，可以随时温酒。做工的人，傍午傍晚散了工，每每花四文铜钱，买一碗酒，靠柜外站着，热热的喝了休息；倘肯多花一文，便可以买一碟茴香豆，做下酒菜了，如果出到十几文，那就能买到一样荤菜，但这些顾客，多是短衣帮，大抵没有这样阔绰。只有穿长衫的，才踱进隔壁的房子里，要酒要菜，慢慢坐喝。

——这是当时鲁镇的风俗画面，作者把酒店的格局和酒客们的情况描绘出来，既展示了社会习俗，又交代了孔乙己生活的环境。

第三，好的环境描写，能衬托出人物性格。例如《祝福》中写鲁四老爷房间的陈设：

墙上挂着朱拓的“寿”字，一边的对联已经脱落，另一边的字还在：事理通达心气和平。窗下的案头上放着《近思录》集注和《四书衬》。

——通过以上描写，衬托出一个封建老爷保守、顽固又虚伪的性格。

第四，好的环境描写，能深化作品的主题。例如老舍的《骆驼祥子》中，写暴雨、严霜、冰雪、烈日，对揭示和深化旧社会的黑暗，反映人力车夫的悲惨生活都起到了重要作用。

第五，好的环境描写，不再是单纯的审美对象，通常体现出某种象征与暗示，让人悟出某种人生哲理。

例如海明威在《大双心河》中对两岸景色的对比描写：

一边是沼泽，另一边是高原，沼泽地笼罩在一片迷蒙中，到处布满腐烂物与污泥。而高原上则是另一番景象，绿草如茵，各种植物生机勃勃，有许多小生物栖息繁衍。一道河流将高原和沼泽隔开又连接在一起。

——通过对这个景象的审美观照，我们能体会到生与死的对比，悟出生与死既相对立又相联系。

环境描写总的要求是：贵在恰到好处；该简则简，不枝不蔓；该繁则繁，不得削头去足；一切都必须服从人物和主题的需要，切忌盲目为写景而写景，更不能错误地认为，只要词语纤美就是好的。

(3)场面描写：是在一定的时间和环境中，展开以人物活动为中心的生活画面的描绘，常见的有集会、集市、舞会、婚宴、欢送、比赛、劳动等。场面描写与环境描写有联系又有区别。联系是环境往往是构成场面的因素之一；区别是场面描写主要是刻画人物的活动和人物活动的展开，是动态的；环境描写主要是静态的。场面描写的要求如下。要有中心，有层次，以主要人物为中心，层次清楚，有内在联系；要点面结合，做到既有全场的鸟瞰，又有个别人或事的特写镜头，如只有面上的描写，而铺得大宽，对场面涌现的所有事物都平均笔墨一一描写，势必会导致内容复杂；如只抓住个别事物写，又会出现视野狭窄，难于反映全貌；单纯的一种都不利于主题的突现和深化，要注意总体气氛，使之成为一幅协调的富有立体感的画面。例如矛盾小说《当铺前》中对当铺前拥挤吵闹的场面描写十分精彩，既有全境的画面，又有连续的特写镜头，把当铺开门前后的惨痛景象描绘得淋漓尽致，悲惨动人。

此时人们突然发一声喊：“开门了，开门了。”王阿大面前的两扇乌油门闪开一条缝。人们又喊一声，王阿大再也站不稳了，昏头昏脑撞了几步，身子已经在乌油门内了，却听得一声刺耳的惨叫，接着是男人的声音狂喊道：“不好了，踏到一个大肚子的女人了！”王阿大就像浸在冰水里冷得发抖，他想站住，可就是不行。人们就像潮水似的拥来，将他直推到那高高的柜台前面，他挤在柜台边，透不过气来。

——这段描写以王阿大为中心，有层次地描绘了当铺开门前后拥挤情况。点上的描写：大肚子女人被踩踏倒地，更是触目惊心。总体气氛是拥挤、悲惨。

(4)细节描写：是指对人物动作、神态或景物、场面富有典型意义的细枝末节的描写。“于细微处见精神”，成功的细节描写，往往用极经济的笔墨写人状物，使之惟妙惟肖，并能揭示出人物鲜明的个性特征和景物独有的风貌，以达到突出主题的需要。

细节描写有肖像细节、行动细节、语言细节、心理细节、场面细节、景物细节等。

1)肖像细节：例如，孔乙己额上的伤疤；范进寒冬腊月身上穿的已朽烂了的麻布衫；祥林嫂的“眼睛”;贾宝玉虽怒时而似笑,即瞋视而有情的神态;林黛玉的泪光点点,娇喘微微;王熙凤一双丹凤三角眼,两弯柳叶掉梢眉,粉面含春威不露,丹唇未启笑先闻;卡西摩多巨大的头颅,眼边上的硕大的肉瘤;葛朗台的乌油油有痘瘢的圆脸,肥大刁钻的鼻尖,冷血的蛇眼等。

2)行动细节:如严监生的两个指头;葛朗台临终扑向十字架的吓人的动作;宝玉的甩玉;女戏子龄官在地上一连画了几十个“蔷”字;阿Q使尽平生力气画圈圈……。

3)语言细节:孔乙己的之乎者也;阿Q的“妈妈的”“儿子打老子”;葛朗台“金子”“交易”“要不要花很多的钱”,“把一切照顾得好好的,到那边给我交账”等。

4)心理细节:阿Q自轻自贱的心理;老舍的《月牙儿》中月牙儿欲爱不能欲罢不舍的矛盾心理;祥子走投无路,心理一片空白的绝望心理等等。

5)场面细节:邓友梅《烟壶》中有一节关于旧北京德胜门外“鬼市”的描写,“如豆的灯火”,幢幢的人影,喳喳的人声,千奇百怪的货物等。通过场面细节描写,显示出社会畸形的经济和文化背景。

细节描写在文学创作中具有非常重要的作用。细节是人生的浓缩,是情绪的表现,读者想通过小说来体验另一种人生,如果离开了细节,就无从谈起。细节描写的基本要求是真实。巴尔扎克曾说:“小说在细节上不真实的话,它就毫无可取了。”真实的细节,才能让读者体验到实实在在的生活,感受到各类活生生的人物。

(三)描写的技巧

(1)描写在思维上离不开想象、联想,手法上离不开修辞,有了联想、想象、修辞的参与,使描写对象更形象、生动,更富有审美魅力。

“杨二嫂”:突颧骨,薄嘴唇,站在我的面前,叉开两脚,两手搭在腰间,活像图画仪器里细脚伶仃的圆规。

鲁迅《离婚》七大人:大大的圆脸上长着两只细眼睛和漆黑的细胡须,头顶是秃的,可是那脑壳和脸都很红润、油光光地发亮,爱姑觉得稀奇,但也立刻自己解释明白了,那一定是擦着猪油的。

朱自清《绿》:“可爱的,我将用什么来比拟你呢?……那醉人的绿呀,我若能裁你以为带,我将赠给那轻盈的舞女;她必能临风飘举了。我若能挹你以为眼,我将赠给那善歌的盲妹;她必明眸善睐了。我舍不得你;我怎舍得你呢?我用手拍着你,抚摩着你,如同一个十二三岁的小姑娘。我又掬你入口,便是吻着你了。我送你一个名字,我从此叫你‘女儿绿’,好么?”

以上示例中的描写,都没有离开作者的想象,并运用了修辞中的比喻、夸张、拟人等手法,使描写对象更生动,更具人情味。

(2)描写中的情感色彩。文学作品是“发乎心,传乎情”的产物。描写人、事、物、景时,常常带上作者或浓或淡的主观情感色彩。所以,俄国作家高尔基曾在《我怎样写作》中指出:“每一个被描绘的人都像是矿石——他是在一定思想意识的温度下形成和变形的。以‘冷加工’来对待人,是不会有好处的。”因此,描写人、事、物、景绝不能“冷加工”,而应当“热处理”,使其灌注着作者的主观情感,只有这样,描写对象才具有艺术感染力。我们所熟悉的鲁迅先生对阿Q的描写,饱含着作者对阿Q哀其不幸、怒其不争的情感;朱自清对梅雨潭的绿的描写,充满着对其爱恋至极的情感。

(3)描写中化静为动,使描写对象神采飞扬。化静为动是指将静态的事物作动态的描写,使之更灵动、更逼真、更具立体感和动态感。例如,朱自清散文《旅欧杂记》中,用动态描写把一座静态的胜利女神的雕像写活了：

> “女神站在冲波而进的船头上，吹着一支喇叭……上身的衣服紧贴着身子，显出肌肉的力量，衣服的下半截被风吹得好像佛佛有声，身子摇晃着，挺进着，一股胜利的喜悦的劲儿，海风呼呼吹着，船尖儿嗤嗤响着，将一片碧波分成两条长长的道儿。”

读了这段文字，如身临其境，让我们看到了女神栩栩如生的神态，“听”到了呼呼的海风声和船只破浪前行的嗤嗤声，进入了一个活灵活现的艺术天地。描写的技巧很多，我们侧重讲了三点。需要注意的是，描写的技巧不单纯是一个技巧问题，它同其他技巧一样，与内容有着非常重要的关系，它必须有利于人物的塑造和主题的表现，否则会陷入玩弄技巧的误区。

三、抒情

（一）抒情的含义

写作是为了表情达意。“意”指对事物的认识评价，“情”就是作者的主观情感喜、怒、哀、乐、爱、恨等。抒情，能增强文章的感染力，激起读者的情感共鸣。

（二）抒情的方式

抒情有直接抒情和间接抒情两种。

1. 直接抒情

不借助别的表达方式（叙、描、议）或其他的媒介物（人、事、物、景、理），作者直接把自己的喜、怒、哀、乐、爱、恨情感倾吐出来。直接抒情直露、强烈、亢奋，往往是作者情感到了不可抑制的状态下倾吐出来的。一般在抒情诗和散文中多见。

例如，郭沫若《凤凰涅槃》中的一节：

> 宇宙啊，宇宙，
> 我要努力地把你诅咒：
> 你脓血污秽着的屠场呀！
> 你悲哀充塞着的囚牢呀！
> 你群鬼叫号着的坟墓呀！
> 你群魔跳梁着的地狱呀！
> 你到底为什么存在？

面对黑暗如漆的现实，污秽阴森的环境，诗人发出了愤怒的呐喊。其间洋溢着如火山爆发般的激情，不能不使读者也受到感染，产生强烈的共鸣。

又如，《天狗》中的第一节：

> 我是一条天狗呀！
> 我把月来吞了，
> 我把日来吞了，
> 我把一切的星球吞了，
> 我把全宇宙来吞了，
> 我便是我了。

“天狗食月”是古老的传说，作者把自己想象成天狗，要把日、月、一切星球吞了，抒发了诗人对整个旧世界无比憎恨之情。

但是，在更多的抒情诗中，直接抒情也不是抽象地说出自己感情的，它往往要有一定的情感铺垫，渐渐推向高潮，然后顺势喷发出来的，只有这样才自然真实，有感人的艺术魅力。

例如，舒婷《祖国啊，我亲爱的母亲》(1979年作)：

> 我是你十亿分之一，
> 是你九百六十万平方的总和；
> 你以伤痕累累的乳房，
> 喂养了
> 迷惘的我，深思的我，沸腾的我；
> 那就从我的血肉之躯上，
> 去取得
> 你的富饶，你的荣光，你的自由；
> ——祖国啊，
> 我亲爱的祖国。

最后两句的抒情，有前面的形象作铺垫，在前面的叙描中，已经灌注着作者对祖国的感激、爱恋之情，最后喷泻而出的两句，是情感的高潮。

所以，直接抒情也并不是空泛地无病呻吟，架空抒情。如果那样，就失去了感人的艺术魅力。有的人不知道这个道理，把直抒当成是“啊，我爱你”“啊，我恨你”之类。例如，有一人写兰州炼油厂竣工时的一首诗：啊，祖国 / 啊，大西北/啊，兰州 / 啊，炼油厂。真有点像神经质的空嚎。

因此，直接抒情用得较少，如要用，最好也是有铺垫和蓄势，待“时机”成熟顺势而发。力戒情无所“系”，无病呻吟。

2. 间接抒情

间接抒情是把抒情与其他表达方式相结合，把作者的主观情感寓于人、事、物、景、理中。

其一，借助叙述抒情，寓情于人、事的叙写中。

例如，巴金的《忆肖珊》中一段：

> 开刀以后她只活了五天，谁也想不到她会去得这么快！五天中间我整天守在病床前，默默望着她在受苦。可是她除了两三次要求搬开床前巨大的氧气瓶，三四次表示担心输血过多，付不出医药费外，并没有抱怨过什么。见到熟人她常有这样的表情：请原谅我麻烦了你们。她非常安静，但并未昏睡，始终睁大两只眼睛，眼睛很大很亮很美，我望着望着，好像在望快要燃尽的烛火，我多么想让这对眼睛永远亮下去！我多么害怕她离开我！我甚至愿为我那十四卷“邪书”受到千刀万剐，只求她能安静地活下去！

在叙述中蓄积感情，最后抑制不住，喷涌而出。又例如朱自清的散文《背影》，其中描写父亲穿过铁道，爬上月台去为儿子买橘子的事，事情是平常的，叙写的文字是平实的，但读了之后，你不能不被洋溢其间的那种不讲任何条件和回报的深沉的父爱所打动。这就是情感的力量。这种抒情方式更隐蔽，较之前例，它没有直抒的因素，一点都没有，完全隐含在事件的叙描中，水乳交融，不露痕迹。当然“事”本身必须感人，事不动人，感情很难注入。

其二，借描写抒情，触景生情、寓情于景，情景交融。

例如，马致远《天净沙·秋思》：

> 枯藤老树昏鸦，小桥流水人家，古道西风瘦马，夕阳西下，断肠人在天涯。

诗中，句句写景，字字含情，情景交融，诗人借助萧索的秋景，抒发了天涯游子思乡的悲情。

其三，借议论抒情，寓情于理，有些议论饱含激情，没有严密的推理，或画龙点睛揭示主题，或揭示某些人生哲理，给人以理性的启迪。

例如，《丑石》中文末有一段文字：

> 是的，丑到极处，便是美到极处。正因为它不是一般的顽石，当然不能去做墙，做台阶，不能去雕刻，去捶布。它不是做这些玩意儿的，所以常常就遭到一般世俗的讥讽。
>
> 奶奶脸红了，我也脸红了。
>
> 我感到自己的可耻，也感到了丑石的伟大；我甚至怨恨它这么多年竟会默默地忍受着这一切？而我又立即深深地感到它那种不屈于误解、寂寞的生存的伟大。

文中借议论抒情，把情寓于理中。应该注意的是：议论的“理”要生发自然，精悍有力，它既揭示哲理，又饱含情感，理与情高度融和。

（三）抒情的要求与风格

抒情的基本要求是：抒积极向上的健康之情，情必由“衷”，情感要真挚、自然，切忌“煽情”和“矫情”；情应与人、事、物、景、理水乳交融、完美统一。

抒情的风格分为阳刚与阴柔两大类。阳刚，较外露、明快、强烈、紧张，似乎没有什么限制，没有什么隐蔽。如烈火、如雷雨、如闪电，往往反映了感情的炽烈、奔放、高亢。代表作家有郭沫若、刘白羽。阴柔，往往含蓄、内向、深沉、轻淡、舒缓、深藏心底，如和风细雨般吐露出来，润物无声、令人陶醉。朱自清、余光中的作品，都具有此种抒情风格。

四、议论与说明

（一）议论

议论是就某一问题或事件发表自己的观点和看法，是讲道理、明是非的一种表达方式。完整的议论包括论点、论据、论证三要素。但在文学作品中，议论不是其主要的表达方式，而是一种辅助性的表达方式。因此，文学作品中的议论不求三要素齐全，只是在人、事、物、景的叙写中，就人、事、物、景论理，三言两语，用笔极简，画龙点睛，表明作者对人、事、物、景的主观看法与评价。文学作品中的议论不以逻辑推理见长，而是以形象抒情取胜，一般常见于散文中。当然，小说中用议论也不乏例子。如鲁迅小说《故乡》结尾的议论，外国的巴尔扎克、托尔斯泰，中国当代的柳青、周克芹，在他们各自的文学作品中，都不乏精当的议论文段。

（二）说明

说明是用准确的语言对事物的形状、特征、成因、关系等作客观的解说和阐析。说明的对象可以是山川河流、木石虫鱼，器物家具等，也可以是抽象的道理和哲学思想、宗教观念、文化艺术等。说明是实用文的主要表达方式之一，在文学作品中用得较少。即使使用，也是一种“情化”了的说明。例如杨朔的散文《茶花赋》，其中一段说明文字：

> 普之仁……攀着一棵茶树的小干枝说：“这叫童子面，花期迟，刚打骨朵，开起来颜色深红，倒是最好看的。”
>
> 我就问：“古语说：看花容易栽花难——栽培茶花一定也很难吧？”
>
> 普之仁答道：“不很难，也不容易。茶花这东西有点特性，土壤气候，事事都得细心。又怕风，又怕晒，最喜欢半阴半阳。顶讨厌的是虫子。有一种钻心虫，钻进一条去，花就死了。一年四季，不知得操多少心呢。”

这段文字中,全是说明,说明了童子花的花期、色彩、特性,但在这些说明中,不仅客观、准确,并且渗透着浓浓的情感,是一种抒情性的说明,这是它有别于实用文说明的地方。

第二节 传统写作技法

写作技法,是作者为了更好地"表情达意"而采用的技巧和方法。从不同的角度理解,技法所指的内容也不同。从"修辞"角度,技法指比喻、拟人、夸张等;从"笔法"角度,技法指虚实抑扬、正反、开阖等;从"章法"角度,指开门见山、卒章显志、前后呼应等。本节讲的技法,与上述内容有些不同,主要从作品的整体构思出发。

传统技法主要指我国古人写作时使用的,至今仍具有生命力的技巧和方法。传统写作技法种类纷呈,本节择其主要的几种予以介绍。

一、立骨

(一)立骨的界定及作用

立骨是确立文章骨架的一种技法,始见于《文心雕龙·风骨》:"沉吟铺辞,莫先于骨。故辞之待骨,如体之树骸……结言端直,则文骨成焉……"

(二)立骨常见的方式

1. 一字立骨

一字立骨是清人李扶九提出的,指选用一个字作为文章的中心勾连全文,使之成为文章的"眼目"。

如柳宗元所写的《愚溪诗序》,全文以"愚"字立骨。其中有两段是这样写的:

> 灌水之阳有溪焉,东流入于潇水。或曰:冉氏尝居也,故姓是溪为冉溪。或曰:可以染也,名之以其能,故谓之染溪。予以愚触罪,谪潇水上。爱是溪,入二三里,得其尤绝者家焉。古有愚公谷,今余家是溪,而名莫能定,土之居者,犹龂龂然,不可以不更也,故更之为愚溪。
>
> 愚溪之上,买小丘,为愚丘。自愚丘东北行六十步,得泉焉,又买居之,为愚泉。愚泉凡六穴,皆出山下平地,盖上出也。合流屈曲而南,为愚沟。遂负土累石,塞其隘,为愚池。愚池之东为愚堂。其南为愚亭。池之中为愚岛。嘉木异石错置,皆山水之奇者,以予故,咸以愚辱焉。

从以上两段可看出,以"愚"字经纬全篇,抒胸中抑郁之气,泄感慨难言之情,先是"自嘲",后为"解嘲",表明"愚"者乐"愚",不改坚贞之志,读之给人留下深刻印象。以"一字立骨"的文章颇多。如诸葛亮的《出师表》以"忠"渗透全篇,李密的《陈情表》以"孝"贯通全文,欧阳修的《醉翁亭记》以"乐"串接全文。

2. 一句立骨

一句立骨,是以一句耐人寻味又与主题相关的话作为文章的"真宰",即为刘熙栽所云"为千万语所托命"的"一语"。钱钟书的小说《围城》,以"城外的人想冲进去,城里的人想逃出来"勾连整部作品,不仅精要概括主人公方鸿渐感伤、幻灭的灰色人生,而且很好地表现了作品的思想。

又例如,托尔斯泰的小说《安娜·卡列尼娜》,也是以一句"玄妙"之语"幸福的家庭都是相似的,不幸的家庭各有各的不同"贯穿全书。

3. **一段立骨**

一段立骨，是指用一段意味深长的话揭示作品的主旨。

例如鲁迅先生所著《为了忘却的记念》，其结尾一段立骨，起到了卒章显志的作用。

二、悬念

（一）悬念的界定及作用

悬念是作者在情节中精心设置的疑窦和矛盾，中国传统叙事学称为“扣子”或关子。

悬念能使情节在一定艺术时空中形成戏剧性反差和变化，从而激活读者紧张、期待的阅读心理，产生强烈的审美刺激。如武侠小说、侦探小说都用了悬念的技法。中国古典小说常把悬念设置在章回之间，以吊读者的胃口。在章回之间常有“要知后事如何，且听下回分解”的语句，既勾连了上下文，又设置了艺术迷宫，让人猜测和期待。

悬念技法在一篇作品中的运用，可以一次设悬，称单一悬念；也可多次设悬，称复式悬念。例如《河豚子》，写主人公一家五口在三年大灾中无法活下去，便买了一篮河豚子，准备全家自杀。晚上全家吃了以后却没死成。原来家人煮好了河豚，可主人公迟迟未归，一直等到傍晚，主人公回来以后，大家才共同享用了这顿晚餐。结果，因为煮的时间太长，其毒性也没了。

以上是最简单的悬念小说。实际上在创作中，作者为了追求情节的曲折性，在一篇作品中多次设悬，这种叫复式悬念小说。例如当代作家王伟的《鞋》：

> 一天，两天，一个多月过去了，每当日落西山的时候，小鞋匠都忍不住要向路口张望，希望能从落日的余晖中看到那个高大身影出现。但是，他没有看到。
>
> 又是一个傍晚，一位瘦瘦的军人来到修鞋摊旁：“一个多月前，是不是有位大个子军人来这儿修过一只皮鞋？”
>
> “啊……对呀。”
>
> “要付多少钱？”
>
> 小鞋匠略一沉思，说：“修鞋费一块五，外加一个月的保管费五毛，您给两块钱得了。”
>
> 军人把两块钱递给他，小鞋匠收好钱后，问：“怎么大个子没来？”
>
> “他……上前线去了。”说完，军人转身要走。
>
> “哎，”小鞋匠提起那只鞋，赶忙喊道：“鞋子，鞋！”
>
> 军人止住了脚步，用低沉的声音对小鞋匠说：“用不着了，他的双脚，已经在前线医院里……他特意来信嘱咐我把钱送给你，谢谢你了！”说完，军人迈着大步走了。

在这短篇中，三次设悬三次释悬，不仅使行文波澜起伏曲折有致，激发了读者的阅读兴趣，而且完美地表现了一个军人爱国献身与替他人着想的崇高精神与美德的主题思想。

另外，悬念小说，可以设悬同时又能释悬，如前面的例子《河豚子》、《鞋》。也可以悬而不释留下艺术空间，让读者去思考。例如小说《年乡长之死的说法》，主要内容写的是一个姓年的乡长突然有一天从楼上跳下死了。怎么死的呢？乡里人有三种说法。

之一：年乡长常在外吃喝，有一天回家看见老婆正在擦窗户，突然心血来潮，想帮老婆擦窗户。手机一响，慌忙中用手去拿手机，失去依托，从楼上坠落而死。

之二：年乡长和小姨妹私通，事情败露，两姐妹打起来，年乡长情急之下说：“你们别打了，我去死！”便坠楼而死。

之三：年乡长想升官，去贿赂县长。结果东窗事发，县长被双规，牵连了自己，于是坠楼而死。

此文中，悬而不释，通过三种猜测，一个贪吃、好色、贿赂买官等集于一身的年乡长跃然纸上。

（二）悬念设置的具体方法

悬念作为一种写作技法，可以推进情节冲突的发展，造成作品的波澜，并以出人意料的情节变化来激发读者的阅读兴趣。但不同的作家，设置悬念的具体方法不尽相同。在中国古典文学中，悬念设置的具体方法大致有以下几种。

1. 辞反托正

这是用人物反常的行为、情感和心理来设置悬念的方法。例如：《聊斋志异》中《丐仙》一文，作者尽情夸张地渲染一个外貌肮脏的乞丐形象，说他"胫有废疮，卧街道，胧血狼藉，臭不可近"。但就是这样一个乞丐，却能创造出"异鸟成群，乱哢清味""屏嵌水晶，丹凤衔盘，巨蝶攫杯，丽人翩跹起舞"的仙境。作者以"丐"写"仙"。

以人物肮脏的外貌和反常的行为来置悬念，让读者去猜测这变化中的故事。又如《三国演义》第九十二回"失街亭"一节中孔明"失惊"，出于"何故"？这便是故事的悬念。这个悬念的设置，源于孔明的反常心理。昔日，孔明面临曹操的百万雄兵，谈笑自如，运兵如撒道，而守街亭一战，让他举棋不定，犹豫不决，这出乎孔明的常规心理，自然给读者留下了悬念。这种利用人物反常心理来设置悬念更为含蓄，表明的情节内容也更丰富、更深刻。

2. 欲擒故纵

这是以一种重叠形式设置的更为复杂的悬念结构。也就是说，设置悬念以后，不急于解扣，而是在此基础上再设置新的悬念，直到故事结束时，才亮出谜底。例如《三国演义》中曹操败走华容道一节，设置了多重悬念，曹操败北死里逃生之际，突然杀出一个赵云来；而后，曹操丢盔弃甲，慌不择道，又遇张飞拦击；最后曹操"勒兵走华容道"，又遭关羽截道。三次设悬，作者并不急于解释曹操究竟能否活命的悬念，让曹操这一人物在矛盾的旋涡中挣扎，增强了故事情节的曲折性和矛盾冲突的尖锐性，使作品产生扣人心弦的艺术效果。

3. 伏笔起悬

有的小说悬念的设置，并不在事件、矛盾冲突的进程中，而是对即将出现的人物或事件预先作出暗示，当人物和事件发展到一定场合，才形成悬念，这就是伏笔起悬的方法。如《聊斋志异》中的《西湖主》，便是用的此法。主人公陈明允放掉被箭射伤的王妃，是一处伏笔。当小说的情节发展到陈明允闯了杀身之祸，待"延颈候死"时，突然情节发生变化，陈明允死里逃生，并与西湖主成婚，这是因为王妃的婢女认出陈明允是王妃的救命恩人。伏笔起悬较之前两种更具有出奇之妙。

从上可知，悬念作为一种技法，具有特殊的艺术魅力。要运用得好，关键在于设悬（系扣）与释悬（解扣）的速度。其中，作者落笔是否得当，直接关系到情节发展的强弱程度和美感力量。如果在情节中拉长悬念之间的距离，让悬念缓缓起着涟漪，作品就有回转入微之味。如果设置悬念大起大落，情节发展紧凑，就能给人以激烈紧张之感。总之，作者在使用悬念技法时，必须从作品的整体出发，瞻前顾后，合情合理，前呼后应，浑然一体。

三、巧合

(一)巧合的界定及作用

巧合是针对生活中偶然性的一种巧妙运用。巴尔扎克说:“偶然是世界上最伟大的小说家。”巧合正是将生活中的偶然放到特定的故事情节中去,制造矛盾冲突,推动情节发展,不仅使作品曲折新颖,富有戏剧性的变化,且能很好地表现人物性格,展现生活的韵味和丰富的内涵。

(二)巧合运用的要求

1. 合情合理

巧合离不开生活中的偶然,偶然又往往和必然相联系,因此巧合的运用必须实现偶然与必然的统一,可能与现实的统一,只有这样,才能合情合理,这是巧合运用最基本的要求。

例如《水浒传》中,李逵下山接母,别人劝他不要走小路,说小路上有劫匪。李逵不听,偏要走小路,结果正好遇上强盗,而且强盗自称是“黑旋风李逵”。真假李逵相遇,这实在是太偶然了。但假李逵要在这儿劫路,真李逵要从这儿经过,这便有了真假李逵相遇的可能性。所以在设置巧合时,最好先用伏笔把后面将要发生的巧合作点暗示,使后面的巧合既在意料之外又在情理之中。总之,巧合的运用,既要防止有悖情理、弄巧成拙,还要防止随心所欲、荒唐怪异。巧合既要巧又要拙。巧在关节点上的严榫密接,天衣无缝,拙在这一切又不是随心所欲,任意纠合,最终达到“大巧若拙”,真实自然。

2. 新颖奇特

巧合技法的运用,应不落窠臼,新颖奇特,如果进入一种模式,它的艺术生命力就消失了。高明的作家在运用这一技法时,总是另辟蹊径,惨淡经营。例如美国欧·亨利的小说《麦琪的礼物》,巧合的运用颇有新奇之感。一对贫苦夫妻,情深意笃,为了在圣诞节互赠礼物,妻子卖掉了一头秀发,给丈夫买了一条白金表链;而丈夫却卖掉心爱的金表,给妻子买了一套发梳,结果双方赠出的礼物都失掉了意义。这种“不巧”之“巧”,有人称为“反巧合”。

四、误会

(一)误会的界定与作用

所谓误会,是指错误地把此事物当成彼事物,由此引发矛盾冲突,展开与推动情节。

误会技法的运用,不仅能造成行文的跌宕起伏、曲折有致,增强作品的艺术趣味,同时也能为刻画人物形象、表现人物性格服务。

(二)误会的表现形式

误会的表现形式很多,就常用的看,有以下几种。

(1)言语误会,由人物的一句话或几句话引起的误会。如《十五贯戏言成巧祸》中,陈二姐因刘官人酒后一句戏言“把你典给一个客人”,“只典得十五贯钱”引发误会,结果“连累了两三个人,枉屈害了性命”。言语误会往往是后面故事情节的“总源”,后面一系列的故事都是由它而引发的。

(2)视觉误会,是由人物错看而引发的误会。如《蒋兴哥重会珍珠衫》中,主人公三巧思夫心切,“一日几遍向外探望”,一日“遇着一个俊俏后生”,因其“与蒋兴哥平昔穿着相像”,便误以为丈夫回来了,后揭开帘子定睛而看,方知认错了。而正是这个视觉误会,导致了“三巧与大郎偷情”“兴哥休妻”等事件的发生。可见视觉误会不仅是情节突转的契机，也是人物命运的转折点。

(3)“不打不相识”的误会，“不打不相识”是人际关系中非常微妙的交往开端，江湖中的交往更是如此。豪杰们往往经过一番较量才惺惺相惜。例如《射雕英雄传》中，作者利用此法构置误会，制造悬念，以增强作品的艺术趣味。其中，写丘处机与郭啸天、杨铁心一段；丘因刺杀奸臣被官府追捕，恰好路过郭、杨二人门前，二人好意邀他喝酒，被丘误以为是官兵乔装诱捕。经过一番打斗才抱拳道“失敬、失敬”，把手言欢。

(4)“欲说还休”的误会，“欲说还休”是人的一种心理特点。尤其是当人情到深处或蒙受不白之冤的时候，想追问、想辩解，但千言万语不知从何说起，只好“欲说还休”致使别人产生误解，误会由此而生。例如《射雕英雄传》中，杨过与郭靖、黄蓉的矛盾冲突，便用的此法。杨过从傻姑口中得知杀父仇人竟是郭靖、黄蓉夫妇，便谋划杀死郭、黄为父报仇。在襄阳与郭、黄共同御敌时，杨多次想问郭靖杀父缘由，但始终未开口，待下杀手时又不忍心。而郭靖正逢蒙古大军围城，无暇细说原委。误会由此而产生。直到杨被困敌营，郭舍命相救，误会才得以解除。

中国古典文学中，误会技法的表现形式还有很多，如“说者无意，听者有心”而产生的误会，“被离间”而产生的误会，等等。如何巧用误会技法，引发矛盾冲突，增强文章的艺术趣味，许多古典文学名著，为我们提供了借鉴。

需要说明的是，在写作实践中，误会与巧合往往交错使用，共同制造情节的波澜，增强作品的审美情趣。

第三节　现代写作技法

现代写作技法，是现代派基本的文艺观点及其所表现的中心内容的需要而产生的。现代派基本的文艺观点是表现论，强调表现主观现实，不注重反映客观现实，即使描写外在世界，也只是通过它来表现人的内心世界。因此，现代派文学的中心内容是表现社会危机和人的异化；表现社会危机造成的精神危机。为此，现代派文学寻找新的创作技法来为自己的创作服务，现代写作技法便应运而生。

现代写作技法的根本特点是主体性。一是客体被充分主体化、情感化、乃至于变形而成为主体观念的符号；二是超越客体再现和主体表现，成为一种全新的本体构思；三是超越修辞，成为人们把握世界的另一种方法。

现代派文学流派纷呈，各自有其具体的写作技法，我们只能从中选取最有影响、最带普遍性的几种作简要介绍。

一、反讽

(一)反讽的界定

反讽，即反向讽刺，是以超然的态度、戏谑的口吻，表达言外之意的一种写作技巧。它传达的是与文字表面意义迥然相异的内涵。在内容上往往表现为对传统价值观的怀疑和反叛。

反讽与正面讽刺最大的区别是：感情基调不同。反讽表现为“冷嘲”，正面讽刺表现为“热讽”。反讽是作者对世界作冷静的观察，与叙述对象之间保持着心理距离，对叙述的一切表现得冷漠，无动于衷，不动声色，不露倾向，将互相抵牾的观念放在一起却不加评论，让讽刺的寓意含而不露。正面讽刺常是热情外溢、锋芒毕露的。反讽是一种矛盾的艺术，表面上是自嘲，本质上不是，而是讽刺。因此，在语义指向上是由内向自嘲到外向讽刺。在语言上要求诙谐幽默，在自由调侃中构成喜剧氛围。

反讽的目的是使语言摆脱实指意义的束缚，拓展作品的艺术空间，丰富作品的内在意蕴。反讽是积极的，使人对自我处境有所感悟，以乐观的态度介入生活。

（二）反讽的方式

1. 言语反讽

语言层面的反讽，言在此而意在彼，显意与隐意不一致。具体的形式有正话反说、庄词谐用、言行相悖。

例如，余华《兄弟》：

> 李光头买了苹果去看林红，林红父母把他轰出来，把苹果向他身上砸去，他捡起苹果，将其中一个往衣服上擦了擦，放在嘴里大咬一口，嘟哝一句“好吃”，嘴里又念起毛主席诗词“雄关漫道真如铁，而今迈步从头越，从头越……”

——“好吃”，分明是言不由衷。“雄关”一句，庄词谐用，显得滑稽可笑，表现出人物不为挫折所累的乐观态度。

又如一篇小说中有一段这样的叙写：

> 他拍着胸脯说，他从生下来到现在，不知道什么叫生病，身体健康得连一个喷嚏都没打过。小时候看见别人打喷嚏，心里十分好奇，以为鼻子会放屁。话音刚落，这人的鼻子就一阵发痒，嘴巴不由自主地张了开来，眼看一个喷嚏欲出，这人张牙舞爪，硬把喷嚏吞了回去，然后使劲作了一个打哈欠的假动作，接着说：“昨夜没睡好。”

——前后言行相悖，通过言行不一的互反关系，把人物吹牛的性格刻画得栩栩如生。

2. 情景反讽

表示人在与环境的矛盾中显出窘境。这是叙写结构中的反讽，是通过某些场景或事件的喜剧性叙写，来表现人的无奈，来揭示事物的可笑或荒诞。

例如：

> 书法比赛会上，人们围住前来观看的高局长，请他留字。
>
> “写什么呢？”高局长笑眯眯地提起笔，歪着头问。
>
> “写什么都行。写局长最得心应手的好字吧。”
>
> “那我就献丑了。”高局长沉吟片刻，轻抖手腕落下笔去。立刻，两个劲秀的大字从笔端跳到宣纸上：“同意”。
>
> 人群里发出啧啧的惊叹声。有人大声嚷道：“请再写几个！”
>
> 高局长循声望去，面露难色地说：
>
> “不写了吧——能写好的就数这两个字……”

这篇小小说选取高局长留字这个细节来建构全文。作者用语言描写、神态描写、行动描写极力渲染高局长写出拿手好字的气派，而面对人们的惊叹和要求却“面露难色”。作者特意安排主人公在书法比赛会这一场景中显现出窘境，通过情境反讽的模式，让读者看到了一些官僚主义者的影子。

3. 互文反讽

从以往的经典作品中产生创作缘由，使作品中人物、情节与经典中的人物、情节形成反向对比，以表现新的意义，也可以说是对经典作品戏谑性模拟中表现出反讽意味。

例如，爱尔兰作家乔伊斯的《尤利西斯》，尤利西斯本是荷马（古希腊行吟歌手）创作的《奥德修纪》中的主人公，他是一个机智、勇敢、不畏强暴、不怕艰险的英雄。乔伊斯以古希腊英雄的名字为书名，创作了一部小说。小说中的主人公也取名叫尤利西斯。作品通过主人公一天的生活（作品长达700页），反映了他的胆小怯弱、猥琐平庸的性格，与古希腊英雄形成强烈的反差，使作品具有浓郁的反讽意味。

二、象征

（一）象征的界定及特点

象征在《辞海》的释义为："用具体事物表示某种抽象概念或思想情感；在文艺创作中的一种艺术手法，它通过某一特定的具体形象以表现与之相似或相近的概念、思想和感情。"象征中的象是一个特定符号，兼有词语本义和以之为喻体所暗示或引申的内容两项意义。其特点如下。

（1）象征包含着两个方面：象征体与象征意义。象征体是通过作家主体意识的浸润创造出来的独特的艺术形象，它区别于生活中的"实体"，具有丰富而深刻的寓意——象征意义。而象征意义是作品生命的所在。

（2）在艺术的幼年时期，象征是通过事物与形象之间的比附来实现的。如我国的"龙"象征中华民族。在西方宗教中，"百合花"象征玛丽的童贞；羊羔象征信徒。到了现代，象征内涵不断扩大与丰富、深化与发展，其审美价值已不可能用事物与形象之间简单的比附方式来实现。现代意识中的象征，象征意义具有含蓄性、深邃性、多层次性。

（3）象征作为一种技法，是"小事物与大事物的统一，是具体物象与抽象情思的统一，是可以感知之物与不可感知之意的统一"。

（二）象征的种类

象征可分为局部象征和整体象征两种方式。

（1）局部象征是指在作品中某一局部使用象征技法，用以表达不宜明言的事理或情感。鲁迅小说《药》结尾处在夏瑜坟前放置的花环；巴金《海上日出》结尾的太阳终于冲破乌云，都象征了艰难但不绝望的斗争信念；英国电影《红菱艳》最后的镜头：一支将要燃尽的蜡烛，烛泪斑斑，火焰将尽，象征主人公生命的结束。

（2）整体象征指用一个象征体或一组象征体贯穿全篇。整体象征在叙述层面与语境形成意义的张力，其所指意义大大超越了其能指意义。

例如，臧克家的《老马》：

> 总得叫大车装个够／它横竖不说一句话／背上的压力往肉里扣／它把头沉重地垂下／这刻不知下刻的命／它有泪只往心里咽／眼前飘来一道鞭影／它抬起头望望前面。

诗中马是象征体，马的现实处境象征了旧社会广大劳动人民被压迫被奴役的生存状态，其中用了一个象征体。而在鲁迅小说《长明灯》中，却用了一组象征体：象征体长明灯，象征封建礼教和观念；疯子象征极力要吹灭长明灯的坚定的反封建战士；三角脸、方头、灰五婶等，象征封建的遗老遗少和不觉悟的群众。全文整体上象征了反封建的艰巨性。

三、意识流

（一）意识流的含义及特点

作为写作技法的意识流，着力表现人的多层面的意识活动。其特点如下。

（1）意识流写作技法的重点不是写人的行动，而是写人的内心情感世界和非自觉的潜意识活动。

（2）意识流作品无连贯的情节，也无明晰的场景，人物形象朦胧，反映出来的生活也是支离破碎的，是真正意义上的“碎片”。

（3）结构上一反传统的单线、复线结构，呈“放射性”的心理结构。从一个现实的基点出发，通过联想、回忆、闪念、梦境、幻觉、独白等，互相切入，闪电般变化，向虚幻的意绪延展。

（4）意识流写作技法适合情节淡化、题材独特的文学创作。

（二）意识流的表现方法

1. 内心独白

这意识流技法中使用频率最高的一种方法，这种内心独白超越传统人物心理描写的逻辑性和性格要求，现实地深入表现人物的内心感觉，包括欲望、感觉、紧张、恐怖等。它可分为直接内心独白和间接内心独白，着力表现人物心理过程。

（1）直接内心独白：采用第一人称，直接表达人的多层面的内心活动。人物如入无人之境，敞开心扉作彻底的思想流露，可以涉及意识的任何层面。人物常在精神恍惚中做“白日梦”式的无规律的联想，或表现为梦境。且作者不介入，不作任何解释，因此所述内容一时让人捉摸不透。在涉及人的深层意识时，句子可以不连贯，甚至不用标点符号。如乔伊斯《尤利西斯》的结尾处莫莉的内心独白。

（2）间接内心独白：是从第三人称的视觉，描述人物意识活动的方法。作者采用“半介入”态度，在人物与读者之间起着导向作用。由于作者的指点，间接内心独白的内容连贯，易于把握。例如，伍尔夫小说《达洛维夫人》与谌容小说《人到中年》，主要采用的是间接内心独白的技法。

2. 自由联想

自由联想无既定目标和方向，不受时空的制约，大跨度往返于过去、现在与将来之间，具有很大的随意性和跳跃性。如伍尔夫所说“千万个念头闪过你的脑中；千万种情感惊人的混乱中交叉冲突又消失”。

如果内心独白来源于人物自身的诉求，而自由联想着重于外部世界的呈现。例如王蒙小说《相见时难》，写一美籍华人回到阔别 32 年的故乡北京，重游似曾相识、但已面目全非的故居。一路上触景生情，引发种种联想。由临街的房子想到 32 年前这儿住着的日本女人，想到日本女人房间的窗台上有一个收音机，经常听流行音乐。又联想到有一次自己正在收听一个广播剧，突然停电，只好跑到日本女人的窗户下去听，日本女人突然关掉收音机，自己急得哭了。看见一新修的居民楼，想起五十年前自己读小学时，在这儿挤老米，突然联想到老米的出处，大概与美国的米字旗有关。又联想到挤老米莫非与反美情绪有关。如今自己和老米结婚，加入美国籍，也成了老米。全文通过主人公的自由联想，表现了美籍华人对祖国改革开放的政策不理解，还持有某种怀疑态度。又如伍尔夫的短篇小说《墙上的斑点》，写一个女人看到墙上的一个斑点，思绪“一哄而上”，联想到斑点是钉子留下的痕迹，钉子上挂的贵妇人像，由此联想到贵妇人显赫的一生。又觉得那斑点像小古冢,里面埋的是古物收藏家,又想到人生无常,想到莎士比亚……主人公思绪纷飞,最后回到斑点,发现原来是一只蜗牛。作家通过主人公的意识流动,充分展示了人物的内心世界。

3. 梦幻与呓语

梦幻是意识流的重要表述方式,主要写梦境和幻觉,写非自觉意识,写那种迷离恍惚、半睡半醒的意识状态,将现实与梦幻相互掺和,形成一种非理性的生命存在。

呓语即说梦话,在意识流技法中,呓语是变态心理的执着和顽强欲望的表达,是人性的某些极端和极致的表现,呓语的人物的内心世界处于迷狂和分裂状态,以梦境、遐想、幻觉、错觉、飘忽的念头构成作品的主体,表现出无意识的荒唐离奇。

"意识流"小说首先在英国兴起,作家陶罗赛·瑞恰生的长篇小说《尖尖的屋顶》为意识流小说开辟了道路。随后,英国著名作家浮吉尼亚·沃尔夫、詹姆斯·乔伊斯以及美国的威廉·福克纳等都是"意识流"的代表作家。

四、黑色幽默

黑色幽默风行于21世纪60年代的美国。黑色幽默作为一种创作技法,是用"绝望的喜剧"或悲剧性闹剧的形式来表现悲剧的内容,表现世界的荒谬,人与社会的不协调,社会对人的压抑,等等。所以在美国,有人称为"绞刑架下的幽默"或"大难临头时的幽默"。黑色幽默中的"黑色",是指可怕而又滑稽的客观现实;"幽默"是指自由意志对这种现实采取的嘲笑态度。

黑色幽默常将滑稽、畸形甚至丑恶的人物和故事放在哈哈镜面前,使其放大、扭曲,使它们显得更加荒诞不经,滑稽可笑,但笑声中包含着绝望情绪。因此,它既引人发笑,又催人泪下,甚至是啼笑皆非。

黑色幽默常与象征、隐喻、夸张、反讽、意识流相结合,达到对荒谬社会的无情调侃、冷峻的嘲笑,营造出冷峻、辛辣与反常荒诞交织的艺术效果。

例如美国犹太小说家海勒的《第二十二条军规》,便是黑色幽默技法的代表作之一。整个小说通过黑色幽默技法,通过"第二十二条军规"表达了现实是一种荒谬的存在。军规是一种蛮横无理的邪恶力量,是"难以逾越的障碍""无法摆脱的困境",小说中的主人公尤索林在无力改变世界的荒谬的同时,只能采取一些滑稽可笑的行为来争取个人的幸存。因此尤索林是一个"反英雄"意义上的英雄,小说的主旨正是通过这样一个人物来表现美国社会经济军事官僚的黑暗与荒谬。

我国运用黑色幽默技法进行创作中,在情节安排和语言风格上与西方黑色幽默相似,只是稀释了"黑色"的成分,使之更适合表现我们的生活内容。

五、蒙太奇

法文音译,建筑术语:装配、构成。在电影艺术中,主要指镜头的剪辑、组合。在文学创作中,借此法,可以把不同时空的生活内容巧妙组接在一起,以表现丰富的内涵。有人称蒙太奇是一只可以超越时空、神出鬼没、自由连接和重塑客观世界的魔手。换言之,客观世界通过蒙太奇,可得到全新的自由的表述。

蒙太奇表现形式多种多样,主要有以下几种。

(一)叙事蒙太奇

1. 相似蒙太奇

借助两个事物的相似点,把两个场景组合起来的方法称为相似蒙太奇。

例如,何立伟《白色鸟》中:

> 野花开遍的河边、清粼粼的河水,抑扬悠远的蝉声,嗡嗡嘤嘤的野蜂,一片葱绿的芦苇林,一个城市的小孩和一个农村的小孩在采马齿苋,比赛游泳……
>
> 在绿生生的水草边,一对白色水鸟恩恩爱爱,在浅水里照自己的影子,而且亲热交喙,相互摩擦着长长的脖子。

——两个场景的相似之处:亲密无间。恩恩爱爱的白色水鸟恰恰是两个少年心灵上的对应物,构成了艺术画面中大自然的生态美、生活美和人性美。

2. 对比式蒙太奇

把不同事物或同一事物不同的侧面进行对比,在对比中,表现作品的内涵或作者的情感倾向。美丑、善恶、真假等都可以采用此法进行对比。

例如:

> 丈夫在家无聊地看电视,一边不时地给睡着的小孩捂被子……
>
> 妻子在舞场上疯狂旋转,并与一男子眉来眼去……

——两相对比,揭示了家庭婚姻危机,流露出作者对丈夫的同情,对不忠的妻子的批判态度。

(二)理性蒙太奇

1. 联想式蒙太奇

这是人物受外界事物的触发而产生的对以往生活场景的回忆联想画面与现实生活画面的组接方式。其联想可以是时空接近基础上的联想,也可以是类似事物的联想,还可以是相反或相对事物的联想。通过联想,把不同生活场景组合起来,增加作品的艺术容量,暗示出一种意义。

例如,海明威《老人与海》写老渔夫桑提亚哥,驾着一叶小舟,在大海上捕鱼,有一次,总算好运气,钓住了一条从未见过的大马林鱼,这条鱼比小船还长两英尺,足有一千五百多磅重。这条鱼太大了,老渔夫很难把它从大海拖回来。相反,小船只能随鱼的反抗力和海水的流向,向东飘去,离海岸越来越远。老人感到自己年迈力衰,孤零零的没有一个帮手。双方势均力敌,谁也拿谁没办法。然后小说有三处联想:

> 第一次:夜色苍茫,老人非常疲乏,他想起垒球大赛,纽约的美国老队正在跟老虎队比赛,已经两天了,我还不知道结果呢,但我一定要有信心。
>
> 第二次:太阳已经沉没海底,夜幕降临了,他想起在卡萨布兰卡一家酒店跟一个力气很大的黑人比赛臂力,两人相持了一天一夜,打赌的看客要求算成和局,评判员却摇头,他便使出浑身力气,逼着黑人的手往下落,一直把那只手靠在桌面上。他断定,只要愿意坚持,什么人都会被他打败。
>
> 第三次:老人设想自己坐在飞机上,看见马林鱼、飞鱼、海龟、海豚,五光十色,非常壮观,此刻他颓丧的情绪顿时消失。

——三个回忆的场景与现实组合,不仅形象再现了老人已经逝去而又重新唤回的"男子汉"气概,且刻画了老人战胜自我的意志力和拼搏精神。这种精神超越时代和国界,具有永恒的艺术魅力，今天重读，仍令人震撼。

2. 隐喻式蒙太奇

它是用某些生活场景或形象暗示出一种抽象的思想意义。

例如：

其一：前一场景是一青年要去赴约，在父母已陈明背景与隐情的情况下，他仍义无反顾，后一个场景是喧闹的街市，原本端在青年手里的安全防护帽飘落在马路上，荡悠悠跳落，突噜噜地在地上翻滚。这是青年车祸亡身的暗示。

其二：前一场景是壮阔的河冰迅猛崩裂，湍急的河水浩荡汹涌。后一镜头是：毛泽东的特写，高大的背影渐渐转向观众，然后定格化。这是象征领袖不可阻挡的气魄，也象征他的事业如春水浩荡一泻千里。

其三：艾特玛托夫《白轮船》：小说的主人公是一小孩，从小离开父母，寄养在外公家，住在偏僻的小山村，村里只有三户人家，除外公外，世界上没有人疼他，他感到非常孤独。另一场景是他经常偷偷跑到卡拉乌尔山上，用望远镜眺望远处伊塞克湖面上水天相连的地方，常驶过一艘白轮船。每当他看到这艘白轮船的时候，便情不自禁地引起各种遐想，他设想自己的父亲就在这船上当水手，他幻想自己变成一条鱼，顺着湖水游过去，看船上的爸爸。白轮船象征人生可望而不可即，永远需要期待又无法达到的憧憬、理想、追求、希望……

思考与练习

一、解释

插叙　白描　侧面描写　环境描写　场面描写　心理描写　抒情

二、回答问题

(1)文学作品常用的表达方式是哪些？

(2)举例说明白描手法。

(3)心理描写有哪些具体方式？

(4)环境描写应注意哪些问题？

(5)什么是传统技法，常见的有哪些？

(6)什么是现代技法，主要的有哪些？

三、阅读题

阅读下面一篇小说，分析小说所用的写作技法和小说的主题思想。

谁是爱德华

翔　然

汤晓晓接到了一个老同学的电话，“听说你快和爱德华结婚了？爱德华那么有钱，你运气真好”。

“谁是爱德华？”汤晓晓十分疑惑。

她的确快要结婚了，可是她的老公叫霍小城，一个很普通的男人，工作稳定但是收入不高，很节俭，唯一的好处是有一套一百多平方米的房子。

“有人看到你和爱德华一起拍婚纱照……难道看错了？”老同学很失望，挂了电话。

汤晓晓想起来了，那天因为怕拍照的顾客太多，他们俩和另一对新婚人坐在一张桌子旁边等待化妆。对方的新郎的确看起来财大气粗的，大概就是那个爱德华。

后来的几天里，汤晓晓接到了很多这样的电话，那些好久没有联系的朋友都友好地向她问候，他们问着她同一个问题：“听说你快和爱德华结婚了？”

汤晓晓不得不难堪地向他们解释，这只是一个误传。

“是吗？真可惜，如果真的嫁给爱德华多好啊！”朋友们的语气仿佛在说，果然不是真的，汤晓晓怎么可能有那么好的运气？这是让汤晓晓受不了的。

对于爱德华，汤晓晓已经越来越了解。他在国外的华人街特别有名，赚了很多钱然后回国内定居了。年轻的时候，汤晓晓也希望自己能够嫁个像爱德华这样的有钱人。可是现在她年纪不小了，只好将就着嫁个霍小城这样老实本分的男人。每个女孩子，都不得不从公主变成普通的女人。

听到的询问多了，汤晓晓忍不住开始遐想，如果自己将要嫁的人真是爱德华该有多好。那样她就能在城里最大的饭店摆酒宴，邀请每个向她道喜的朋友。穿着最华美的婚纱，坦然接受所有人羡慕的眼光。

这种想象一开始是美好的，就像每个少女都会有浪漫梦幻。可是渐渐地，就变成一种煎熬。无数个夜晚，汤晓晓都会从与霍小城结婚的梦里惊醒，然后问自己：“为什么我嫁的人不是爱德华？”

汤晓晓后悔了，她不想嫁给霍小城了。青春毕竟还有一点残存，她想要再等一等，也许真的能等到她的爱德华。等到实在等不下去时再找个像霍小城这样的男人，并不成问题。

和霍小城提出分手的时候，霍小城很沉默。不过他还是答应了，没有粗声恶语，更加没有过多纠缠。

“有件事我要告诉你，本来想在我们结婚的时候才说的。”霍小城说：“我曾经在国外待过一段日子，我的英文名叫爱德华。因为厌倦了浮华的生活，我回到国内，想找一个心爱的女孩，过简单的日子，却没想到那么难……”

（原载《齐鲁晚报》2006 年 4 月 23 日，选自《微型小说选刊》2006 年第 14 期）

◎情景二

文体写作篇

模块七　诗歌的写作

第一节　诗歌的概述

一、诗歌的沿革

（一）诗歌的起源

诗歌是最早出世的文学样式。但它究竟起源于何时，又是怎样起源的呢？对于这个问题，《诗・大序》和亚里士多德《诗学》都从“人类何以要唱歌做诗”（朱光潜）这个心理学的角度作了回答。《诗・大序》认为，诗歌是人们内心的想法和情感的外现，是表现情感的。《虞书》说：“诗言志，歌永言。”《史记・滑稽列传》引孔子语：“书以道事，诗以达意。”所谓“志”与“意”就含有近代语所谓“情感”，所谓“言”与“达”就是近代语所谓“表现”。《诗・大序》把这个见解发挥得最为精透：

> “诗者志之所之也。在心为志，发言为诗。情动于中而形于言，言之不足，故嗟叹之；嗟叹之不足，故咏歌之；咏歌之不足，不知手之舞之，足之蹈之也。情发于声；声成文，谓之音。”

朱熹在《诗集传・序》里更明了地引申了这一段：

> 或有问于予曰：“诗何为而作也？”予应之曰：“人生而静，天之性也；感于物而动，性之欲也。夫既有欲矣，则不能无思；既有思矣，则不能无言；既有言矣，则言之所不能尽，而发于咨嗟咏叹之余者，必有自然之音响节奏而不能已焉。此诗之所以作也。”

“人生本来就有情感，情感天然需要表现，而表现情感最适当的方式是诗歌，因为语言节奏与内在节奏相契合，是自然的，‘不能已’的”。

古希腊亚里士多德在《诗学・第 4 章》里说：“作为一个整体，诗艺的产生似乎有两个原因，都与人类的天性有关。”其一是“摩仿的本能”，而摩仿就是一种“极其逼真的艺术再现”（《诗学》商务印书馆，1996 年版第 47 页）；“摩仿出于我们的天性，而音调感和节奏感（至于‘韵文’则显然是节奏的段落）也是出于我们的天性，起初那些最富于这种资质的人，使它一步步发展，后来就由临时口占而作出了诗歌”。其二是“因为求知”“会产生一种快感”，“求知”也需要“摩仿”。总之，诗或是“表现”内在情志，或是“再现”外来印象，或是纯以艺术形象产生快感，都以人类天性为基础，其起源当与人类起源一样久远。

（二）诗歌的分立

上引《诗・大序》关于诗歌起源的见解，与《礼记・乐记》相通，连文字也都大致相同，不过《礼记・乐记》是论乐，《诗・大序》是论诗罢了。由此可见古代诗与音乐、舞蹈的关系是十分密切的；同时，人类学与社会学及历史与考古学的证据也都证明，诗歌与音乐、舞蹈是同源的，而且在最初是一种三位一体的混合艺术，它们的共同命脉是节奏。后来三种艺术分化，每种均仍保存节奏，但于节奏之外，音乐则强化了其和谐方面，舞蹈则强化了其姿态方面，诗歌则强化了其文字意义方面。诗歌这才逐渐成为一种特定的独立的文学体裁。

（三）诗歌的衍变

一方面，诗歌分立后，自身在长期发展中形成了不同的品种，在形式方面，仍保存着与音乐、舞蹈未分家时的痕迹如重章、叠句，这些痕迹后来变成它相对稳定的形式；另一方面，诗歌又分化衍变出其他文学体裁：从抒情诗的发展中产生出散文，从散文和诗的综合中产生出散文诗，从叙事诗的发展中产生出小说，从叙事诗和抒情诗的综合中产生出诗剧，从诗剧的发展中产生话剧等。诗歌经历了从简单到多样、从单一到复杂的演变轨迹。

二、诗歌的含义

我们要给诗歌这种最古老的文学样式下定义，就要先了解“诗”的原义及其演变。

根据可靠的古代文献，“诗”在《诗经》中已多次出现。闻一多在《歌与诗》中，在用训诂学的方法得出“‘诗’与‘志’原来是一个字”的结论的基础上，还就“志”的含义作出了更为深入系统的论断，他说“志有三个意义：一、记忆，二、记录、三、怀抱。这三个意义正代表诗的发展途径上三个主要阶段”。首先，既然“诗”为“志”，“志”又是“藏在心中”，那么，“诗”或“志”就是记忆，也就是指诗的最初的记诵。他说：“诗之产生，本在有文字以前，当时专凭记忆，以口耳相传。诗之有韵及整齐的句法，不都是为着便于记诵吗？所以，诗有时称‘诵’……最古的诗实相当于后世的歌诀。”因而“记忆”便是诗或志的第一个意义，也就是诗歌发展的第一个阶段。其次，文字产生之后，文字便代替了记忆，“记忆谓之志，记载亦谓之志。古时一切文字记载皆曰志”。在先秦的典籍中，引到“志云”的不下十几处，皆指“记载”之书，而且又都是“韵语”（即诗）。因而，“记载”便是诗或志的第二个意义，也就是诗歌发展的第二个主要阶段。与此同时，随着社会生活和文学自身的发展，散文应运而生，人们逐渐倾向于用散文体记录事物和道理，而诗（韵文）则更多地用来抒写“怀抱”，使得诗的“事”的成分渐少，“记”的作用渐微，而“情”的成分渐多，“意”的作用渐大。到了“诗言志”和“诗以言志”这两句话成为古代人们公认的定义时，便已经开始用“志”来专指“怀抱”，即“情”“意”了。这便是诗或志的第三个意义，也就是诗歌发展的第三个主要阶段。

根据上述诗歌的原义和前述诗歌的沿革，并结合现当代诗歌创作与诗歌理论，我们现在可以把诗歌定义为一种意象化、重在表现情感意志、讲究节奏韵律、凝练含蓄的文学体裁。

三、诗歌的分类

“论诗当以文体为先，警策为后”（张戒《岁寒堂诗话》）。对诗歌作品分门别类，既有利于把握各类诗歌的自身特点，又能帮助读者揣摩领会古今诗人的各类作品，甚至进而学会写诗。

按照不同的角度与标准，诗歌可分为不同的类别。如按每句诗的字数分，可分为二言诗、三言诗以至八言诗、九言诗、多言诗、杂言诗等；按整首诗的句数分，可分为独句诗、两句诗以至八句诗、多句诗、多韵诗等；按入不入乐分，可分为乐歌（入乐的诗歌）和徒歌（不入乐的诗歌）。其中，乐歌又可分为歌、歌诗、声诗、曲子词、散曲；徒歌可分为谣、诵诗、徒诗、长短句等；按声韵分，则有平韵诗、仄韵诗、平仄韵诗、排韵诗（柏梁体）、交韵体、和韵诗等；按节奏分，则有双字尾节奏诗、单字尾节奏诗、齐言节奏诗、变言节奏诗等；按题材内容分，则有写景状物类、写人叙事类、抒情言志类和议论说理类。

下面，对按诗歌的内容性质和表达方式划分出的品类予以介绍。

（一）抒情诗

抒情诗是以作者口吻抒情写意的诗体。它没有完整的故事情节和人物形象，组织结构依据的是感情发展的脉络而不拘于事件的发展逻辑，内容上比其他诗体显示出更大的跳跃性。抒情诗的基本体式有爱情诗、离别诗、羁旅诗、爱国诗、亲情诗、吊古诗、述怀诗、感遇诗、颂赞诗、怨愤诗、哀悼诗、闲适诗等。

中国抒情诗最常见的表达方式是"感物生情""移情于物"和"直抒胸臆"。"感物生情"，即诗人被自身以外的事物触发情思并将其表现出来。"移情于物"，即推己及物，把诗人的情思加到景物上去，心理学上称其为"移情作用"。"直抒胸臆"，即诗人不凭借外物而直接倾泻内心的情感，歌哭无端。这种写法在现当代诗歌中尤为常见，如当代诗人北岛的《回答》"卑鄙是卑鄙者的通行证，高尚是高尚者的墓志铭………"，就是一代青年长期淤积于心而猛然爆发出来的痛苦呼号。《离骚》、《七子之歌·澳门》、《雨巷》、《回延安》、《致橡树》等就是抒情诗。像这些"为情而造文"的优秀抒情诗中，不仅情理与文辞兼具，而且情感的丰富性又决定了情感表现的多样化。

（二）叙事诗

叙事诗是以叙事为主、有较完整的故事情节和人物形象的诗歌。亦称"诗体小说"。它把叙事与抒情融为一体，通过叙事来抒情；情节完整、单一、集中，只着重矛盾典型侧面的描写，大多只有一条线索，细节常具有特征性；通过刻画典型的生活场面、语言、动作、心理状态等，来揭示人物的性格特征，表现强烈的诗意；环境描写十分简洁；叙事一般要遵循事件发展的逻辑顺序，精炼而有层次。叙事诗的定型体式有英雄歌谣、史诗、叙事诗、纪事诗、纪行诗、风俗诗、童话诗、剧诗等。《孔雀东南飞》、《悲愤诗》、《木兰诗》、《琵琶行》、《长恨歌》是我国古代著名的叙事诗。《王贵与李香香》、《复仇的火焰》等属于现代叙事诗。在这些优秀的叙事诗中，就处理"情"与"事"的手法来看，或以抒情手法叙事，如《悲愤诗》、《长恨歌》；或以叙事手法抒情，如《孔雀东南飞》、《琵琶行》。都往往以情驭事，将叙事、写景、抒情、议论融为一体，笔触真实，感情强烈，在艺术上具有极强的震撼力。

（三）议理诗

一种"以论理为本，以修辞为末"（《四库全书总目·伊川击壤集》）、"诗中谈理""理无不包，语无不韵"（清·张谦宜《絸斋诗谈》）的阐说事理、启迪智慧乃至凝聚、揭示宇宙人生的道理与规律的诗歌。它内容深邃、含蓄，抽象的哲理往往寄寓于鲜明的艺术形象之中。它包括玄言诗、哲理诗、讽喻诗、教育诗（劝学诗、训蒙诗、劝诫歌、励志诗）、咏史诗、论诗诗、释道诗、理学诗、科学诗等。王之涣《登鹳雀楼》、刘禹锡《乌衣巷》、苏轼《题西林壁》、朱熹《观书有感》等就是我国古代诗歌中充满理趣的名篇，卞之琳的《断章》、顾城的《一代人》、《远和近》则是我国当代闪烁着哲理之光的佳作。

（四）写景状物诗

这类诗以写景状物为主要内容和主要目的，以客观描写手法为主要表达方式，以再现景物的形貌、神韵和美感为主要艺术追求，即纯粹的写景、咏物。这类诗与那些借助山水景物而抒情言志的诗歌不同，与那些直抒胸臆的诗歌更是不同。它包括山水诗、田园诗、苑囿诗、游览诗、咏物诗（咏花诗、咏鸟诗、咏月诗、咏雪诗、器物诗……）、题画诗等。

(五)格律诗

格律诗是我国古代诗歌的一种诗体名称,始于南北朝,形成于唐初,其基本含义是有固定的格式和韵律,即所谓篇有定句,句有定字,字有定声、对偶有定格的诗歌。格律诗包括律诗、绝句、排律(合称为近体诗)及词和散曲。

1. 律诗

律诗是近体诗的一种,起源于南北朝 ,成熟于唐初。格律要求严格,分五言、七言两种,简称五律、七律。以八句为定格。每句有一定的平仄格式;双句押韵,以押平声为常,首句可押可不押。中间四句除特殊情况外必须对偶。亦偶有六律(又称三韵律诗或三韵小律),如李益的六句五言律诗:“汉家今上郡,秦塞古长城;有日云长惨,无风沙自惊;当今天子圣,不战四夷平。”李白的《送羽林陶将军》六句七言律诗:“将军出使拥楼船,江上旌旗拂紫烟。万里横戈探虎穴,三杯拔剑舞龙泉。莫道词人无胆气,临行将赠绕朝鞭。”都句句合律,只中间少一联。句数在八句以上者称排律。

律诗的美感效应有三。一是在音响效果方面造成一种抑扬顿挫、铿锵悦耳的音乐美。二是将外在的声韵节奏与内在的情感律动结合起来,用外在的声韵美、音乐美,表现内在的情韵美、情味美、神韵美。三是通过调协声律所带来的语法变异产生多方面的美感效应。

2. 绝句

绝句是一篇四句、音协韵合的格律诗,又称“截句”“断句”。绝句分古绝和律绝两种。其中,古绝又叫“仄韵绝句”,分五七言两种而以五言为多,须用仄韵,多不讲对仗;律绝是唐代以来流行的近体绝句,分为五言、六言、七言三种,称为五绝、七绝和六绝(少见)。它要求调平仄、和声律、押平声韵。

3. 词

词是一种律化的长短句且字数固定的诗歌。词始于南朝,定型于中晚唐,盛行于宋代,是近体诗之后兴起的一种更为精致的格律诗。词从本质上说,是一种抒情诗。词有“曲子”“曲子词”“乐章”“歌曲”“词曲”“近体乐府”“琴趣”“歌词”“小词”“寓声乐府”“诗徐”“长短句”等别名。词有不同的词调,每种词调各有特定的名称,叫做词牌,如《念奴娇》、《沁园春》等。不同的词调,其段数、句数、字数、韵律、句式,均有各自不同的规格,即所谓“调有定句,句有定字,字有定声”的词律。词按句数、字数多少分为小令、中调、长调。按分段的不同,有单调、双调、三迭、四迭之别。单调不分段。双调是词中最常见的形式。比之于诗,“词之为体,要眇宜修,能言诗之所不能言,而不能尽言诗之所能言”。(王国维语);虽都讲含蓄蕴藉,也都有直抒胸臆、显豁明朗的,但两者相比,词则更重含蓄、少显豁者,更具“烟水迷离”般的空灵朦胧之美;词要“因声度词”,因而更讲究语言的音乐美和雅俗相和。

4. 曲

曲是韵文文学的一种,通常多指宋代以来的南曲和北曲。形式上曲同词相似。风格上词更含蓄,常用曲折隐喻的手法,曲则多用直陈白描的手法,口气逼真,爽朗明快;语言上,曲更接近民间口语,句法比词复杂多样;乐调上,词是“调有定格,字有定数,韵有定声”,曲在曲谱规定范围内有伸缩的自由,可增减字句,用衬字,韵也有变化;词只注重平仄,曲则要考虑四声和音的清浊。曲可分为散曲和剧曲两种。

清人徐大椿认为曲“与诗词各别,取直而不取曲,取俚而不取文,取显而不取隐”,散曲不同于诗、词的独特风貌主要有三。一是创作动机不同:诗有抒情传统,词靠潜意识取胜,而散曲则直言人生，近乎嬉笑怒骂。如马致远《双调·夜行船·秋思》。二是题材内容不同："诗之境阔，词之境狭"，而散曲却宽到无所不能、无所不包。三是语言风格不同：诗庄词媚，而散曲则俗、谐、直且可加衬字，别具一种风味。

例如，关汉卿《南吕·一枝花》：

> 我是个蒸不烂、煮不熟、捶不扁、炒不爆、响当当一粒铜豌豆。恁弟子每谁教你钻入他锄不断、斫不下、解不开、顿不脱、慢腾腾千层锦套头，我玩的是梁园月，饮的是东京酒，赏的是洛阳花，攀的是章台柳。我也会围棋、会蹴鞠、会打围、会插科、会歌舞、会吹弹、会咽作、会吟诗、会双陆。你便是落了我牙、歪了我嘴、瘸了我腿、折了我手。天赐与我这般儿歹徒症候，尚兀自不肯休。则除是阎王亲自唤，神鬼自来勾，三魂归地府，七魄丧冥幽，天哪，那其间才不向烟花路上走。

第二节　诗歌的文体特征

一、重在抒情

中国古典汉语诗歌在创作动机上，向来就有"诗言志""诗缘情"两种主张。"诗言志"的"诗"是指《诗经》，而《诗经》中"国风"以及"小雅"的绝大部分，既非专意言志、也非情志并重、而是重在抒情。至陆机《文赋》首倡"诗缘情"后，"为情而造文""因情立体""歌咏性情""以道性情""根情苗言""独抒性灵"等等，就成了各种类型（叙事诗、抒情诗）、各种题材（如山水、人事）和各种体裁（如古体、近体、词曲）诗歌创作的主流。且不说十五国风大半皆发于情，"屈原作《离骚》，自哀其志穷。愤世疾邪意，寄在草木虫。"（梅尧臣）；且不说两汉乐府、民歌皆"感于哀乐，缘事而发"（班固《汉书·艺文志》），建安七子诗作第一要义就是情感充沛，陶渊明的诗不管是写田园隐逸还是语及时事，均不离一个"情"字，一个"我"字；也不说李杜虽一浪漫一现实风格不同，题材内容也各异其趣，但都以抒情为主，所谓"皆情意有余，汹涌而后发者也"（陈应鸾《岁寒堂诗话笺注》）。"积愤有时歌易水，孤忠无路哭昭陵"（《遣怀》），正是"善为悲壮"（杨万里语）的陆游诗歌的感人之处；苏辛、李清照词，一多豪放、一多婉约，然都不离一个"情"字。就连不足百年的中国现当代诗歌创作，也大多是以抒情为己任。总之，不管是中国诗歌还是外国诗歌，也不管是古代诗歌还是现当代诗歌，其情感触发尽管有"缘景，缘事，缘以往，缘未来"（王夫之语）等等不同，其情感类型也有"悦豫""欢娱""忧愁""怨刺""爱情""亲情""友情""乡情"等等不同，均是"哀乐之情，发见于言语之声"（孔颖达语）。"诗之所至，情无不至；情之所至，诗以之至"（王夫之语）。情可以说是诗的生命，有情便有诗，无情便无诗，情少算不得好诗。当然，感情既有一个有无、真假的问题，也有一个优雅、卑污的问题，还有一个思想蕴含的问题。我们所说的诗歌重在抒情的"情"，是以真诚、优雅为上品的，它和煽情、滥情、矫情是无缘的。

二、讲究节奏韵律

（一）诗歌节奏的内涵和意义

节奏是在一定时间间隔里交替出现的有规律的进程或现象。诗歌，作为一种语言艺术、时间艺术和人类情感意志的表现艺术，其节奏不仅表现为"语音中声音的高低、轻重、长短、快慢间歇和音色造成语言的节律"（罗常培，王均. 普通语音学纲要（修订本）[M]. 北京：商务印书馆,2002:162),而且还表现为诗歌的内在旨意、感情的性质与量度以及诗行在空间视觉上的排列组合。正如孙绍振所言,“诗歌形象的”“内部形式的和外部形式的”“这种双重统一性,突出地表现在诗歌的节奏上,它要求从情绪到语音都有一个统一的性质和量度,统摄着整体,在保持基本统一的调性和频率的条件下,有规律地呈现起伏和变化,这就是诗的节奏。”(孙绍振《文学创作论》第350页)诗的节奏包括外在节奏和内在节奏两大类。

诗歌是节奏的艺术,可以说,凡是称为诗的,都是有节奏的,没有节奏的便不是诗。诗歌之所以要讲究节奏声律,其主要原因有以下三点。

首先,从诗歌的起源看,据刘安《淮南子·道应训》等著述的描述,诗歌所特有的节奏和音韵声律,是“我们的祖先的原始人”在扛举重物时为鼓劲并配合肢体动作的快慢节奏而唱喊的劳动号子之类歌声,而同诗歌一同产生并成为诗歌的先天特征。

其次,有助抒情与诵读。“情发于声,声成文,谓之音”(《诗·大序》),在创作中,情在先而声在后,情见于声,“哀乐之情感,歌咏之声发”(《汉书·艺文志》)。作诗者抒悦豫忧愁之情而成歌咏,其情既见之于词句,又见之于声韵。诗的节奏和声律,可以说是诗人内心情感乃至生命律动的外现。诗之所以能感动人、感染人,“以其情也,以其言之韵也”(陆时雍《诗境总论》)。声韵有沈顿、激昂之别,因此,不同的声韵也就有不同的感情色彩,或“宽平”,或“细腻”,或“缠绵”,或“感慨”。这就要求诗人在创作时,应根据所表达的感情的需要而选择不同的声韵,以便更有效地抒发感情,并为读者听声以寻情、由声而知意创造条件。白居易说:“诗者:根情,苗言,华声,实义。”四要素中,可见声、情其在诗歌创作中的地位是何等重要。从诗歌体裁上看,中国诗歌一向有抒情言志传统,其中数量最多成就最大的是抒情诗,而韵能够与诗的情感意趣相配合,所以,抒情诗就适宜押韵甚至需要押韵。叙事诗和议理诗适当押韵,也有助诵读、利于传播。

最后,汉字汉语为诗歌节奏韵律提供了得天独厚的便利条件。从语音上看,汉语音节由辅音和元音拼合而成,辅音在前,元音在后,整齐一律,押韵只求元音相同,十分容易。有些音节虽以辅音结尾,但那些辅音都是响亮的鼻音,也可用于押韵。此外,汉语同音字多,并且有些词语可以颠倒、分合,也为押韵提供了便利条件。从节奏上看,“韵是去而复返、奇偶相错、前后呼应的”。“中国诗的节奏有赖于韵”,是因为汉语的音“轻重不分明,音节易散漫,必须借韵的回声来点明、呼应和贯串”(朱光潜.诗论[M].桂林:广西师范大学出版社,2004.)。

(二)诗歌的外在节奏

诗歌的外在节奏又分为两种:一种是由诗歌语言的语音特征形成的音响上的听觉节奏,包括音节、韵脚、韵式、韵律,是诗歌主要的外在节奏。另一种是诗歌语言的文字形态构成的空间上的视觉节奏,包括行式、节式、体式等。

1. 诗歌的韵律

(1)平仄相对相粘。“韵律”,即声韵和节律,指诗歌中的平仄格式和押韵规则。汉语古典诗歌的韵律的成熟形式主要表现在律诗和绝句中,其基本规律是一句之中,平仄交错;一联之中,平仄相对;两联之间,邻句相粘。如许浑《咸阳城东楼》邻句相粘:

一上高楼万里愁,
蒹葭杨柳似汀州。↓
〓云、葭相粘(平粘平)
溪云初起日沉阁,↑

山雨欲来风满楼。↓
　　　　　　〓雨、下相粘(仄粘仄)
鸟下绿芜秦苑夕,↑
蝉鸣黄叶汉宫秋。↓
　　　　　　〓鸣、人相粘(平粘平)
行人莫问当年事,↑
故国东来渭水流。

(2)韵脚回环往复。“韵脚”,是指同韵或邻韵的字在相同的位置上(一般为句末)有秩序地回环重复出现而相押。古代诗歌通常是偶句押韵,律诗、绝句还讲究平仄。如果诗句句末的字所用的韵母相同或相近,便可称为押韵。押韵,能以声韵效果增强诗的音乐感,使不同诗行实现语音意义上的黏合,从而产生优美的诗意和优美的音响伴随的艺术效果。如阮章竞《漳河水》的开头:“漳河水,九十九道湾,层层树,重重山,层层绿树重重雾,重重高山云断路。”不仅像一幅清丽的水墨画,而且因为韵脚“湾”与“山”以及“雾”与“路”相押,使得音调婉转缠绵,画意诗情,颇具古诗风味。

一般说来,一首诗韵脚的选择,受感情内容的制约。诗歌的押韵,要依据诗歌所表达的内容去选择“韵脚”。这就是诗歌创作中所说的“随情选韵,因情变声”原理。韵脚有“十三辙”:麻沙、梭波、乜斜、衣期、灰堆、怀来、姑苏、由求、遥迢、言前、人辰、江洋和中东。从声音强弱和发音方法的不同又将“十三辙”分为洪亮级、柔和级和细弱级。表豪放欢快的感情,宜用响亮的韵脚;表凝重悲哀的感情,宜用低沉的韵脚。

押韵的方式表现为诗中韵脚音的不同排列形式形成的有规律的韵式。押韵的方式很多,有偶韵、随韵、排韵、抱韵、交韵以及换韵等。

【偶韵】如公刘《关于真理》:

真理有时像无花果,静悄悄,萌生于树叶之间,它和树叶一样是绿的,并不红得耀眼。

真理有时又像毛栗子,它把果仁藏得很严,不但有一层又厚又硬的壳,而且像刺猬似的不招人喜欢。

尊重无花果吧,它没有那股招蜂惹蝶的甜;理解毛栗子吧,它告诫采集者:艰难。

押的是“言前”辙中“an”的韵。这种逢偶句押韵(奇句除有首句入韵的外,其他一般不押),是古典诗歌押韵的基本方式,现代新诗也大量采用。

【随韵】如贺敬之《回延安》:

亲人见了亲人面,(an)欢喜的眼泪眼眶里转。(an)
保卫延安你们费了心,(en)白头发添了几根根。(en)

由“言前”辙中的“an”韵随情转为“人辰”辙中的“en”韵,换韵自由。这种随韵是一呼一应进行转换的押韵方式,一般是上句定韵,下句随押,两句一组逆次换韵。

【排韵】如李瑛《茫茫雪线上》(节选):

什么岩鹰,什么雪燕,(an)看我们怎样踏破了冬天;(an)冰窟间有我们观测站,(an)雪谷间有我们养路班。(an)

句句押“言前”辙中的“an”的韵,一韵到底。

【抱韵】如徐志摩《俘虏颂》(节选):

①干什么来了，这‘大无畏’的精神？（en）②算是好男有不怕死？——（i）③为一个人荒唐，（ang）④为几元钱的奖赏，（ang）⑤闯进了魔鬼的圈子，（i）⑥贡献了身体，在乌龙山下变粪？（en）

首句与末句、第二句与倒二句押韵，以此类推向中环抱押韵。全节六行诗句，其中，①⑥押“人辰”辙中的“en”韵；②⑤押“衣期”辙中的“i”韵；③④押“江阳”辙中的“ang”韵，因情变韵。

【交韵】又叫“交锁韵”，是一种除了偶句押韵而外，奇句亦互相押韵，韵脚交锁其中的韵式。如王昌龄《秋兴》诗云：

日暮此西堂，凉风洗修木。著书在南窗，门馆常肃肃。
苔草弥古亭，视听转幽独。或问予所营，刈黍就空谷。

这首诗以“木”“肃”“独”“谷”押韵，而奇句的“堂”与“窗”以及“亭”与“营”又各自相押。奇偶句的韵交锁其中，甚为和谐。

现代诗如臧克家《老马》：

总得叫大车装个够，它横竖不说一句话。背上的压力往肉里扣，它把头沉重地垂下。
这刻不知道下刻的命，它有泪只往心里咽。眼里飘来一道鞭影，它抬起头来望望前面。

全诗单句和单句押韵，双句和双句押韵，从而形成单、双句间相互交错押韵。

【换韵】即从此韵换成彼韵。诗歌中有两句一换韵的，有三句一换韵的，有多句一换韵的。如贺绿汀《游击队之歌》：

我们都是神枪手，每一颗子弹消灭一个敌人，我们都是飞行军，哪怕那山高水又深。在密密的树林里，到处能安排同志们的宿营地，在高高的山冈上，有我们无数的好兄弟。没有吃，没有穿，自有那敌人送向前；没有枪，没有炮，敌人给我们造。我们的人长在这里，每一寸土地都是我们自己的，无论谁要抢占去，我们就和他拼到底！

这首歌词共16句，由于词句的逻辑性强，换韵自然，尤其9、10两句和11、12两句连续换韵，充分配合歌词内容，表现了游击队员们跃跃欲试的英雄形象和革命乐观主义精神。

2. 诗歌的视觉节奏

（1）诗歌的行式。行式是诗行的格式。现代新诗经过近百年数代诗人、作家的探索与创作实践，在传统五七言诗行的双音尾和三音尾结构及其组合方式的基础上，产生了奇数（单、三）音尾吟咏调和双数（二、四）音尾诵念调两大系列诗行，“新诗散漫的诗行中的音节组合方式开始出现了走向统一的萌芽，大量的诗行由于运用对称的音节组合（而不是运用“顿”），而摆脱了自由地从一种音节组合转向另一种音节组合的散文句法”（孙绍振《文学创作论》第365页）。其中，值得特别关注的诗行有以下几种。

【阶梯式诗行】由法国未来派诗人阿波里耐首创，后由苏联诗人马雅可夫斯基改造为俄国“重音诗体”的排列形式，意在加强节奏感和突出重要的词。这种诗行形式传入我国后，经贺敬之、郭小川、闻捷等创造性地采用，使它既能表现海涛般的感情，又具有对称美。其节奏形式的性质与马氏专注重音不同的是，注重的是每行后面的顿歇，其实质是用分行（跨行）的形式化长为短，把一句诗切分成若干短行，从而强化诗句（行）的顿歇，形成一种特殊的音形义统一的音顿节奏形式和节奏效果。如：

东风！
　　红旗！
　　　　朝霞似锦……

大道！
　　青天！
　　　　鲜花如云……

这是贺敬之《十年颂歌》中的两句诗，在这里被切分成六个短行后，既突出和加大了诗句中的某些顿歇，诗的意象又显得新颖、富于跳跃；由于言约意丰、情感充沛且一贯到底，诗句被化长为短后，意思上却没有断裂之感，因为短行间的空白正好给读者提供了想象玩味的空间。

【词曲式长短行】这种长短行类似古代词曲中的“小令”的行式，短句（行）多，长句（行）少，行长多为三言、四言、五言，五言以上较少，有对称性。如沙白《水乡行》：

水乡的/路，水云/铺。进庄/出庄，一把/橹。渔网/作门/帘，挂满/树；走近/才见，几户/人家/住。

诗行长短相间，短行多，长行少；就诗调而言，既有单音尾的吟调，又有双音尾的诵调，类似古代词曲的吟诵相间的调子。

【辞赋式长行】这种长行体诗行类似于古代辞赋以“四六”为对，多由两个或两个以上短句集合而成，常相互对称，节奏单位扩大，音顿加长，每一行诗一般在十五字以上。如郭小川的名篇《甘蔗林——青纱帐》的首节和末节：

南方的/甘蔗林啊，南方的/甘蔗林！	三四三三
你为什么/这样香甜，又为什么/那样严峻？	四四四四
北方的/青纱帐啊，北方的/青纱帐！	三四三三
你为什么/那样遥远，又为什么/这样亲近？	四四四四

全诗首节、末节行式完全一样，在排列上都由两个短句行集合成一个长句行，行式虽较长，但音顿及其后的顿歇反复次数适中，节奏沉稳、舒缓；诗的第一、三行和第二、四行大体对称（所谓“隔句对”），这样的诗行由于中间隔了一句，读起来显得亦俪亦散，兼具回环往复和参差错综之美；因还综合运用了陈述句、疑问句、祈使句、感叹句等句式和“啊”“哪”“哟”等语气词，使得全诗脉络贯通而又顿挫分明。

【民歌体混合行式】陈本益先生认为，与传统的民歌体诗行大多是五言三顿和七言四顿单音尾吟咏行式不同，这种新型的行式是：单行单音尾吟咏调，多为三顿七言行式；双行双音尾诵念调，多为四顿十言行式。如李季《杨高传》中的一节两句四行：

走过了/千水/万架/山	三二二一
吃的苦/受的罪/难以/计算	三三二二
流过/血汗/流过/泪	二二二一
咬着牙/闯过了/重重/难关	三三二二

（2）诗歌的节式。这是由一定数量的句式与诗行组成的诗节的形式。句式由一定数量的音节组成，其音节的顿歇与反复便构成诗句的节奏；一定数量的句式及其反复便构成诗节的节奏。

依据行式是均齐还是对称，格律体新诗的节式分为均齐节式和对称节式。均齐节式一般是同一行式的连续反复，这是均齐节式的节奏原理。对称节式是几种不同行式的反复，其中同一行式一般是间隔反复的，这是对称节式的节奏原理。

【均齐节式】又分为两种：一种是顿数和言数都是均齐整饬的节式，如闻一多的《死水》的节式。另一种是顿数均齐而言数略有不均的大致整齐的节式。如何其芳《听歌》的最后一节：

呵，它是这样迷人，这不是音乐，这是生命！这该不是梦中听见，而是青春的血液在奔腾！"

全诗顿数均齐而言数不均齐。

【对称节式】分为节内节间均对称、节间对称而节内不对称以及节内对称而节间不对称三种。其中，节内节间均对称的在格律新诗中最多，如徐志摩的《月下雷峰影片》、《再不见雷峰》《山中》、朱湘的《采莲曲》、余光中的《乡愁四韵》等诗的节式。节间对称而节内不对称的又分为两种：一种是相邻诗节之间对称，如余光中的《乡愁》；另一种是相隔诗节之间对称，如刘祖慈的《南方的细雨》，首节与末节对称，中间间隔了三个均齐的诗节。节内对称而节间不对称的如徐志摩《叫化活该》的首节与末节。

(3)诗歌的体式。这是一首诗或一类诗的节奏形式。体式中包括句式和节式所形成的节奏，但它本身也有形成节奏的功能。不分节的诗，其体式由句式集合而成，这些句式的反复便是体式所形成的一重节奏。分节的诗，其体式由两个以上节式构成，这些诗节节式的反复重现所形成的节奏，便是体式所形成的一重节奏。

根据行式或节式是均齐的还是对称的，格律体新诗在体式上可分为均齐体和对称体。

【均齐体】均齐即均衡整齐。均齐体又分为不分节的均齐体和分节的均齐体。不分节的均齐体由均齐的行式构成，其节奏原理是同一行式的连续反复。分节的均齐体由若干均齐整一的或大致均齐的节式构成，其节奏原理是均齐节式的连续反复。分节均齐体细分又有四种情况：一是顿数言数都均齐的，如闻一多《死水》共五节，各节形式均齐整一；二是顿数均齐而言数不均齐的，如何其芳的《听歌》；三是一些(或一个)诗节的顿数言数均齐，而另一些(或一个)诗节的顿数均齐而言数不均齐的，如孔孚《海上日落》；四是节式虽均齐但并非都由同一种行式组成，如晏明的《榕湖月色》。

【对称体】对称指物体或图像对某一点、直线或平面而言，在大小、形状和排列上相互对应。诗歌的对称体式是指一首诗或一类诗的节奏形式、节奏单位具有对应相称的关系。

按照是否分节，对称体格律诗分为不分节的对称体和分节的对称体两类。不分节对称体由对称的行式构成，其节奏原理是不同行式的间隔重现。分节的对称体由对称的节式构成，其节奏原理是同一节式的连续反复或间隔反复，其中又包括不同行式的有规律反复。有些对称体格律诗不止一种对称形式，如郭沫若《凤凰涅槃·序曲》的七节，就有多种对称形式：

除夕将近的空中，飞来飞去的一对凤凰，唱着哀哀的歌声飞去，衔着枝枝的香木飞来，飞来在丹穴山上。

山右有枯槁了的梧桐，山左有消歇了的醴泉，山前有浩茫茫的大海，山后有阴莽莽的平原，山上是寒风凛冽的冰天。

天色昏黄了，香木集高了，凤已飞倦了，凰已飞倦了，他们的死期将近了。

凤啄香木，一星星的火点迸飞。凰扇火星，一缕缕的香烟上腾。

凤又啄，凰又扇，山上的香烟弥漫，山上的香烟弥满。

夜色已深了，香木已燃了，凤已啄倦了，凰已扇倦了，他们的死期已近了！

啊啊！哀哀的凤凰！凤起舞，低昂！凰唱歌，悲壮！凤又舞，凰又唱，一群的凡鸟，自天外飞来观葬。

第一节、第四节和第五节是节内对称形式。第二节只最后一行多一顿，基本上是均齐式。第三、六两节是节间对称形式。第七节基本上是节内对称形式。

（三）诗歌的内在节奏

情感节奏又称"情绪律动"，是"情绪的自然消涨"（郭沫若语）的审美化节制，是一种经过审美规范的生理和心理过程，"是传达情绪的最直接而且最有力的媒介，因为它本身就是情绪的一个重要部分"。正如孙绍振所说："所谓内部节奏，就是情调的统一和抑扬顿挫，之所以要求抑扬，就是因为调节诗太强的统一性。缺乏情调的统一性，诗歌主导激情可能被淹没，有了统一的情调可以使主导激情处于决定一切的地位；情调过分统一又可能使主导激情陷于孤立，显得贫乏。将统一情调与起伏变化结合起来，才能有内在情感的节奏。"（《文学创作论》第351页）这种内在情感节奏主要表现在情感性质的统一和强度的变化上，以及意象和感情自身及其相互之间的疏密相间上。

1. 情感性质的统一和强度的变化

心理学的研究表明，情绪具有两极性，表现为肯定或否定，积极或消极，紧张或松弛，喜好或厌恶，喜悦或悲伤，惊恐或镇静，强度或弱度。诗人的内心活动很少是平衡的，相反，总是以某一极为主导，这就得确定和统一调性；同时在两极之间有无数个依次排列的不同强度，这些就成了衡量情感的量度。强度的变化主要是量度的变化。而情感的节奏就是在情感强度的变化中，一种既要激发情绪又要控制情绪，既要驾驭情绪又要顺应情绪，既要概括情绪又要展现原貌，从而使得原本处于两极状态的原生态情感，统一为一种具有审美价值的情感，显示或展现出情感性质的确定性。如莱蒙托夫的《帆》，其情感性质便经历了由中性的环境所决定的中性情感——离开故乡暗示着微弱的消极的否定因素——外在环境的否定性因素（风暴、凶险）虽增长了，但仍维持着某种量的平衡（不寻求，也不逃避）——最后，外在环境的否定性因素（风暴）变成了美妙的肯定性因素（在风暴中才有安详）。这种情感的确定，从性质来说是经历了中性——消极的增长——化消极为积极。从强度来说，经历了微弱——稍强——强（参看《文学创作论》第351页和352页）。

2. 意象与情感的疏密相间

内在节奏的疏密相间，大致有两种构成方式：

一是意象的疏密相间。如舒婷《致橡树》的疏密相间的意象，构成了全诗统一而有变化的内在节奏：

诗　行	意象数
你有你的铜枝铁干，	2
像刀、像剑，	2
也像戟；	1
我有我红硕的花朵，	1
像沉重的叹息，	1
又像英勇的火炬。	1
我们分担寒潮、风雷、霹雳，	3
我们共享雾霭、流岚、虹霓。	3

“你有你的铜枝铁干……我有我红硕的花朵……”，句式在结构上大致对仗（这也属于外在节奏），象征、暗示着“你”“我”是彼此平等、人格独立的，“我们”“都”“必须是”“作为树的形象”，表现了“‘根，紧握在地下’，‘叶，相触在云里。’”，既“分担寒潮、风雷、霹雳”，又“共享雾霭、流岚、虹霓”的“伟大的爱情”价值观；虽意象参差、形象迥异，但因每行诗的意象，始终在三到一个之间，其间情感流动舒缓、婉转、自然而又疏密相间有所节制，旨趣一贯而又隐显结合相互引接，这样的节奏就不再是一个孤立的存在，而是感应着情绪的流走，甚至成了情绪的构成因子，以至于若要人为地分开，全诗的情感就再也无所附丽了。再如徐志摩《再别康桥》各节的意象密度分别是：低（4）—高（8）—高（8）—高（7）—高（7）—低（4）—低（4）。

二是感情疏密与意象疏密的交替呈现。如毛泽东《沁园春·雪》上阕意象高密度、感情低密度，下阕感情高密度、意象低密度，二者交替呈现，既避免了单纯意象的高密度或单纯情感的高密度的单调感，又造成了一种紧张度转移的效果。总之，诗的节奏是一个多层多元组合的运动组织。

三、含蓄、蕴藉

（一）什么是含蓄、蕴藉

【含蓄】有容纳、深藏之意，指言语、诗文等意未尽露，耐人寻味。“含蓄”的观念产生很早，《孟子·尽心章下》已提出“言近而指远者，善言也”的语言表达技巧；汉代《诗·大序》“主文而谲谏”的“谲谏”，即要求诗歌创作要委婉曲折、不可率直袒露，已有“含蓄”的意味；刘勰在《文心雕龙·隐秀》说道：“夫隐之为体，义生文外”，“深文隐蔚，余味曲包”，已含有文学作品表达的暗示性要求。而“含蓄”一词，据蒋寅考证，最早是作为动词出现在杜甫《课伐木》中：“舍西崖峤壮，雷雨蔚含蓄”句中，用作蕴含之义，虽非文学术语，但其语义通于刘勰所谓“深文隐蔚”；它“被理论化、形成概念却晚至宋代”，其后“含蓄”的内涵经历了一个较长的增值过程，特别是僧惠洪在《冷斋夜话》五六“诗句含蓄”条下，分析了句含蓄、意含蓄和句意都含蓄三种方式后，“含蓄”才终于成为代表当代审美理想的诗美概念。（蒋寅，《古典诗学的现代诠释》，中华书局2003年3月第1版，第78页）

【蕴藉】“蕴”原意是积聚、收藏，引申为含义深奥；“藉”原意是草垫，有依托之义，引申为含蓄。蕴藉一词的本义指人物品性宽厚而有涵养，这个意义最早出现在《史记·酷吏列传》。后来引申为“含蓄而不显露”，这个意义的最早用在晋代葛洪《抱朴子·尚博》中：若夫翰迹韵略之宏促，属辞比事之疏密，源流至到之修短，蕴藉汲引之深浅，其悬绝也。明代陆时雍在《诗镜总论》中评价杜甫七律诗时，对“蕴藉”的内涵作了精确全面的概括：“少陵七言律，蕴藉最深，有余地，有余情，情中有景，景外含情，一咏三讽，味之不尽。”

上述“含蓄蕴藉”作为诗歌表达的基本原则，与直露、一览无余相对立，从文本构成与传达效果的关系看，是一种富于暗示性的、有节制的表达，是一种内部包含或蕴含多重复杂意义、从而产生多种不同理解可能性的语言状况。其基本特点是，一要情思深长，二要委婉曲折，三要余味悠远。在这方面古人有很多论述，如“诗有义例七：一曰说见不得言见，二曰说闻不得言闻，三曰说远不得言远，四曰说静不得言静，五曰说苦不得言苦，六曰说乐不得言乐，七曰说恨不得言恨”（白居易）。“夫缘情蓄志，诗之要旨也。高不言高，意中含高；远不言远，意中含远；闲不言闲，意中含闲；静不言静，意中含静”（五代僧淳）。“言有尽而意无穷者，天下之至言也”。“句中有余味，篇中有余意，善之善者也”（苏东坡）。“必能状难写之景，如在目前，含不尽之意,见于言外,然后为至矣”(欧阳修)。“古人为诗,贵于意在言外”(司马光)。“诗皆思深远,言有尽而意无穷也”(吕本忠)。“语贵有含蓄不尽之意”(吴乔)。“含蓄者,意不浅露,语不穷尽,句中有余味,篇中有余意,其妙不外寄言而已”(沈祥龙)。今天,人们对含蓄、蕴藉的内涵说得更加浅显明白:“所谓含蓄,就是不要一泻无遗,不要节外生枝,不要累赘琐碎,要有剪裁,要给读者留有思考的余地”(孙犁《秀露集·进修二题》)。

诗歌之所以要含蓄、蕴藉,一是诗体自身的需要;二是迟滞读者审美过程、激发读者审美情趣的需要;三是古人尚含蓄、蕴藉的诗观,“大致基于政治上的需求、道德上的制约和心理上的自律”(周裕锴)和“佛教言说方式(引者按:指“不说破”和“绕路说禅”)的影响”(蒋寅)。

(二)含蓄和蕴藉的典型形态

【含蓄】即以少寓多、小中蓄大,令读者品味再三。如王之涣《登鹳雀楼》之“更”字的多重意蕴:①再次登楼;②继续登楼;③永远不断地继续向上登楼。

【复义】即“一”中生“多”,也称歧义或多义。指看似单义而确定的话语蕴含多重不确定意义,令读者回味无穷。换言之,读者阅读文本时可能感到其中蕴蓄多重不同意义,有多种“读法”“理解”。如杜甫《汉江》“落日心犹壮,秋风病欲苏”句中“落日”与“心犹壮”组合,“秋风”与“病欲苏”组合,分别产生出以下几种意义。

(1)“落日”与“心犹壮”组合的三重意义:①“虽然我的心已如落日,但它仍然强壮”,这是相似而相反;②“我的心不像落日,它仍然强壮”,这是相反;③“在落日中,心仍然强壮”,这是将“落日”释为“心犹壮”的时空条件。

(2)“秋风”与“病欲苏”组合的三重意义:①“虽然我的病已如秋风,但它会很快痊愈的”,这是相似而相反;②“我的病不像秋风,它会很快痊愈的”,这是相反;③“在秋风中,病将要痊愈”,这是表时空关系。

总之,诗歌是最含蓄、蕴藉的文学样式。含蓄、蕴藉的表达形式多种多样,如言外有余意、正意在言下、省文以取意等。

第三节　诗歌的写作要领

一、精心营构意象

(一)意象的内涵

“意象”一词最早见于东汉王充《论衡·乱龙》“礼贵意象”。至于文学与文论的意象概念,则由《文心雕龙·神思》首先提出。若究其源头原型的话,人们不能不追溯到《易传·系辞上》的书不尽言、言不尽意、圣人立象以尽意,以及其描述的华夏始祖伏羲氏,仰观天文、俯察地理,感悟鸟兽之文与万物之宜,拟容取心,立象尽意,神用象通而作八卦的神话传说甚至更早的“铸鼎象物”所包含的有关“意”与“象”关系的一种朦胧而朴素的“尚象”艺术思维。

“意象”概念有以下三层意义。一是指抽象性的宇宙万物及其义理的符号化。例如《易传·系辞》所谓伏羲八卦,立象尽意。二是指具象型的情、理、事的象征。例如《论衡·乱龙》中“名布为侯,礼贵意象,示义取名”(把画着熊、麋、虎、豹、鹿、猪的布靶子取名为“侯”,说明礼是注重具有深刻含义的形象,为了显示寓意而取名的)。三是指具象性的叙物言情、索物托情、触物起情的情理隐喻,即文学意象。

意象是主观情意和外在物象相融合，“是具体的物象由‘视听之区’向心灵转化之象，它已贯通了作家的神与气，渗透了作家的主观情思，呈现为‘物色尽而情有余’的审美意象”（陈良运，《中国诗学批评史》，江西人民出版社，1995，第138页）。庞德甚至认为“意象是一种在瞬间呈现的理智与感情的复合体”，“是光芒四射的关节点或聚焦点”，“由此出发”，能“使我们在体验伟大的艺术作品时，产生豁然开朗之感，摆脱时间与空间限制之感，年龄陡然成长之感”（美·韦勒克·沃伦，《文学理论》，刘象愚等译，三联书店，1984，第202页）。

需要指出的是，在汉语诗歌中，意象是用语词来指称的，但语词一方面是某种概念的载体，另一方面又是某种意象的载体，二者并非是同一概念。如“竹”作为一个汉语语词，《汉语大词典》的第一个义项解释为“一种多年生的禾本科木质常绿植物。嫩芽即笋，可食；茎圆柱形，中空，直而有节，性坚韧，可用作建筑材料及制造各种器物；叶四季常青，经冬不凋。”这个解释适用于世界上所有竹类，因为它们都被统一到“中空”“有节”这两个共同特性上来了。而作为艺术意象的“竹”则不然，它所侧重表现的是竹的个性，如郑板桥的“眼中之竹”“胸中之竹”“手中之竹”是绝不相同的。同是郑板桥的“手中之竹”，在他的竹石图中，通过竹、石的组合，表现的是不随世俗俯仰的孤傲不屈、洁身自好的个人品格；而在他的《潍县署中画竹呈年伯包大中丞括》一诗中“衙斋卧听萧萧竹，疑是民间疾苦声。些小吾曹州县吏，一枝一叶总关情”。通过对绘画作品意象的揭示，抒发的则是对劳苦大众的同情，二者的审美意趣是不同的。

（二）意象的艺术特征

1. 意象的象征隐喻性

艺术的象征性属于美学概念，指以某一特定形象来表现或超越此形象原有含义的象外之象。意象之象是一种象征性物象，具有艺术隐喻的作用，它具有能够超越自身直观物象之外的另一层意义。比如于谦在《石灰吟》一诗中，以石灰的粉身碎骨比喻志士仁人品格的坚毅高洁，其言在此而其意在彼，象虽明而意含蓄。石灰这个意象自有其直观的审美价值，但在此诗中它所代表的内在含义，却远远大于其具象本身的客观意义，具有明显的象征性。

2. 意象的多义性和歧解性

【多义性】指的是以同一语词为载体的意象，在同一时代或不同时代的诗歌作品中，甚至在同一作家的诗歌作品中的多重含义。比如，同一个意象“春风”，在唐代诗人的笔下，当它作为描写性意象时，既可归属于自然意象，指春天的风，如“晓来急雨春风颠，睡美不闻钟鼓传”（《逼仄行》）。也可归属于时间意象中的季节类，意同“春天”，如“江水流城郭，春风入鼓鼙”（《春日梓州登楼二首》之一）。当它作为象征性意象时，“春风”可象征离别，如“春风知别苦，不遣柳条青”（《劳劳亭》）；“春风”可象征爱情，如“芭蕉不展丁香结，同向春风各自愁”（《代赠》）；“春风”可象征乡思，如“谁家玉笛暗飞声，散入春风满洛城”（《春夜洛城闻笛》）。当它作为比喻性意象时，既可以比喻貌美，如“画图省识春风面，环佩空归月夜魂”（《咏怀古迹五首》之三）。也可以比喻皇恩，如“香飘合殿春风转，花覆千官淑景移”（《紫宸殿退朝口号》）。还可以像贺知章的《咏柳》那样，把“二月春风”比作“剪刀”。

【歧解性】指的是以同一语词为载体的意象在同一诗歌作品中的歧义。它在本质上是诗歌意象的多义性在特定作品中的体现，从意象构成的角度看，这种意象本身可能包含着若干个感情的触发点，这种“触发点”有点像庞德说的“是光芒四射的关节点或聚焦点”，由此点出发，读者就有可能给出多种解释。仍以“春风”意象为例，如王之涣《凉州词》：“黄河远上白云间，一片孤城万仞山。羌笛何须怨杨柳，春风不度玉门关。”《唐诗选》这样解释末两句。

古人有临别折柳相赠的风俗(柳谐留音,赠柳表示留念),因此杨柳和离别容易引起联想。北朝乐府《鼓角横吹曲》有《折杨柳枝》,歌词云:“上马不捉鞭,反拗杨柳枝。下马吹横笛,愁杀行客儿。”歌中提到行人须去折柳,以后常吹笛表达离愁。后人诗中因此有时把吹笛、折柳、怨别三者联系起来(例如,李白《春夜洛城闻笛》:“谁家玉笛暗飞声,散入春风满洛城。此夜曲中闻折柳,何人不起故园情。”)本篇在这里说的是羌笛吹奏《折杨柳》曲,其声哀怨,似在怨柳(实则送别),但是对玉门关外的杨柳其实不必抱怨,因为它也是得不到春风抚慰的。杨慎《升庵诗话》卷二:“此诗言恩泽不及于边塞,所谓君门远于万里也。”作者的用意还不在于夸张荒凉,说那里没有春风,而是借此比喻朝廷不关心戍卒的艰苦生活,对于远出玉门关戍守的士兵不给予温暖。也就是《诗经·小雅·采薇》“忧心孔疚(很痛),我行不来(无人慰问)”和“行道迟迟”“莫知我哀”的意思。

这里围绕“春风”的注释包括了三种意思:其一,夸张玉门关的荒凉说那里连春风也吹不到,这是“春风”一句的字面含义,“春风”归属于描写性意象;其二,把“春风”当作比喻“皇恩浩荡”的意象,这样“春风”一句就是比喻朝廷的恩泽到不了边塞,戍卒的艰苦生活没人关心;其三,把“春风”当作象征性意象,再与上句“杨柳”组合并互动互应、互借互通,象征戍卒的离愁别恨。这样,在同一首诗作中,以同一个“春风”语词为载体,却构成了三个不同的“春风”意象,传达了三种不同的审美意蕴。

正是诗歌意象的多义性和歧解性,成就了诗歌意象生成及其组合的多样性,构成了五彩斑斓、层出不穷的意象世界,使诗歌真正成为了意象化的艺术。那么,造成诗歌意象歧义多解的原因又是什么呢?这除了跟“象”与“言”以及“象”与“意”的差异有关外,恐怕还与作者的感情因素和个性特点以及读者的心理反应和审美再创造有关。

3. 意象的反观内照性

文学作品中的具体形象,是创作主体以主观情意感受外在物象,在头脑中形成意象,然后借助艺术表现的物质手段得以外化呈现的。因而意象是一种心灵的产物,是一种意想形象,它可以内视,即所谓“唯反观内照者能照察之”。不但能内视,而且可内动,即所谓“窥意象而运斤”,使未来的形象在头脑中活起来。

(三)意象的类型

按照不同的标准,可将意象划分为不同的类别。如从语言分析的角度,意象可分为动态意象和静态意象两类。从心理学的角度,意象可分为视觉意象、听觉意象、触觉意象、嗅觉意象、味觉意象、动觉意象、联觉意象和错觉意象等八类。按内容,意象可分为自然的、人生的和神话的等三大类。按题材,意象可分为赠别类、乡思类、闺怨类、宫怨类、边塞类、山水类、爱情类、怀古类、咏物类、哲理类、干谒类、朝会类、社会诗类和政治诗类等十四个大类。按表意功能,意象可分为象征型意象和描述型意象比喻型意象两大类。按意象的能动程度,意象可分为辐射式意象、并置式意象、叠印式意象、类矛盾式意象和多重转折式意象等五大类。参照学术界的分类方法,结合诗歌创作实际,本章根据意象表意功能的不同,把意象划分为描述性意象、比喻性意象、象征性意象和暗示性意象四类。

第一类,描述性意象:诗人主观情志的具象载体与客观物象相一致或者说这类意象具有描述写实的性质,能给人以具体真切的感受。从意义与字面的结构关系看,描述性意象是实指的,字面与所指合一,是一种单纯意象。这类意象要求忠于现实,真实摹写客观物象。如“朱门酒肉臭,路有冻死骨”句中的意象,就是描述性意象,对比揭示出了封建社会贫富的悬殊。

第二类,比喻性意象:比喻意象是以比喻手法生成的意象,比喻基于两个事物类似点的联想。这种意象在我国古典诗歌和民歌中往往与“兴”配合使用。诗人的情志是内在的，要把它呈现出来，较为直接的办法就是找一个与主观情志相似或同构的具象作载体，这个载体就是比喻意象。比喻意象又可以分出明喻型意象、暗喻型意象、借喻型意象、转喻型意象、博喻型意象和曲喻型意象。明喻意象如“浪迹江湖白发新，浮云一片是吾身”。暗喻意象如“夜雨冈头食蓁子，杜鹃口血老夫泪”。借喻意象如“春蚕到死丝方尽，蜡炬成灰泪始干”。转喻意象如“沉舟侧畔千帆过，病树前头万木春”。博喻意象如“昆山玉碎凤凰叫，芙蓉泣露香兰笑”。曲喻意象如“孤灯燃客梦，寒杵捣乡愁”。

第三类，象征性意象：象征的说法历来多种多样。象征是用甲事物象征乙事物，二者之间“这里头蕴蓄着那个，那里头蕴蓄着这个”（叶圣陶）。象征是用具体的事物表示某种特殊意义。象征是用部分事物代表全体。象征是用来表示某种特别意义的具体事物。象征是文艺创作中的一种表现手法，指通过某一特定的具体的形象以表现与之相似或相近的概念、思想或感情。“象征是感情的一种相关物，而不是感情的一种表现”（赫尔伯.墨德《现代绘画简史》）。“象征所要使人意识到的却不应是它本身那样一个具体的个别事物，而是它所暗示的普遍性意义”（黑格尔《美学》。）上面所举种种象征的定义或许能帮助我们搞清什么是象征性意象，象征性意象就是指那些能与特定情感意志相对应的抽象化了的意象。如柳、雁、鱼、猿啼、浮云、鸟、飘萍、转蓬、春草、落潮、烟霞等，都是诗人常用的象征性意象。这类意象虽也可能含有写实性成分，但主要还是根据诗人表现情志的需要而安排的。例如乌啼，乌本是在黄昏啼鸣的，故有“昏鸦”之称。但因六朝乐府就有《乌夜啼》旧题，而刘义庆、庾信等人诗中乌夜啼的意象都与离情相伴，因此乌夜啼就成了一个渲染离情别绪的象征性意象而递相沿袭下来。

第四类，暗示性意象：暗示是不明白地表示意思，而用含蓄的语言、示意的举动或制造某种气氛、景象使人领会。暗示性意象本质上是意象实体的虚化或特征化，修辞上或以部分指代整体或以特征指代实体。如“玉颜不及寒鸦色，犹带昭阳日影来”中的“玉颜”“昭阳”均为暗示性意象，前者以面容指代本人，后者用居处暗示人物。“汉家箫鼓空流水，魏国山河半夕阳”中的“箫鼓”暗示歌舞繁华，“伏波初树羽，待尔静川鳞”中的“树羽”暗示见节统兵，“川鳞”则是个具有暗示、比喻双重性质的意象，字面暗示鱼，又以之比喻边地的反抗势力。

（四）意象的生成与选择

诗歌写作的第一步，也是关键的一步，在于单个意象的捕捉选择。意象是一种表意性艺术形象，从审美的角度看，这种意象具有多方面的基本特征，如本质上的哲理性，意义表现上的象征性，形象构成的荒诞性，抽象思维的直接参与及意象鉴赏的求解性和多义性等。意象是由景物特征与主体情感双向熔铸生成的。从“意”“象”到“意象”就是作品从孕育到完成的艺术思维的全过程，也是意与象相生相合、互包互孕的过程。它是由“思与境偕”和“万取一收”两个基本环节来完成的。其生成方式大致有以下三种。

一是由象生意。是以主体情感烛照客观对象，使其与主体情感对应的那些特征突现出来。这种生成方式的程序是象先在于意，迁意于象，触象起意，“随物以宛转”，“与心而徘徊”（《文心雕龙·物色》），感象生意，悟象而得意，意缘象生。“怀古诗”通常属于由象生意一类，例如陈子昂《登幽州台歌》：“前不见古人，后不见来者。念天地之悠悠，独怆然而涕下”。现代的咏物诗特别是托物言志类咏物诗也属于由像生意一类，如艾青的《礁石》：“一个浪，一个浪，无休止地扑过来，每一个浪都在它脚下，被打成碎沫，散开……它的脸上和身上，像刀砍过的一样，但它依然站在那里，含着微笑，看着海洋……”这里写的的确是礁石，写礁石在浪花的冲击下岿然不动、含笑自若的形象。但是它更多的是突现了礁石坚定、自信、宽厚、博大等特点,由此获得一种象征意义,那就是笑着看待生活、坦然面对人生磨难那样一种人生态度。主体情感与景物特征获得水乳交融一般的统一。

二是由意生象。这种生成方式的程序是意先于象,托意于象,"拟诸形容"(《文心雕龙·诠赋》),立象以尽意,写象以达意,象缘意生,其特点是以"意"选"象",象为意所借用,象为意所挪移,由抽象到具象,由意念到意象,由虚到实。例如,洞房花烛夜、金榜题名时的男女,心中快乐的因子所生成的春光明媚、万象更新之象等。"闺怨诗"和"悼亡诗"通常属于由意生象一类。例如,元稹《遣悲怀三首》(之三):"闲坐悲君亦自悲,百年都是几多时?邓攸无子寻知命,潘岳悼亡犹费词。同穴窅冥何所望,他生缘会更难期。惟将终夜长开眼,报答平生未展眉。"诗中所涵盖的人、事、物的物象,皆为元稹为表达对死去的妻子韦氏的怀念而联想,人、事、物为具象,怀念为虚象,属于由实到虚。

三是意象互生。这是意与象互相包孕、彼此莫辨、虚实互化、同体共生。这种生成方式的程序是意与象相互激发,"情往似赠,兴来如答"(《文心雕龙·物色》),不辨先后主从,互包互孕,互动互应,互证互释,相辅相成。例如陶潜《饮酒》:"结庐在人境,而无车马喧。问君何能尔?心远地自偏。采菊东篱下,悠然见南山",是指忽然看见南山之物象、景象而心生涤净凡尘,同化于自然之意,还是因内心已涤净凡尘,同化于自然,而召唤南山之物象、景象入其心中,应当是互包互孕,彼此难分。因为"采菊东篱下,悠然见南山"之意象,以"结庐在人境,而无车马喧。问君何能尔?心远地自偏",以及与之相印证的《归园田居》所说"少无适俗韵,性本爱丘山。误落尘网中,一去三十年。羁鸟恋旧林,池鱼思故渊。开荒南野际,守拙归园田。……久在樊笼里,复得返自然",作为生成语境。再如苏格兰诗人绍莱·麦克林的《春潮》一诗中的春潮已经不是一般景物,而是诗人情感的象征,是主体情感与客体对象互相熔铸后向同一性境界升华的艺术符号。

选择与生成意象的基本要求是要在对生活有独特感受理解的基础上,以意择景,以情着物,以象达意,引人入境,做到呈现在读者眼前的意象是"人人心中所有,人人笔下所无"的独特的"这一个"。雷抒雁的《小草在歌唱》中的"小草"就是这样的意象。

需要说明的是,意象即意以及相关的心、情、志,与象以及相关的境、景、物的互动互应、同体共生形成的包括视觉意象、听觉意象、味觉与嗅觉意象等在内的"意象谱系"。这个特点告诉我们,意象生成的上述三种方式是就通常而言,并非所有诗作的意象生成都是如此分明,有时是难分彼此的,不可偏执。例如《诗经》里的《关雎》,有说是作者基于表达君子淑女美好爱情的意念而联想到雎鸠求偶于河洲之意象,这是意生象;也有说是诗人看到雎鸠求偶于河洲,触景生情,联想到君子淑女乃至自身的爱情婚姻,这是象生意;还有的理解为诗人无意间来到河洲而目睹雎鸠求偶的和谐场景,从而激发其心中蕴藏的和谐爱情之情怀,情与景相互激发,这是意象互生。

(五)意象的组合

由于意象本质上是以表达哲理为目的的"表意之象",所以它的创作生成思维过程是从抽象到具象的,如艾略特所说的那样要为思想寻找"客观对应物"。而物象的选择和形象的设计是受抽象思维即"意"的制约和引导的。事实上,生活中的客观物象与主观的抽象思维完全对应契合无间的情况是非常少见的,因此诗人在创构意象时就必须对客观物象进行选择、改造,包括嫁接、组合、变形和重新设计等。由于意象的设计要与所表之"意""理""情""志"取得对应契合，生活物象本来的样子便被打破，从而形成多种多样的意象组合。意象组合有以下几个基本类型。

一是意象层递。按照事物发展的客观规律，有条理有层次地组合意象。如《敕勒歌》和庞德《致敬》两诗中的意象组合。

二是意象叠加。将有相同本质内涵的意象，巧妙地迭合在一起，意象与意象之间构成修饰、限定、比喻等关系，从而产生一种感觉上的和弦效果。如陈子昂《登幽州台歌》第三句，在邈远的历史（时间）上再叠加上“天地”（空间）这一意象，“悠悠”一词固然用来修饰“天地”，但我们何尝不能把它看成也用来修饰“古人”“来者”所代表的历史？经过叠加后的意象，不拘泥于一地之景物，一时之人事，极大地拓展了诗歌所歌咏的时间和空间，从而构成了广阔无限的意象审美空间。

三是意象并置。把不同时间、空间的两个以上的意象并列在一起，借以启发和引起读者的独特感受。如《商山早行》的“鸡声茅店月，人迹板桥霜”，杜甫《登高》的“无边落木萧萧下，不尽长江滚滚来”等诗句中的意象组合就是这种组合。再如贺敬之《十年颂歌》中的意象并置：

东风！
红旗！
朝霞似锦……

大道！
青天！
鲜花如云……

四是意象交错。诗作者把完全相反、互相矛盾的意象组合在一起，构成一正一反、一平一奇的意象系统，造成一种出人意料、发人深省的审美效果。如何宜陵的《变迁》，花长在田野与关进花瓶，船的前进与搁浅，这些矛盾的意象交错组合，给人的启迪比一般的陈述更为显豁与深刻。

五是意象突反。先从一个核心意象出发，围绕它组合一些层层推进的相似的意象，待诗歌意象的渲染做足后，最后推出一个相反的意象，形成先扬后抑、先虚后实的诗歌情境，而最后一个意象，才是诗的真正旨趣。郑愁予的《错误》，先放笔写了一个可爱少女在等“我”重温旧梦的三个意象，但最后一个意象“我”只是打江南走过的“过客”，这一意外把“美丽的错误”引起的哀怨情绪传染给了读者。这种组合意象的方法有其特殊的审美情趣。

二、着力创造意境

意境是诗歌创作的深层特质。透过意象创构意境是决定诗作高下的关键所在。

（一）意境的含义、特征和生成要素

意境是指抒情性作品中呈现的那种情景交融、虚实相生的形象系统及其所诱发和开拓的审美想象空间，它是一种主客观相结合的美学境界。意境具有情景交融的表现特征，虚实相生的结构特征和韵味无穷的审美特征。意境形成的要素主要有客观之景、作者之情、艺术画面及读者的联想和情愫。诗歌意境的产生表现为两个双向建构：第一个是生活之景与作者之情的双向熔铸构“象”乃至“象外之象”，从而形成意境；第二个是画面之景与读者之情的双向建构，写诗在艺术上的目的就是调动读者的联想和想象去解构意境，把玩其中的无穷韵味。注意创造意境,是由于诗歌的表现特点决定的。同时,意境的创造还与作者的生活积累、情感体验、思想修养与表现才能密切相关,不同的人以相同的题材写的诗,其意境可能各别。

(二)意境的类型

意境主要有以下两种类型。

一是有我之境。有我之境,一般指诗人所描绘出的具有强烈主观情感色彩的境界,此语出自王国维《人间词话》:“有我之境,以我观物,故物皆着我之色彩。”“以我观物”,意指将自我喜怒哀乐之情移注到景物之中,使原本毫无情感可言的景物染上“我”的强烈主观色彩。比如杜甫《春望》中的“感时花溅泪,恨别鸟惊心”,江河的《葬礼》中的“灵车载着英雄淳朴的遗愿/犁一样走过/冻结的土地松动了/埋葬了许多年的感情/在潮湿的土地上翻滚/仇恨、爱、信仰,合着血/庄严地哼着挽歌……”花鸟、灵车、土地,在古今诗人主观情感的驱动下,一一成为有特定内涵和丰厚情思意象,营构出带有“我”之主观色彩的意境。

二是无我之境。无我之境,一般指诗人把主观情感含而不露地融化在所描绘的景物之中,营构出“一切景语皆情语”的境界,此语出自王国维《人间词话》:“无我之境,以物观物,故不知何者为我,何者为物”。必须指出的是,不管是“有我之境”,还是“无我之境”,“我”与“境”都是不可缺少的因素。偏重于“我”——主观情感的表达,则成为“有我之境”;偏重于“境”——客观物象的描绘,则成为“无我之境”。所以,所谓“无我之境”实质上是“忘我之境”,因为绝对的“无我”是不存在的。“无我之境”并不是纯粹的客观景物的描绘,而是诗人将情感巧妙地包容在物象之中,并不直接显露出来,从而在艺术表现上达到了情景交融、物我一体、妙合无垠的境地。比如李白《望天门山》中的“两岸青山相对出,孤帆一片日边来”,还有曾卓的《悬崖边的树》中的“它的弯弯的身体/留下了风的形状/它似乎即将倾跌进深谷里/却又像是要展翅飞翔……”如此充满诗情画意的景象,让人顿生无限感慨,但诗人的赞美之情和感悟之意却深藏于“相对出”“日边来”“像是要展翅飞翔”的淡化描绘中,让聪明的读着自己去品味其中的意味。

(三)意境的创造方式

情景交融是意境创造的表现特征。意境创造就是把情景“二元质”结合起来的艺术。王夫之称这种情景结合为“妙合”,其“巧者则有情中景,景中情”。意境主要有以下三种创造方式。

一是注情于景式。先写景,后抒情;缘景生情,使得景中有情,从而构成意境。如李白的《黄鹤楼送孟浩然之广陵》,这首诗全是对客观景物的具体描写,字面上一点也没有透露出对友人的态度。但从那烟花三月、黄鹤楼头的美好景色中,已透露出对友人的祝福;诗中也没有直抒对友人依依不舍的眷恋,而是通过孤帆消失、江水悠悠和江边若有所失的诗人形象,表达得情深意挚。表面上这首诗句句都是写景,实际上却句句都在抒情,真是一切景语皆情语。

二是以景托情式。先抒情,后写景,以景烘托其情,使情中有景,从而构成意境。如崔护的《题都城南庄》前联抒写怀念“人面”(山庄少女)的情,后联写今日桃花盛开的景加以烘托,从而构成美妙绵邈的意境。

三是情景交融式。抒情中有写景,写景中有抒情,情与景相互为用,达到了浑然一体的程度。我国台湾诗人舒兰有一首《乡色酒》:“三十年前/你从柳树梢头望我/我正年少/乡色也好/你圆/人也圆//三十年后/我从椰树梢头望你/你是一杯/乡色酒/你满/乡愁也满//”这首诗写乡愁,可谓情真挚,意绵绵。它写景中月亮、柳树、椰树,具有浓厚的地域特色和深邃的民族文化意蕴,“情”与“境”交织一体,水乳交融,创造出优美动人的意境。

(四)意境的结构

意境从结构上看,是实境和虚境的艺术结合。实境是诗中所描写的人、事、景、物、形、境等;虚境则是指由实境生发和开拓的审美想象空间,它一方面是原有画面在联想中的延伸和扩大,另一方面是伴随着这种具象的联想而产生的对情、理、意、韵、趣、味、神的体味与感悟,即所谓“象外之象”“味外之旨”“言外之意”“韵外之致”。叶绍翁《游园不值》一诗具体描写的园外之景,就是实境。而诗人“小扣柴扉久不开”不得进门的遗憾,由一枝红杏引起的怦然心动的愉悦,以及由此引起的对满园春色、百花盛开的推测与联想,则是由实境开拓的第一层审美想象空间;由于红杏的探头墙外,紧闭的园门与联想中的满园春色,又构成了新的矛盾关系,从而把人引入哲理的思考,得出美好的东西总是关锁不住的结论,这是由实境开拓的第二层审美想象空间。这两层审美想象的空间,便是虚境。

虚境是实境的升华,它体现着实境创构的意向和目的,体现着整个艺术品位和审美效果,制约着实境的创构与描写,处于意境结构中的灵魂和统帅地位。但是,虚境不能凭空而生,核心并不等于艺术表现的重心,在意境创构过程中,一切还必须落实到实境的具体描绘上,再好的虚境,也要由实境得来。那么,怎样通过实境的描写完美地表达出虚境呢?一是主体的“意”对题材现实性的抽象概括程度要高;二是以象达意,以意择景,以情着物,以情感及能够引发联想和想象的触点编织景物从而形成意境的潜性存在,这种以象生境、引人入境的触点越多,则虚境愈媚。总之,虚境要通过实境来表现,实境要在虚境的统摄下来加工。

三、善用多种话语表达手法

诗歌的意境取决于“象外之象”的多少。而“象外之象”主要不是通过意象数量的添加,而是通过景物的选择,铺写的角度和感觉的强调以及作者在抒情写意时的用语方法等途径来实现的。

(一)比喻与象征

比喻是借他物(喻体)来表现某物(喻本)的修辞方法。根据喻本与喻体的不同组合方式,比喻又可分为明喻、隐喻和借喻三种。明喻表明喻体与喻本的相类关系,一般用“像”“如”“似”等喻词来联系喻体与喻本。例如“问君能有几多愁,恰似一江春水向东流”(李煜),“白发三千丈,缘愁似个长”(李白),“时针与分针像一把巨剪,一圈,又一圈,铰碎了白天”(公刘《上海夜歌》),隐喻表明喻体与喻本的相合关系,喻体与喻本都出现,用“是”“成为”“变成”“等于”之类的喻词,或干脆不用喻词,有着更动人的力量。如“缲成白雪桑重绿,割尽黄云稻正青”(王安石)。这里,“白雪”喻丝,“黄云”喻麦,既无喻本,又无喻词,只有喻体。借喻是比喻中最高级的形式,可使表达简洁含蓄,意蕴丰厚。如苏轼《花影》中:“重重叠叠上瑶台,几度呼童扫不开。刚被太阳收拾去,又教明月送将来。”其中,“花影”比喻那些纠结一起窃据高位,连绵不绝的政治小人。如果以多物模拟一物,则是博喻。如“试问闲愁几许?一川烟草,满城风絮,梅子黄时雨”(贺铸)。诗歌里的比喻是诗歌里的艺术形象,是诗歌的组成部分。比喻的作用在于使语言形象化,凭作者的联想引起读者的想象,从而增强诗歌的审美效果。比喻是否能用得恰到好处,关键在于选好喻体。要领主要有以下三方面:①要有新鲜感,力避陈腐、庸俗;②要是人们所常见、所熟悉的,力避生僻难懂;③要是真实的、能表现健康的感情的,力避虚假、颓废。

象征即“托义于物”,是以具体事物(形象)间接表现情态。象征可用于全篇构思,也可只用于表现诗中的某一形象。其特点是利用象征物与被象征物之间的某种类似,使被象征物的某一内容得到含蓄而形象的表现,它比一般比喻手法所概括的内容更为深广。象征形象由于反复使用,便渐渐带上了相对稳定的象征意义。例如,中国诗词中的“月亮”就是一个含有哀思、别情、思乡意的象征形象。运用象征手法可使诗歌形象深刻,内涵更为丰富,形成感人至深的意境。如臧克家的代表作《老马》就是借老马之形,象征性地展示了灾难深重的中华民族和中国人民的历史负荷及苦难历程。运用象征手法,必须根据事物之间相近相似的关系,借助于读者的想象和体会,委婉而含蓄地表现出作者的情感意志。

(二)倒装与弹性

倒装是诗句在语法上的错置,表现为成分的倒置、分句的换位和跨句错综组合等具体形式。成分倒置,即所谓“上字而抑下,中辞而出外”(《文心雕龙·定势》),也就是句子成分不按通常的顺序来安排。如蒋捷《霜天晓角》首句“人影窗纱”是个倒装句,顺之是说窗纱上有个人影。分句换位,即调换表示因果、条件、假设、承接等关系的分句的前后位置。如苏轼《题西林壁》后联两句间有因果关系,顺之应作“只缘身在此山中”,所以“不识庐山真面目”。跨句错综组合是指在一个复句中,既有分句间的换位,又有成分的倒置,交错组合。如赵朴初先生1979年8月曾作《金缕曲——敬献人民教师》一词:

不用天边觅。
论英雄,
教师队里,
眼前便是。
历尽艰难曾不悔,
只是许身孺子。
堪回首十年往事,
无怨无尤吞折齿,
捧丹心默向红旗祭。
忠与爱,无伦比。
幼苗茁壮园丁喜。
几人知,平时辛苦,
晚眠早起?
燥湿寒温荣与悴,
都在心头眼底,
费尽了千方百计。
他日良才承大厦,
赖今朝血汗番番滴。
光和热,无穷际。

这首词开篇的几句,结构就是错综的,顺之应是“论英雄,不用天边觅,眼前教师队里便是”。使用倒装的原因多种多样,或为了押韵而倒装、或为了论平仄而倒装、或为了讲对偶而倒装、或为了突出重点而倒装,等等。

为了押韵而倒装的,如“时难年荒世业空,弟兄羁旅各西东”(白居易《望月有感》)。由于与“空、中、蓬、同”押韵,所以“东西”倒装为“西东”。为了论平仄而倒装的,如“葡萄美酒夜光杯,欲饮琵琶马上催”(王翰《凉州词》)。其中“琵琶马上”一语,本应为“马上琵琶”,但此当为“平平仄仄”,为适应平仄要求,故而倒装。为了对偶而倒装的,如崔颢《黄鹤楼》颈联用了倒装句,顺之应作“晴川汉阳树历历,鹦鹉洲芳草萋萋”。倘如此,双双就不能属对了。为了突出重点而倒装的,如“入镜鸾窥沼,行天马度桥”(韩愈《春雪》)。此联如果改为“鸾窥沼(如)入镜,马度桥(似)行天”,意思亦通。但诗人的侧重点,在于写出春雪中人的感觉:鸾窥池沼时可以看它自己的影子,马度桥时犹如在天上行走。春雪后,人感到池沼的清澈,河水的空明。因此,把“入镜”和“行天”提到首句,这就把重点显出来了。倒装可以强化诗句的感觉效果,造成一种形式美,增强诗的情韵。

闻一多在《文学的历史动向》一文中说:“诗这东西的长处就在于它有无限度的弹性,变得出无穷的花样,装得进无限的内容。”闻一多所说的“弹性”有多层含义,其中一层是指一个诗句或诗中同一词语并含多重含义。如杜甫《秋兴八首》之六的颈联“珠帘绣柱围黄鹄,锦缆牙樯起白鸥”,读者解读时就可能呈现出繁华与萧条的双重形象,及诗人追慕昔日美好时光和痛悼今天战乱破败的矛盾心情。刘沙河《哄小儿》诗第三节末句“快用鞭子打”,既实指小儿游戏中的动作,又表达了诗人对儿子的抱愧之情。弹性有意造成语义的含混、复合,丰富了诗家语的情感内涵,是诗歌产生“余味”的源泉之一。

(三)夸饰与对比

夸饰是运用想象与变形,夸大事物的某些特征。夸饰能深刻地、鲜明地表达作者的情感意志,从而引起读者的强烈共鸣,同时可以引起读者丰富的想象,有利于突出事物的本质和特征,从而增强艺术表现力。从表达内容看,夸饰可分为扩大夸饰与缩小夸饰两种类型。“蜀道之难,难于上青天。”这是扩大夸饰。“一寸荒田牛得耕!”这是缩小夸饰。夸饰须以真实性为基础,不能与理相悖。夸饰往往是借助比喻、比拟、示现等其他修辞手法来表现的。

对比是抒情话语的基本组合方式之一,它是把在感觉特征或寓意上相反的词句组合在一起,形成对照,强化抒情话语的表现力。“后宫佳丽三千人,三千宠爱在一身。”(白居易)这是人比人,表现了贵贱、宠辱、欢戚等矛盾关系。“天姥连天向天横,势拔五岳掩赤城。天台四万八千丈,对此欲倒东南倾。”(李白)这里以一连串的高山和比它们更高的另一座山来对比,从而突出了后者(天姥)的崇高形象。“浓绿万枝红一点,动人春色不须多。”(王安石《失题断句》,据叶梦得《石林诗话》)“两个黄鹂鸣翠柳,一行白鹭上青天。”(杜甫)“独怜幽草涧边生,上有黄鹂深树鸣。”(韦应物)这些是自然景物描写中色彩的对比。“野径云俱黑,江船火独明。”(杜甫)“月落乌啼霜满天,江枫渔火对愁眠。”(张继)这两联诗都是光觉的对比。“姑苏城外寒山寺,夜半钟声到客船。”这是数声鸟啼与一杵钟声的对比。“朱门酒肉臭,路有冻死骨。”(杜甫)这是以两幅截然不同的画面对比来反映现实矛盾,有力地表达了诗人对社会的批评。《诗经·采薇》中“昔我往矣,杨柳依依。今我来思,雨雪霏霏”。这是哀乐对比,前两句以乐景写哀,后两句以哀景写乐。对此王船山曾精当地分析说:“以乐景写哀,以哀景写乐,一倍增其哀乐。”这就是说,以对比的方式来组合情与景,可以更强烈地表现诗人的情感体验。相对于客观景物而言,对比的运用可以使诗人的主观态度以比较婉转的方式表现出来,从而形成含蓄的风格和反讽的意味。如“但使龙城飞将在,不教胡马度阴山”。就隐含着一种由对比而产生的反讽:唐代缺少李广这样的将军,致使边疆频频告急,多少将士死于征战。

(四)含蓄与婉曲

含蓄是指意未尽露,耐人寻味。诗歌的含蓄表达形式主要有三种:一是言外有余意,即话里套话，弦外有音；二是正意在言下，即话不明说，发人深省；三是省文以取意，即话说半截，正意省略未见，待读者自己去寻绎推理而得之。这三种形式又都有其具体写法：点现法（如白居易《忆江南》），轮廓法（如杜甫《春望》），造势法（如骆宾王《易水送别》），暗示法（如金昌绪《春怨》），排除法（如李清照《凤凰台上忆吹箫》之"非干病酒，不是悲秋"），隐肢法（如陆游《楚城》之"一千五百年间事，只有滩声似旧时"），歇尾法（如章碣《焚书坑》）等。

婉曲是委婉曲折地表达诗人情感意志的方法，它主要用于造语，就是换句话说。造语的具体方法，主要有三种：或借助比喻、典故，或描写事物的特征，或侧写有关事物。婉曲能发人深省，从而增添诗篇的意蕴，增加表达的深度，给读者带来审美愉悦。

诗歌的写作手法除了上面八种外，还有移情与通感、借代与别称、互文与双关、用典与炼字、推及与假托和排比与反复等。它们不为诗歌写作所独有，但为诗歌写作所常用。在诗歌写作中，尽可能多地掌握一些表现的本领，并且善于运用，就可能写出优美的诗篇来。

【例文1】

《断 章》

卞之琳

你站在桥上看风景，
看风景的人在楼上看你。
明月装饰了你的窗子，
你装饰了别人的梦。

十月三日

【集评】

卞之琳的诗显示了中国现代主义诗从早期象征主义向后期象征主义转变的轨迹。他调整了新诗的观念，淘汰了伤感和放纵，讲求艺术自觉和自律，实现了从软抒情向硬抒情，从单声部向多声部的转换，突出了以艾略特为代表的现代诗的综合特征，以一套新的诗语系统建构了新的美学原则，并创作了虽为数不多但质地坚硬、质量优良的诗作，成为中国现代主义诗史的重要组成部分。（张同道《探险的风旗——论20世纪中国现代主义诗潮》）

【汇评】

它是以两组具体物象构成的图景中主客位置的调换，隐藏了诗人关于人生、事物、社会等存在的相对关系的普遍性哲学的思考。在诗人看来，一切事物都不是孤立的存在，而是与其他事物对关联而存在的。事物相对关联与运动的变化是永恒的规律。（孙玉石《中国现代主义诗潮史论》）

【例文2】

《雨巷》

戴望舒

撑着油纸伞，独自
彷徨在悠长、悠长
又寂寥的雨巷，
我希望逢着
一个丁香一样的
结着愁怨的姑娘。
她是有
丁香一样的颜色，

丁香一样的芬芳，
丁香一样的忧愁，
在雨中哀怨，
哀怨又彷徨。
她彷徨在这寂寥的雨巷，
撑着油纸伞
像我一样，
像我一样地
默默彳亍着，
冷漠，凄清，又惆怅。
她静默地走近
走近，又投出
太息一般的眼光，
她飘过
像梦一般的，
像梦一般的凄婉迷茫。
像梦中飘过
一枝丁香的，
我身旁飘过这女郎；
她静默地远了，远了，
到了颓圮的篱墙，
走尽这雨巷。
在雨的哀曲里，
消了她的颜色，
散了她的芬芳
消散了，甚至她的
太息般的眼光，
丁香般的惆怅。
撑着油纸伞，独自
彷徨在悠长，悠长
又寂寥的雨巷，
我希望飘过
一个丁香一样的
结着愁怨的姑娘。

【集评】

《雨巷》时期，主要受魏尔仑的影响，追求诗的音乐美和形象的流动性、主题的朦胧性。（阙国虬《试论戴望舒诗歌的外来影响与独创性》）

戴望舒……有很高的中国古典文学的修养。……这种修养可能作为一种艺术素质成为他的审美理想的重要成分；它甚至更可能作为一种潜在的艺术直觉，在不知不觉中影响着诗人的创作。（同上）

【例文 3】

《乡愁》

余光中

小时候，
乡愁是一枚小小的邮票，
我在这头，
母亲在那头。
长大后，
乡愁是一张窄窄的船票，
我在这头，
新娘在那头。
后来啊，
乡愁是一方矮矮的坟墓，
我在外头，
母亲在里头。
而现在，
乡愁是一湾浅浅的海峡，
我在这头，
大陆在那头。

【集评】

余光中的文学活动广大而持久，诗艺炉火纯青，为当代文学名家。……在读余光中诗的时候，可以看到他的才气表现在对生命的敏感和对文字的敏感上。（蓝棣之《余光中作品欣赏》）

余光中轻盈而博大，西化而传统，中国人的情韵跃然纸上。（刘川鄂《20 世纪中国文学大师及影响最大的外国作家排行榜》）

我对中国文化，特别是对古典文学比较爱好。虽然我是从事新文学的创作，不过我觉得我作品的基调，主要的灵感，感情的来源，主要还是中国的传统文化。……我白天教的是英文，晚上写的是中文。……在文学上，我追求的是四样东西：诗、散文、评论、翻译。我的这四个追求，是我生命的“四度空间”。（傅宁军访谈《余光中：我是一个中国作家》）

每个人的生活中都要有诗，不过诗也只是一种象征，一个人要过有诗意的富有灵感的生活，也不一定要做诗人。（何晴访谈《余光中：每个人的生活中都要有诗》）

【例文 4】

《我要作擎天的大树》

郭久麟

面对给小草的一片颂歌，
我要大声地宣告：
我要作擎天的大树，
不愿作萎靡的小草。
是的，我不屑作卑微的小草，
而要作大树高高！
根，扎进大山的怀抱，
叶，歌舞在白云青霄。
任山鹰栖歇，

任鹊鸟作巢。
烈日下撑一骨信念，
风暴中挺一身自豪。
活它个千年万载，
活它个自由笑傲。
站着——树栋梁千柱；
倒下——铺枕木万条
即令被大山掩埋，
也凝成乌金闪耀。
一旦遇着了火星，
我还要熊熊燃烧！

【集评】

“我觉得郭久麟的诗是刚柔兼有，柔胜于刚”。这是诗人的自白，也是诗人的豪语。这样的大树，是会引人昂头仰望。也会催人奋发向上的。自不待言，这是一首刚劲之作。刚柔虽异，各有其能，刚能励志，柔可清心。（梁上泉《刚能励志，柔可清心》——序郭久麟诗集《爱的琴弦》）

“他求索的显然不是我想过的。……人生情愫的抒写，到了某种境界，大约不能不借助于诗，他分明是在寻觅和宣泄一种痴情，一种对于诗的痴情”。

“久麟的这些诗，按时髦的标准衡量，也许有更多的传统的积淀；按传统的标准衡量，也许又有若干异化更新”。久麟的襟怀袒露着，有柔情也有豪迈，有坚实也有洒脱……他的诗，兼受中外古今诸多现实主义和浪漫主义诗人的影响，也汲取了若干现代主义的长处，在艺术上“杂取”“兼容”而服务于自己心胸和意兴的外溢，自有其工力在，自有其情趣在。（尹在勤《寻觅痴情——郭久麟诗集〈爱的琴弦〉序》）

思考与练习

一、解释

诗歌　节奏　韵律　意象　意境

二、回答问题

(1)诗歌的审美特征是什么？
(2)意象的组合方式有哪些？
(3)怎样创造诗歌意境？
(4)举例分析几种诗歌常用的表现手法。
(5)你如何理解诗歌写作中诗人表达的情感既要具体化、个性化，又要概括化、典型化？
(6)诗歌的节奏韵律是如何构成和表达的？
(7)从自己阅读范围内选取诗例，说明诗歌写作中含蓄婉曲的用语方法。
(8)读《断章》，分析诗人是如何处理“你”的形象和“我”的形象的关系的？
(9)读徐志摩《偶然》，分析其微妙而独特的张力结构。
(10)分析杜甫《绝句》开头两句“两个黄鹂鸣翠柳，一行白鹭上青天”的绘画美。

模块八　散文的写作

在所有文学体裁中，“散文易学而难工”（王国维语）的特点，使散文有时可以成为初学者幼稚浅显的习作，有时也可以成为名家传诵久远的名篇佳作。要想写出文质兼美的散文作品，就要深入领会散文的文体本质，了解各种散文品类的具体写法。

第一节　散文的概述

一、散文文体的内涵

本着散文概念的界定要能够得到普遍的广泛的至少是多数人的认同，有利于散文的创作特别是文科大学生的散文习作实践，与散文发展的现状相吻合并体现散文内涵嬗变的历史继承性，综合各家言说新成果，我们认为：散文是一种体式开放、题材广泛、内容精粹、重在表现主体心灵与情思、兼容性强的非虚构性文学体裁。

二、散文的演变概略

（一）古代散文的演变

中国古代散文文体虽然产生甚早，但“散文”这一概念却产生甚晚且有一个由“语词”到“文体”概念再到文学形式的嬗变过程。

按约定俗成的说法，中国最早的散文是商代的卜辞和铜器铭文，虽只是极其简单甚至还不能自成章节的记事，但已作为与诗歌相对的一种文体而独立存在了。《尚书》作为我国第一部散文总集，标志着散文的成型铸篇是从这里开始的。到战国末期，散文作为一种与诗歌相对的文体已经成熟。

两汉时期，人们已能区别使用“文”与“学”“文章”与“文学”等语词概念，以“文”或“文章”指称有文采的作品，即今天所说的文学，以“学”或“文学”指称“学术”，已经建立了初步的文体概念。

魏晋时期，文学逐步脱离学术而独立，先是刘勰从文体形式上把作品区分为文、笔。“文”是有韵之作，指诗赋，兼及箴铭、碑诔、哀悼诸体，属于纯文学一类的作品；“笔”是无韵之作，指章奏、论议、史传诸体，属于杂文学一类的作品。

南北朝时期，文笔分裂，一种以偶句为主，讲究对仗和声律的骈文的出现给散文概念带来了新义，散文不再仅限于与韵文相对，指不押韵的散行文章，而且还与骈文相对，指句法不整齐不尚对偶的散体文章。

唐代和北宋两次“古文”运动，承继了此前散文文体的内涵，既给散文文体增加了一个新的称谓“古文”（指先秦两汉的文章，与“散文”是同一概念），也给散文文体增加了一项新的含义，即与骈文（骈语）相对的散体。但仍未出现作为文体的“散文”概念。

虽然，在此前的晋代的木华《海赋》“若乃云锦散文于沙汭之际，绫罗被光于螺蚌之节”，以及南朝的刘勰《文心雕龙·明诗》“观其结体散文，直而不野，婉转附物，怊怅切情，实五言之冠冕也”句中，均有“散文”一词，但二者均系动词，其中，前者是纹彩焕发于外的意思，后者是“行文”或“敷陈辞采”的意思。两者均非文体概念。“散文”一词首次作为文体概念使用是在南宋罗大经《鹤林玉露》书中引杨东山论文说：“山谷诗骚妙天下，而散文颇觉琐碎局促。”此处的“散文”显然是指与诗歌相对的散体文章。书中又引周益公（周必大封益国公）之语：“四六特拘对耳，其立意措词贵浑融有味，与散文同。”这里的“散文”是指与“骈文”相对的散体文章。前后两处“散文”的内涵有着广、狭的区别，前者相当于我们今天所说的广义的散文，后者范围则稍有缩小。但无论是前者还是后者，都是从写作形式上去区分，而不是从文学性去着眼。此外，“散文”作为文体概念，还有“散体”“散语”“平文”等名目。事实上，从先秦一直到清末以前，“散文”始终是一个囊括了哲学、历史，兼容了应用性和审美愉悦性，集文学因素和非文学因素于一体的复合概念，和现当代人们所说的散文不是同一个概念。正如施蛰存所说：“散文这个词，在古典文学里，原先已有两个概念。其一是和韵文对立的，指不押韵的文章。其二是和骈文对立的，指句法不整齐的文章。这两者都属于文体的概念，而不是文学形式的概念。现代文学中所谓散文，和小说、戏剧、诗歌分庭抗礼，其意义便是一种文学形式了。”（《回顾与前瞻》）

总之，中国古代散文概念从先秦两汉经唐宋到明清，历经了一个由萌生、定位到拓展的过程，其内涵以商代甲骨卜辞和铜器铭文及《尚书》的文本特性为本义拓展，在后来的创作中不断衍生出新义，从而形成了一个具有多重内涵的文体概念。

（二）现代散文的演变

随着五四运动的爆发，中国古代散文宣告退出历史舞台，从此，中国现代散文翻开了第一页。按照范培松《中国散文史》的描述，中国现代散文本体的演变可分为以下四个时期。

1918 年—20 世纪 20 年代末，是现代散文的发生期。散文文体从古代的混杂文学变成独立的文学样式。首先，这表现为现代散文意识的觉醒，即求真意识、自主意识和参与意识。其次，是散文文本从幼稚简单（如散文思维在正反两极中垂直思维、喜下断语、少年的情绪崇拜）趋向成熟，这一时期的散文个性鲜明、感情深化、风格多样、色彩斑斓，表现内容实现了从以忧患意识、伤感色彩、名士遗风为内涵的“鸣不平”意识向抗争意识的转变；以对社会、个人态度的差异，冲淡散文和怨怒散文分道扬镳；以散文内质的弹性，以冰心为代表的把传播“爱”作为最高宗旨的清纯散文、以朱自清为代表的关注人生的儒雅散文和以徐志摩为代表的唯美散文另立门庭，实现了散文文体趋美的变异。这一时期的散文品类，包括了后来所谓广狭两义散文。

20 世纪 20 年代末—20 世纪 40 年代，是现代散文的裂变分化期。这是一个散文观念的蜕变、争鸣和冲突的时期，但或许正因如此，这一时期的散文，不但艺术成就异彩纷呈，还出现了一批有影响的散文流派，如“京派散文”（沈从文、何其芳等），“论语派散文”（林语堂等），丰子恺的性灵小品，周作人、陈源的书斋小品，郁达夫、吾组缃、艾芜等的游记，郭沫若、胡适、瞿秋白、盛成等的回忆散文，冰心、朱自清、萧红等的“哀祭散文”，鲁颜等的“乡土散文”，“海派散文”（张爱玲、苏青），“学者散文”（梁实秋、钱钟书、王了一等）。这一时期的核心价值是人的发现，人格的张扬，个人的自我表现和文体的多元开放。

20 世纪 40 年代中期—20 世纪 80 年代中期，是现代散文的消融聚合期。这个时期的前期和中期背离了五四时期的人格的自由表现和文体风格的多元，不是主体的深化，而是客体的“代言”，即所谓加引号的“工农兵代言”时期，这一时期的散文创作，“把散文当通讯一样写形成风气”，“题材趋同和单一”，“创作手法粗犷化”。而在“后工农兵代言期”，丰硕的艺术成就有了多方面的展示，涌现出孙犁、汪曾祺、张中行和贾平凹等一批散文名家。

20世纪80年代中期—20世纪90年代末，是现代散文的“和而不同”时期。这一时期的散文创作和理论研究，都呈现出一种万途竞萌、云蒸霞蔚的空前盛况。其话语主张“主体复活张扬”“重塑自我灵魂”。其间涌现了文化散文、西部散文、社会派女性散文、抒情派女性散文、人生诘难散文、江南斜姿散文、回忆散文、都市散文、乡土散文、田园散文、学者散文等，从根本价值上说，都归结于“重塑自我灵魂”，既是五四散文文体核心价值观的回归，又是五四散文文体的突破。需要说明的是，20世纪70年代以来，报告文学和与此相关的纪实文学无论创作或理论研究都有长足发展，学界有人已将其与杂文一道从散文中剥离出去。这种文体分离意识，促使源于现代的“纯散文”或称“纯文学散文”的概念向更窄的外延推进，将“抒情散文”或真切地表现人生境遇的抒情性强的记叙散文作为正宗的散文形式，这是目前最狭义的散文概念。

总之，从先秦到现当代，散文文体合而分、分而合，且有分有合、相互渗透，散文概念的内涵越来越丰富、而其外延则逐渐缩小且两者都有一定甚至较大的弹性，这或许是散文体裁发展衍化的一个规律。

三、散文的类型

由于散文的称谓与分类日趋多样化，诸如感性散文与知性散文、审美散文与审智散文、问题散文和情绪散文、都市散文与乡土散文以及文化散文、军旅散文、旅游散文、闲适散文、纪实散文、网络散文、生态散文和新生代散文，小女子散文、小男人散文和晚报体散文，诗人的散文、小说家的散文和学者的散文等不胜枚举。为适应本院各专业重在应用且易学易教的要求，本章按写作侧重点的不同，将散文分为叙事、写人、写景、状物、抒情和议论散文等六种。

（一）叙事散文

叙事散文指以事件的叙述为写作重心的散文作品，往往有比较完整的事件发展过程。叙事为主的散文与写人为主的散文，二者的区别首先在于写作重心的不同，其次在于写作目的不一样：叙事为主的散文要或明或暗地点明所叙之事蕴含着的社会本质或人生意义；写人为主的散文要让读者明了或领悟所写之人的思想品质和个性特征。

叙事为主的散文一般采取一字立骨、小中见大等手法来记述事件的过程。

一字立骨即以一个中心词作为营构全文结构的核心，作为串联情节线索的主干，如《陋室铭》篇中所明示的“斯是陋室，唯吾德馨”。不难看出，作者是以“德”字作为一篇行文之骨的。一字立骨、主旨凝聚的写法，本身就已经非常清楚地告诉我们：一旦全文的中心词确定下来，就要扣住中心词选材，围绕中心词谋篇布局，使其产生一种“枝节向心”的凝聚美。

小中见大即以小题材见出大社会，小角度映射大道理，一如佛家以一滴水看大千世界。以小见大，不仅指小角度切入，更多的是指以小题材见出大社会，以平常的、琐细的现实生活的叙写，让人领悟出蕴含其中的社会人生的真谛。比如雷抒雁的《舌苔上的记忆》以口味品尝出往事、乡情的永恒，形象地说明舌苔上的记忆“是渗入血肉和生命同在的东西，那根，深深扎在故乡情思的厚土里”。小中见大的写法，关键在于具备一双锐利深邃的眼睛，善于发现生活中的“笋尖”题材，力求写出“以一斑窥全豹”的作品。

(二)写人散文

写人散文指以人物的描绘为写作重点的散文,有比较鲜明的人物形象勾画。写人为主的散文大都通过对人物和人物之间的活动及其相互关系的描写来反映现实生活,要树立"事随人走"的写作观念,明确事件的叙述只是为了突出人物的思想本质。写人为主的散文,一般采取突出个性、细节点睛和正反对照、映衬突出等手法,让读者明了所写人物的思想品质,领悟其个性特征。

突出个性即精选包涵着人物道德品质、性格素养的动作、语言和衣饰等加以描写刻画,让读者从中一下子就知道这是怎样的一个人。有时也可以通过一个人的外貌、神情和心理等方面的描绘,特别是传神的细节描写,达到突出个性,画龙点睛的目的。如杨新雨的《养母》。

突出个性、细节点睛的写法,首先,应该在整体描绘上从多个侧面让人物形象具有立体感,其次,应该在关键处放大突出某些特定的外貌、神情、动作、语言、衣饰或心理活动,让这些特定的描绘成为凸显人物性格的点睛之笔。

正反对照即以对比的方法把双方放在一起进行描绘刻画,以突出映衬其中一方。对比可以是两个或多个对立或截然不同的人物的对比,也可以同一人物的外在形象与内在本质的对比,其目的在于通过鲜明的比照,增强艺术感染力。

正反对照、映衬突出的写法,首要的是应该以人物的共同点为基点,竭力去寻找、拓展人物的不同点;所寻找到的不同的越多,拓展的差距越大,就越能突出映衬的美感效应。

(三)写景散文

写景散文指以描绘自然景物为主的散文。写景为主,只是说作品的主要篇幅在写景,但写景只是手段,而不是目的。写景的最终目的,是喻示作者的某种思想感情,是要衬托、渲染特定气氛,切忌为写景而写景。写景为主的散文一般采用逼真如画、生动形象和借景显意、传递情思等手法来达到喻示、衬托、渲染某种情景的目的。

逼真如画即以惟妙惟肖的描写,将自然景色掬现眼前,使人获得如临其境的感觉。描绘自然景色,可采用动态描写或静态描写的方法,也可以二者结合使用。描写顺序可以采用先整体、后局部,按空间位置逐一刻画的写法。如张守仁的《林中速写》。

逼真如画、生动形象的写法,关键在神似,而不在形似;寻找、表现、突出此景此色的特征,又是神似的关键。

借景显意即借助有意选择的景色描写,传递作者的某种思想情感,达到言在此而意在彼的艺术效果。借景显意或景中藏意,都必须以逼真如画的描绘为前提,而后方能进入象征的疆域。如郭风的《夜霜》。借景显意、传递情思的写法,关键在于寻找到景与意的关联点,使人能借助景的展示,通过思索,领略作者的情思,或者领略隐藏在其中的真正含义。

(四)状物散文

状物散文指以状写某种自然物或人造物为主的散文。状物为主的散文与绘景为主的散文的区别在于描写对象的侧重点不同,前者重在个体,后者重在整体,"景"往往是由若干"物"构成的。状物散文与状物说明文的区别在于,前者以状物为手段,以表现寄寓其中的情意为目的,后者以状物为目的,意在介绍有关该物的科学知识。

状物为主的散文一般采用形神兼备、托物遣怀的手法来状写某物的形态特征,以表现作者的认识与情感。

形神兼备指的是,既对客观事物的外形进行认真描写,又对客观事物的内在本质进行准确的揭示。这需要作者对客观事物进行认真细致的观察与描绘，如铁凝的《草戒指》。

形神兼备的写法，首先，必须将"形"写得具体、生动、形象，"神"的依附才有坚实的根基；其次，形神应该在某一点上有形体或质地的相似。

托物遣怀即借托某种客观事物，表达作者的思想情感。托物遣怀也称托物言志，是间接表达主观情感的一种形象化的方式。所借托之物，虽然有时占据了大半篇幅，甚至全篇，但它只是一种载体而已，作者寄寓其中的情感才是主宰全文的核心，如贾平凹的《丑石》写的是一块形态丑陋的石头，不能去做墙，做台阶，也不能去雕刻，捶布，所以"遭到一般世俗的讥讽"。但它却是来自天上的一块陨石，默默地在尘世间忍受着"世俗的讥讽"，无言地展示着一种"不屈于误解、寂寞的生存的伟大"。作者表面上是在写丑石，实际上是借以抒发有用之才被埋没和忽视的感叹。

托物遣怀的写法，首先，关键是所借托之物与所抒之情，在经历、特征、品性等方面要有某种相同点或相似点。其次，所抒之情不能太泛、太溢，要讲究情感流露的适度性和艺术性。

（五）抒情散文

抒情散文指以抒发主观情感为主的散文。主观情感是抽象的，看不见摸不着，必须借助具象的客观事物加以呈现，情感表现才不至于虚空浮泛，才具备坚实的艺术感染力。抒情为主的散文，采用叙述、描写、议论和说明等表达方法时，都必须为抒情服务，都是为了突出作者的情感表达。

抒发情感的途径有直接抒情和间接抒情两种，而在实际表达中，往往采用情景辉映、迂回起伏等手法来抒发作者的情感。

情景辉映即情感抒发与景物描写达到了高度和谐、水乳合一的境界。一般是情融于景中，或先描写景物，而后顺势抒发情感。如张立勤的《痛苦的飘落》。

情景辉映的写法，不管是情融于景，还是顺势抒发，都必须像上述托物遣怀所要求的那样，注意情感抒发不宜太多太泛，而且要注意不要违背情景自然相生的写作原则。

迂回起伏即不直接抒发，而采用迂回起伏的办法，把情感流程的变化表达得具有曲径通幽、跳脱跌宕的审美效果。如王英琦的散文《落樱缤纷》跳脱跌宕的情感脉络。

武大校园的樱花开了，在同窗的劝导下，本想写散文却文思蹇滞的她只好违心地去看樱花。（情感低沉）

还未走近樱花大道，却发现眼前已是白茫茫一片落樱，她觉得十分壮观，情绪马上被"樱花雪"调动起来。（情感已上扬）

但她随即又为刚开不久就凋落的樱花花期的短暂而伤感，甚至不忍心拂去落在衣襟上的花瓣。（情感又沉落下去）

她看到樱花大道上跑来两位朝气蓬勃的女生，一点也不怜惜地踩在落花上，正像开得最盛的花朵。（情感又被激发了）

可是自己的青春已过，就像那飘落的樱花，却还要疲不可支地与那些小女生一起应付每一堂课。（情感又低落了）

不过樱花谢了，明年还会再开，照样又是一树蓬勃，（情绪又上扬）

但是青春逝去了却永远也不会再来。（情感又落下去）

但她又想，她正在大学校园里补课，这是不是青春的再生呢？当然，这是另一层意义上的再生了。（情绪又有所起伏）

最后是，落樱缤纷，我的思绪缤纷……（留给读者不尽的联想和回味）

迂回曲折的写法，关键在于行文过程中掌握一个“变”字，变情感流程的走向，变情感基调的转化，变内容事例的叙写，无不让读者在曲折变化中获得审美的乐趣。

（六）议论散文

议论散文是以表达见解、讲述道理为主的散文作品。人生的见解，社会的本质，都是抽象的，必须借助一定的具体事物才能形象地呈现在读者面前。空发议论，是写作说理散文的大忌。此外，议理为主的散文在运用叙述、描写、抒情等表达方式时，也必须紧紧围绕议论这个写作中心。

议理为主的散文通常采用先叙后议、先议后叙或夹叙夹议的表述方式，而在实际写作中往往以借物明理、言尽意藏等手法达到议理的目的。

借物明理即借托某一客观事物，讲述某种人生道理，或喻示某种生活本质。它与借景抒情、托物言志在写作思路上一样，只是着力点不同，表达对象不一，如贾平凹的《云雀》。

借物明理的写法，与上述借景显意、托物遣怀一样，关键在于所寻找的景物能够恰当地点明所议之理，达到物理相通、相映成趣。借物明理的写法如果运用得成功，会使读者觉得理本来就在物中，作者只不过是不经意发掘出来而已。

言尽意藏即全文结束了，仍将所要表达的意思蕴藏于内，让读者自己去品味。如谢冕的《咖啡或者茶》言尽意藏、文存余韵的写法，必须明了“藏”与“露”是一种辩证的关系。也就是说，在言尽意藏的过程中，要讲究必要的露，但露得要合理，露得恰如其分；藏要藏得妙，藏得巧，让人思索后有所领悟。

四、散文的文体特征和美质

（一）散文的文体特征

1. 体式开放，兼容性强

李广田认为，散文的本质是散的。通过散文与小说和诗的比较，他指出，“散文的语言，以清楚明畅、自然有致为基本面目，散文的结构，也以平铺直叙、自然发展为主，其所以如此者，正因为散文以处理主观的事物为较适宜，或对客观的事物亦往往以主观态度处理之的缘故，”（《谈散文》）。他的结论是，一篇好的散文“应当像一座建筑，也应当像一颗明珠”。李广田的论述告诉我们，散文的“散”首先表现在体式的开放上。体式在这里指散文为了表达思想内容的需要而选用的组织结构、表现方法及语言文字等。开放则有敞开，允许入内之意，有张开、舒展之意，也有思想开通、解放之意等。

就结构而言，散文可以布置得非常严谨，胸有成竹，放收有度，无一句一段没有勾连。也可仅凭大意，跟着感觉，随随便便而水到渠成，虽有欠严密，却灵气活现。散文作品在结构上自然如行云流水，如东坡之“常行于所当行，常止于所不可不止”，最符合散文的文体特征。

就艺术营构看，散文具有极大的开放性、兼容性，它可以兼收并用各种艺术形式和艺术手段，熔各种文体技巧于一炉。它可以借助于小说开阔的构思规模以横展纵延，横向延展的，如刘白羽《日出》，纵向延伸的如冰心《往事（七）》；可以借鉴诗歌的意象转换方式与意境创造手法，也可以利用电影“蒙太奇”句子结构形式和“蒙太奇”的组接技术，用艺术形象组成的画面来表现生活本身，营造出形象鲜明、情感流动、结构紧凑、富于变化的特殊艺术魅力；甚至还可借助绘画的散点透视构图艺术，创造出一幅幅动静相间、“提神太虚”的艺术画面。

从运笔行文看，可以说是不拘一格。叙述、描写、抒情、议论、说明等都可以运用，或者以其中一种为主、或者熔众多方法于一炉。有时直陈其事，正面切入；有时迂回曲折，涉笔成趣。如夏元瑜的小品散文《电视连续剧十益论》，总结了收看电视连续剧的十种“好处”，表面上看是褒奖电视连续剧，实际上是挖苦讽刺，看似漫不经心，实则丝丝入扣。在语言上，各种句式、各种修辞手段、各种语体形式都可以调遣，没有固定的模式规范。

总之，就善用何种体式与手法而言，如司马迁的传记、刘义庆的笔记、鲁迅的杂感、梁实秋的小品、巴金的随笔等，皆取决于作家的个性、才气、学养对于文体的浇灌，并最终结晶为一体。散文文体总是被作者创造得富有自己的风貌，并随作者的成熟而共生共荣。

2. 题材广泛，聚散随物

散文的取材范围十分广泛，“宇宙之大，苍蝇之微，皆可取材”。材料无论虚实，古今中外，只要是眼之所见、耳之所闻、鼻之所嗅、舌之所尝、肤之所触、心之所思、口之所议，大到宇宙天体，国内外军国大事，小到一滴露珠、一次邂逅、一片雪花、一场春梦、一片云霭、一阵清风，无一不可由此信笔挥洒，天马行空。首先，从取材的领域看，诗歌、小说、戏剧都不能和散文相比。诗歌所写的题材要有诗意，小说的题材要有比较完整的故事情节和比较典型的人物形象，戏剧的题材要有激动人心的矛盾冲突，而散文却几乎不受这种种限制。也就是说小说、诗歌、戏剧的题材都可以用于散文，而无法用这几种文体反映的题材也可以用于散文。题材广泛是散文的又一个突出的特征。其次，从写作对象的内容来看，散文记人、叙事、写景、状物、抒情、说理皆可，且各自有相对应的文体品类，如记人散文、叙事散文、写景散文、状物散文、抒情散文、说理散文等。小说则不然，它以刻画人、表现事为主，景、物只能处于辅助地位，至于情、理则处于次要的甚至藏匿隐蔽的地位。我们无法见到纯粹的写景小说、状物小说、抒情小说和说理小说，原因大抵在于此。

散文题材广泛为作者提供了极大的方便和自由，但并不是说任何题材、任何情感都可以拿来写成散文，而是有一定限度的，它不仅要受到散文体裁本身短小的限制，还要受到作者视野广狭程度和情感强弱的制约以及材料自身性质的影响。这就要求选择那些能表现真、善、美的题材。

“形散神聚”的观点被大多数人所接受后的二十多年中，“神”被视为散文的灵魂，主题的鲜明集中成了散文不可或缺的审美标准。以至于写散文的人，总是要把自己的情感剖割、解析、提炼、概括，从而确立一个新颖深刻的主旨，作为串珠的红线，以求聚“神”；读散文的人，总是力求从散文作品纷呈的形象中归纳总结出所含的哲理思考和深刻寓意，以求识“神”；教散文的，也总是分层划段，围绕主题思想寻章觅句地精讲细谈，以求讲“神”。有相当多的人在面对一篇散文作品时，都要不由自主地思索：这篇散文要表达一个什么思想，其内在的深刻含义是什么？如果能用一句话或一段话明确地回答出来，如果能从中抽出一个形象的哲理思考，就认为是好散文。如果仅仅获得一点朦朦胧胧的感觉，其中神旨似有却无，说不透，理不清，就鞭之以“神散”，视为下品。这是张国俊在《中国艺术散文论稿》中对“形散神聚”说影响所及的描述。究竟该怎样认识“形”与“神”，“聚”与“散”？从概念本身看，“形散神聚”这一命题包涵了两对概念，即：“形”与“神”“聚”与“散”。这两对概念是相互对立的、互为条件的。“形”与“神”的本义是形骸与精神或形貌神情，特指造型艺术的外在物象和内在神韵，在这里指散文作品的形式与内容，二者在艺术表现上的突出特征是情景交融，动静相宜，虚实相生，形神兼备，而重点在“虚实相生，形神兼备”。“聚”与“散”是事物的两种相反的状态。“聚”的基本意义是众多事物的“会合、聚集”，引申为“并拢、合并”；“散”的基本义是分散，由聚集而分离。

“聚”与“散”的关系是一种对等相促相生的关系，而不是绝对对立的关系。如《庄子·则阳》：“聚散以成。”但二者在程度、范围、形式、状态等方面都有不同。如“聚”的程度，可以是“凝聚型”的：一个明确的感情触发点；一个富有特征的寓意物；一条明显的线索；一个文眼、字眼。也可以是“非凝聚型”的，或“论时事不留面子，砭痼弊常取类型”，或只是一个朦胧的指向，或可能呈现为一个光斑、或是一种情绪、心境、或是理、趣、美的交织杂糅，或是瞬间心灵震颤，等等。总之，对“聚”与“散”要作比较宽容的理解和把握。

3. 抒写真情，彰显个性

抒写真情是指散文尚真忌伪，排斥虚构，所写多为真人、真事、真景、真物、真情。

散文之所以在诗歌、小说、戏剧、影视之外有其存在价值，就在于它能提供其他文学样式所不可代替的真实生活层面，给人启迪与滋养。它记人记事，大多真有其人其事，它记游、写景、状物，必须切实切境不能作假。抒情散文有时也借托虚拟的景物来抒情，但其情一定真实，绝无矫饰。散文内容的真实性，是散文产生特殊魅力的一个重要因素。这种“写实性”，使它充盈着一种真实的感染力，否则，就会失去它应有的魅力。就抒写角度言，或隐或显无不是作者自己以第一人称向读者倾诉评说，在作者与读者间，从不回避直接对话的关系。

就审美来讲，除了“真”，还有一个“所表现的情感、个性的深度和质量问题”。因为“散文不能像小说、戏剧那样可以虚构，它要求自然、自由、自在、自得地表现真真实实的自我的情趣。巴金提出：‘说真话’，‘把心交给读者’，当然不无道理，但是，有一个矛盾没有揭开，即散文中的自我和生活中的自我是相等的吗？真的是文如其人吗？写散文能像胡适在五四时期所说的那样，有什么话，就怎么说吗？胡适的主张，在五四时期是为了反对虚伪，反对瞒和骗的文艺；在今天，也还有抵制伪浪漫主义的矫情和滥情的作用。但是，盲目地追随这样的主张，也可以妨碍散文艺术水平的提高。道理很简单，艺术中的情感和原生的感情之间的矛盾是不可忽视的，把原生的情感照搬到散文中去，只能降低散文的品位。只要看20世纪90年代流行的小女子散文、小男人散文、晚报体散文，就不难看出观念模糊所导致的创作上的混乱了。”“在散文领域中，作家的自我和作品中的自我的关系长期以来都没有得到充分的澄清。粗糙的理解自我表现，把散文的自然、自由变成了一种自发的放任，这在风行一时的所谓旅游散文中表现得最为突出。”（孙绍振）

彰显个性是指散文是人格、个性的直接呈现。诗歌、小说、戏剧都是借作品中人物替作者讲话，它们都是作者人格的转化；而散文就抒写角度看，或隐或显无不是作者自己以第一人称向读者倾诉评说，在作者与读者之间，从不回避直接对话的关系。“我”常常走进散文，“我”在散文中一般有两个作用：一是借“我”写自己所见所闻所感，抒发激情；二是在文中穿针引线，起组织线索作用。写“我”要着眼于“情”，要始终让“我”在感情的波涛中游泳，要始终让“我”跌入“情网”之中。“我”不是局外人，“我”和文中的一草一木，山水花鸟，应该融合一起，物我交会，自成一境。有时不采取正面展开写“我”，而是带着深情写“我”的视线和思想感情激流中的“物”，通过写“物”来折光反射“我”。有时以“我”写物，着墨不多，使物我融合一起，形成深邃优美的意境。散文中的“我”常常是作品中的人物与读者之间感情交流的桥梁，“我”在作品中又起着对艺术形象的感情导向的作用。

散文强调“以我手写我心”，尽情张扬主体的个性气质，不管是记人叙事，还是抒情言志；不管是对自然景物的灵性透视，还是对社会人生的真切感悟，都是属于“自我”的、“个性”的，是至情至性的真我展示，是散文家人格的诗化表现。如诸葛亮《出师表》“鞠躬尽瘁、死而后已”,李密《陈情表》“事亲至孝、不肯屈节”,范仲淹《岳阳楼记》“先天下之忧而忧,后天下之乐而乐”的人格气韵,以及韩愈《进学解》、柳宗元《永州八记》、欧阳修《醉翁亭记》、王安石《答司马谏议书》、苏轼《前赤壁赋》、鲁迅《秋夜》、朱自清《背影》、老舍《想北平》、巴金《爱尔克的灯光》等散文的感人内核,无一不是真情饱满,顾盼有神,突出地显示了自我的人格气韵,“我”眼中的世界或人生。

所有这些,首先,要求作者要有自己独特的生活园地。这园地中有作者自己一生中最深刻的经验、智慧和修养的土壤,或童年时代的生活、或同命运攸关的一段人生历程、或某一科学领域、艺术世界、宗教、哲学领域长期探索的深刻体验。这园地也是作者独特的文化构成,其构成越丰富和复杂,作者的审美层次和趣味也就越深刻和多样。其次,是要有作者自己的独特的生活体验。散文是最推崇自我体验的文体,它是依靠作者思想情感的宣泄来创造的。散文要求作者对笔下所反映的人生与自然,确确实实是“我”之所见,“我”之所闻,“我”之所思,“我”之所得,着“我”之色彩,注“我”之性情灵魂的鲜活的生命体。说到底,散文所抒之情实际上是作者身心所渗透的一种性情与魂魄的外现。所以,把自我的情感、意念和思想灌注于作品中,是散文感染读者的关键所在。离开了自我体验,散文便落入浮泛的空洞;矫饰的自我感受,散文便蒙上一层虚假的尘垢。因此写散文贵在“处处皆有我在”,但又忌故意“处处表现自我”。

(二)散文的文体美质

佘树森说:“文体美,乃是指体制(体裁)与体性(风格)统一的,以作者个性为主导,以语言文字为基础的”,以方法技巧为手段,融合性格的、语言的、方法的“诸种因素融合成功的散文形式美”。比如,在结构上,“布局精巧者,其文体显得谨严有致;大开大阖者,其文体显得气势磅礴;顺势行文者,其文体显得自由流动”。在描写上,“工笔细描,其文体有柔腻之美;夹叙夹议,其文体有朴素之味;冷嘲热讽,其文体必使人感到严峻刻峭;反语暗喻,其文体常使人觉得蔼然有趣”(佘树森,《中国现当代散文研究》,北京大学出版社,1993,第275页)。依据佘树森先生对散文文体美的界定,并参详学界对散文美研究的新成果,本章选择介绍散文的情趣美、散文的色彩美、散文的声音美、散文的意境美。

1. 散文的情趣美

情趣是散文美感的一种标志。情趣来自生活,所以散文常常选择那些充满情趣的人和事,用朴素自然的笔调勾勒出富有情趣的画面或情景、氛围。情趣有理趣、奇趣、风趣、谐趣等的分别。理趣即义理情趣,思理情致。它是“理智的结晶”(朱自清语),亦即寓理于情、寓理于形象之中,使人读后悟出一些人生的真谛,产生一种独特的趣味。奇趣是一种奇妙的情趣,是一种异乎寻常的东西引起的新异的趣味。奇怪的材料容易引起奇趣;精巧的构思和独特的体验也能使人产生奇趣美;行文中幽默的运用,常常是作者智慧的显示,也是从平凡中显示奇趣的一种方式。风趣是一种风格志趣;一种风味、幽默诙谐。是能感染人、给人以美的陶冶的趣味。散文中要有风趣,要具备广博的知识,真知灼见,语有机趣,理趣超远,这些都是产生风趣的源泉;风趣还必须艺术地表现,最常见的手法是抓住饶有风趣的特征性的东西,加以刻画凸显、夸张。谐趣诙谐风趣,是生活与作者的情趣在契合点上的化合,是作者在作品中流露出来的风神趣味,是作家志趣的反映。它可以表现为参禅的机趣,“道法自然”的天趣、逍遥傲世的真趣等。谐趣要靠机智的描写和笔调来表现,也和作者丰厚的知识积累和童心分不开。

2. 散文的色彩美

散文的构思,常常从读者欣赏色彩的情绪和趣味出发,适应作品情与思的需要,往往以某种色彩给作品定基调,抹底色。作品内在的情思与外在的色调的统一,构成意境的色调。意境的主色调,无论实写或虚拟的,都含蓄而和谐地表现作品思想和情感的色彩,体现作品的主旨。散文创作往往以对比的色彩,描绘意境的主体形象,一方面使主体形象达到生动传神的效果,另一方面,借助对比的色彩,能够渲染诗意蓊郁的情韵。色彩描写有时也起点染情思的作用,有助于"即物明理"或"即事寓情"。色彩描写常常被赋予某种象征的意义,比如附某种有形的事物或无形的思想感情,以此揭示主旨。色彩描写作为写景状物的语言修辞手段,掌握得适度,能够使画面气韵生动,逼真传神。

3. 散文的声音美

声音包括节奏和声韵两大方面。散文的节奏来自语言的自然节奏,自由、平易、流畅。散文语言节奏随作者行文时持续流动的情绪而运动,时强时弱,时快时慢,时长时短,时急时缓,形成自然的内在节奏,流到笔下,便形成强烈的节奏感。散文创作还讲究声调,安排平仄相间的对偶句或排比句,使声音抑扬顿挫,产生声调和谐的美感。有时还讲究韵律,尽管韵脚的间隔比较长,而且不像诗韵那样严整,但也能产生韵律回环的美听效果。此外,散文的声音美,还表现在摹声拟形上。散文创作常常从天籁无声到万类交响,进行惟妙惟肖的摹声描绘,制造流溢着自然音响的音乐世界。还借助"通感",运用比喻和比拟手法,将声音作拟形描写,变成视觉形象,创造出绚丽多彩的声形交融的图画。

4. 散文的意境美

辛晓玲认为,散文意境是比诗歌意境繁复、比小说意境单纯的意象谱系,可分为实境与虚境。其中实境可分为人境、事境、物境,它们是散文中最为常见的意境类型;虚境虽然以幻觉、梦境、联想、想象、冥想等形式展开,但支撑这些虚境的,仍然是人、事、物这些构成实境的基本元素。

散文意境的构成主要分为以下几方面。

一是人境。人境是灵气四溢的人物形象。散文人境的营造,重在表现人的"意态"。"意态"的表现莫过于以匠心独运的点睛之笔,恰到好处地宣写出人物身上那种难于言传的气韵;以动传神,动中见人,是现当代散文营造人境的又一种重要方式。散文虽然不能像小说那样频繁的使用人物语言,但同样闻其言而知其人。成功的散文作品,往往寥寥数语就撑起一个灵气四溢的人境。

二是事境。事境是情味深长的生活细节。如果说,在小说中,细节是构成情节的基本单位,那么,在散文中,细节则是结构全篇的主要内容。在散文的事境里,所有的抒情、状物、写人,都在为"事"服务。事境中的"事",由于附着了复杂的情味,已不再是纯客观的事,它被作者浓浓的主观情思反复浸泡过。它的存在,主要是为了表述某种情怀。它的特点,在于"见微以知萌,见端以知末"(韩非子)。事境不仅可以凸显作品主题,而且还以浓郁的生活实感和强烈的艺术美感,直接作用于读者的感官和心灵,使散文文本虽言有尽而意无穷,并于空白处皆成妙境。

三是物境。散文作家笔下的物境,不过是人类心灵的诗意的表征。物如人生、人生如物,情景相契、物我为一,是散文物境的最高审美层次。借物抒情、托物言志,客观服从于主观、物我同一于情思,是散文物境的主要特色。散文的物境在艺术"经营"表现上,至少包括两方面的内容,即散点透视法和物境的动态流转之美。

散点透视法是物境的位置"经营",它打破了焦点透视的局限,可以让读者的视线上下左右俯仰浏览；可以将观者的视界由有限导向无限。这种时空位置的跳跃跌宕，必然导致风格的区别和境界的差异，如郭熙所言“高远”“深远”“平远”之别，读者从散文的这类物境中获得的审美感受，如同在绘画作品中获得的审美感受一样，是一种“真趣”，一种空寂玄奥之境，一种“集合数层与多方的视点谱成的一幅超像虚灵的诗情画境”（宗白华，《艺境》，112 页）。如欧阳修的散文《醉翁亭记》、梁实秋的散文《雅舍》、贾平凹的散文《三游华山》、郁达夫的散文《仙霞纪险》，无不具有这种散点透视、“提神太虚”的物境之美。

“文之神妙，莫过于能飞”（刘熙载），“飞”即动感。真正的意境，不仅贵在以实写虚，更贵在动静相宜，寓动于静。这就是散文中物境的动态美。美就美在“动”是生命之源，也是一切“美”的源泉，还是判定艺术作品意境高下的主要标准。物境动态美的实现途径多种多样：可精选动词，精确地描绘物境之“物”的运转、衍化、变通；可将传统绘画的风韵气势引入物境的描写之中；也可通过物境自身的徐疾、疏密、强弱的动感变化，契合主体内心的情感，反映宇宙生命的运动，等等。

需要说明的是，散文中的人境、事境和物境，往往难分彼此，且紧密地交织为一体。那些审美价值较高的优秀散文作品，莫不是以事现人，以物衬事，在人、事、物三境的完美结合交互映现中，实现其灵动的艺术境界的。

六、散文的立意和构思

（一）散文的立意

1. 立意的内涵

随着现代人思维方式的多维化的发展，对散文的“立意”要作宽容的理解。习惯上把立意理解为确立主题、主旨或中心思想。这种“意”是从纷繁的生活素材中经过反复酝酿与提炼，最后凝聚而成的，称为“凝聚”型立意。另一些散文所表现的只是一种“中心心境”（斯密兹《小品文作法论》），即作者刹那间涌起的一种情绪、心情，或曰情思，似乎并无一个需要告诉读者的明确思想，称为“非凝聚”型立意。因此，“意”的内涵，既包括表现一个明确的思想，甚至带有浓厚政治色彩的思想，也包括一种情绪、心境（喜悦、怅惘、欢乐、忧伤、欣慰、寂寞、思念、念头等）、理、趣、美，互相交织、杂糅。

2. 立意三环节

散文立意主要分为以下三个环节。

一是寻觅“动情的事”积聚情感。因为“动情的事”是除作者“所见”“所闻”外，已有了“所感”的达到了情与事的交融。只有这种“动情的事”才能担当立意的重任。如朱自清眼中的“背影”，冰心笔下的“小橘灯”，贾平凹门前的“丑石”，李天芳外婆的“呼唤”，周敦颐《爱莲说》中的“莲”，归有光《项脊轩志》中的“笏”“树”，杨朔笔下的“蜜蜂”“茶花”“浪花”“日出”“红叶”，茅盾笔下的“白杨”“石洞”“桃林”等，都是作者动过情的事，都是“意”或情感的“触媒”。这种“动情的事”，是一种情感符号和情绪记忆，是透过感情认识内容的感性形象。它既是感情的蕴蓄点，又是感情的发射点。这样，由寻觅动情事而实现立意的过程，就是一个由情感蕴蓄而实现立意的过程。好的立意，往往不是一下子便能产生的，它有一个发现和深化的过程。因为好的素材可能使你产生一种冲动，但你对这素材的丰富的内涵，很可能看得不全面甚至并未看到。这就需要作者对生活素材有一种精准的艺术认识、艺术发现和体物入微的辨析功夫，像朱自清所说的那样，将素材拆开来看，拆穿来看，无论锱铢之别，淄渑之辨，总要看出而后已，正如显微镜一样。没有足够的情感蕴蓄或感情的冲动未达到饱和点时,不能产生出有深度的散文立意。

二要抓准“动情点”。“动情点”既是作者感情的爆发点,又是作者主观的情和客观的景的焊接点,还是意的落脚点或指向区间。如《爱莲说》中莲的“出污泥而不染”,《白杨礼赞》中白杨的“不折不挠”“伟岸、正直、质朴、严肃”,《丑石》中丑石的“不屈服于误解、寂寞的生存”的大智若愚。同一事物,若动情点不同,就可以立出写出不同的“意”。如冰心的《樱花赞》之意是“促进日中人民的友谊,也是斗争的一部分”,杨朔的《樱花雨》之意是“风雨中开放的樱花,才真是日本人民的象征”,刘白羽的《樱花漫记》之意是“真正的春天永远属于人民,樱花,这绯红的云霞,便永远属于人民”,虽都是写日本樱花,由于动情点不同,寓意的角度和所寓之意也各不相同。

三是“意”的触发与确立。意的寻觅与触发实在难以分割,也很难分清谁在前谁在后,有时是寻觅到意后,引起意的触发;有时是觅意与触发同时进行。意的触发,不能消极等待,需要千方百计培养它。“意”有时甚至常常稍纵即逝,所以一旦得“意”之后,就需要像冰心那样,及时地将“意”“按在纸上”,“若不在情感涌溢之下,迅速把它抓回,按在纸上,它就永远消逝得无处追寻”(冰心《关于散文》)。

3. 立意的要求

散文立意主要有以下两点要求。

一要重点有别。记叙散文,其立意侧重于“意蕴”。所谓意蕴,乃是由“显言”和“隐言”构成的多元意向结构。抒情散文的立意,侧重于“情致”。所谓“情致”,是由作者的情感、性灵、人格交织而成的意象空间。议论散文的立意,侧重于“理趣”。所谓“理趣”,不仅要“形象议理”,更要“理中有趣”,它交织着情感、形象、趣味、智慧、性情等诸多元素。

二要新颖、厚重、格调高。所谓新颖,是指新颖的立意来自于作者对事物的独特发现、理解和感受或感悟。这种新颖,“宛若天地间本有此一句话,只是被你说出而已”(林语堂语)。所谓厚重,是指厚实凝重。立意要有实实在在的生活感受,有充实的内容,空灵中有实,飘逸中有根,柔媚中有骨,既有灵气,又有力度,对读者具有一种感召力、启迪力和陶冶力。所谓格调高,是作者立意时要站在人生智慧的高度,表达对人生的远见卓识,或抒发高尚的情操、或表现崇高的精神境界。这些,都决定着文本境界的尊卑和品位的高低。

(二)散文的构思

1. 散文构思的内涵

构思即谋划、设想。这里的构思是指作者在明确了立意之后,对内容和形式两方面所进行的思维活动,所要解决的问题是如何组织材料、将自己所立之“意”完美地表现出来。散文是“自由”的艺术,其构思表现为以“意”役法,顺势成文,保持如行云流水般的自然之趣。散文的“意”是作者对人生、社会和宇宙的主观感受也即思想和情绪,构思就是为思想和情绪寻找一个最佳流动形式。在内在情绪、意蕴的抒写构想上,作者觉得那一种情绪、思想,怎么流动得畅快、自然、优美、有趣,就让它怎么流动。在艺术形象的描绘构想上,将散文形象的片断性、跳跃性、单个具象转换的迅疾性表现得异常鲜明,呈现出一种“随物赋形”、自然流走的态势。在艺术结构的构想上,将内在意蕴、形象描绘、题材安排,融合成散文的总体意境和内在旋律,使文章呈现出一种有血脉灌注的富有生命力的有机整体。在思维方式上,打破线性的、定向的、刻板陈旧的思维方式,寻求用全方位的全息的思维方式去感受、引爆读者头脑中的“潜意识”。

散文的构思贵在独辟蹊径:或寻找意境,托物言志,借景抒情;或寻找历史源流,交织今昔生活画面;或善用联想,彩线串珠;或引类取譬,自由发挥;或寻找“焦点”,经纬全篇;或暗设“伏线”,节制情感流动。从方法论角度看,散文的构思是一种浓缩——展开——节制的艺术。一个完整的构思过程,就是这样逐步发展的艺术思维过程;各个环节相互联系、相互作用,才能形成高妙的构思。

2. 散文的联想构思方式

构思的进行,是以大量联想的产生为前提的。联想是由一事物到另一事物的以表象为基础的积极心理活动。它或由当前的事物回忆起这事物的过去及有关这事物的其他情况;或由这事物想到那事物,再由那事物又想到另一事物等。联想的基本条件是要有丰富的表象储备;要善于找出表象与表象之间的相近、相似、相反等内在联系与外在联系。联想在散文写作过程中不可或缺,无论是再造性想象或创造性想象,均有联想活动参与。散文的联想构思方式主要有以下几种。

一是辐射式联想。辐射式联思是指选择一个联想中心,由此发散出一系列联想,使作品形成辐射状态或网络状态。运用这一联想构思,首先要确定具体的辐射出发点或网络集结点,着力写好这个点,抓住这个点的特点来引申生发,进行画面的扩展和情感的延伸,同时要有一个明确的立意作为全篇联想片断的内在线索。如刘白羽的《路》以“路”为联想中心向前伸展,“在我们后边……无名的小路”,“人们从荆棘中踏出的路”,“监狱的路”,“战场的路”,“狂暴雨夜中去开堰放水的农民赤脚走的泥泞的路”,“翻崇山越峻岭去探寻宝藏的勘探者的路”,“在茫茫夜雾之中,江海激流之上,掌握着方向盘,而探索着前进的航路”,在结句推出了主题:“我们永远要踏破荆棘开荒辟莽,永远要付出血汗,辟路前进”。

二是联翩式联想。这种联想以一个具体的事物作为开头,联想到第二个,第三个……开头的那个不是中心,以后联想到的事物也不环绕开头的事物。作者将顺着思路联系起来的或相近、或相似、或相反的事物串起来,从中引出一个主题,或以之创造一个意境。如秦牧的《蛇与庄稼》由“蛇与庄稼”想到反映同一问题的外国例子“猫与苜蓿”,又联系现实想到“母猪一律留种”,最后想到“棋手下棋”。这类联想,除了循着一个核心思想展开外,还要注意不同事物内涵的一致性和联系性,例如“棋手下棋”与“蛇与庄稼”两事,从表面看是两个领域的事,但从实质看,它们有共同之处,即办事须把握事物间的复杂的联系,才能取胜。

三是借托式联想。借托式联想就是借景抒情、托物言志式的联想,大致是借用一景、一物,来寄寓人情或事理。这个景或物与人情或事理,在客观上未必有什么实在的联系,作者通过联想把它们粘连在一起,组成具有象征色彩的散文。借托式联想所取譬的景或物,多数是花草虫鱼和山川日月,所寄寓的多是深沉的情志、深刻的思想或作者所体验到的人生哲理。取譬和寄寓两者之间须有形似和神似之处,尤其要神似。运用借托式联想构思的散文,常用“形似”架起联想的桥梁,然后在“神似”上开掘、立意。如邓莺莺的《黄山暮色》,借托景来联想人情,借黄山的暮色联想老人的暮年,描写使老人醉心的暮色美,表现老人的心灵美。再如谢大光的《落花枝头》,借托石榴的落花来联想人情,借落花一片红的美色美态歌颂老一辈“化作春泥更护花”的可贵精神,并进一步阐发事理:老的不退,新的上不了,新陈代谢,才能生机勃勃。

四是环链式联想。环链式联想是指以一个具体的事物作开头,联想到与它紧密关联的第二个事物,又从第二个事物联想到与它紧密关联的第三个事物,等等。从联想的总体来看,材料之间呈现出一种环链交接的形态,笔调上前递后接。借助于这种联想,作者可以从多角度描绘事物,酣畅淋漓地倾吐自己的胸臆。如杜牧的《阿房宫赋》,由历史和自然背景联想到阿房宫的整体形象,由宫的外景联想到宫的内景,由实景的形、状、色联想到歌舞的氛围,由此又联想到宫人的生活,由宫人生活的奢华联想到她们生活的不幸,再由宫内的人联想到宫中的物,最后总其思绪,进而由秦人的穷奢极欲,联想到人民的苦难深重,由人民的苦难深重联想到秦宫的必然覆亡,由秦宫覆亡的事实,联想秦宫覆亡的教训,由历史的教训联想到现实的教训。

3. 散文的其他构思方式

散文的构思方式除了上述几种常见的以外,还有以下几种。

一是赋式构思。赋式构思是一种采用正面角度,铺写事物的外形与内质,直接显示作者命意的方法。如俞平伯的《花匠》、李广田的《野店》、孙犁的《像片》、陈文和《花开的声音》等。这种构思法要求,随着"我"的见闻,用铺陈的方式叙述事件经过和感受。在写作中要注意铺陈事物并非堆砌形容词,也不是平铺直叙记流水账,而要有详有略,贵在写出自己的独特发现和感受。如陈文和《花开的声音》其第一自然段由"花开也有声音么?"设问开头,意在提醒人们,瞬间的声音,只有留心细听才能捕捉。第二、三自然段绘声绘色,笔法细腻;运用比喻,触发联想。昙花茶花,一快一慢,抓住特点;好似电影里的慢镜头,有意放缓叙述节奏,突出花开的过程。第四自然段开头一句"花儿这样,人生何尝不是如此",由花及人,文意更深一层;写花写人始终围绕声音着笔,使文章浑然一体。

二是比式构思。比式构思是一种托物以寓理的构思方法。在取侧面表现角度时,选用一件富有特征的"事"或"物"来附意托情,往往具有很强的艺术感染力。如丰子恺的《杨柳》、许地山的《落花生》、茅盾的《白杨礼赞》等,选择与所要表现的"理"具有对应关系的"物"一一比较对照,托物言志,以物寓理。

运用此法一定要选择新颖的、确实与所寓之意具有对应关系之"物",而且要注意分层对照,步步深入。如周敦颐《爱莲说》以"莲"喻"君子",对应物就很精当。再如周玉萍《让我轻轻地告诉你》以形象喻理。其第一段,"朋友,让我轻轻地告诉你:生命是什么?我不敢说生命是什么,我只能说生命像什么。"引出以形象喻理的主体部分;第二段,以"让我轻轻地告诉你"打头,引出四种糖果,四个比喻:生命像泡泡糖、棉花糖、口香糖、话梅糖;第三移至第五段,仍以"让"句打头,两个明喻,一个暗喻:生命像一棵小树;生命像一江春水;生命是宇宙。突出了生命之树常青,生命之水长流。至此,通过多重比喻蓄势,为篇末点题做好了足够铺垫。第六、七段,篇末点题:生命的主宰就是自己。

三是兴式构思。兴式构思是一种"触物起情""先言他物以引起所咏之辞"的构思方式。这种构思方式的表现角度是属于非正面型的。如杨朔的《海市》开头大笔渲染小时候看海市蜃楼的情趣,是为了引起对正在进行社会主义建设的故乡长山列岛"比那缥缈的幻景还要新奇"的新面貌的描绘。朱自清《背影》由父亲来信,自然引出"车站送别"的回忆。美国富兰克林《哨子》由为哨子付出的高昂代价引出"热衷恩宠,牺牲光阴""醉心名望,投身纷争""敛财守财,放弃乐趣""寻欢作乐,损坏身体""沉迷外表,举债入狱""漂亮姑娘,嫁错丈夫"等教训。

四是初念。初念是作者因受某种触动而萌发创作构思的原始意念。它往往产生于看到某一事物的第一眼的第一印象,带有偶然性、突发性和一定的艺术直觉成分。但它所显现的情却是从心里流露出来的真情,没有任何做作;它所透露的意却是浓的,往往很多年后还清晰地保持着当时的原始印象。所以初念有其特有的写作价值:作者抓住初念构思动笔,往往会给作品带来可贵的新鲜感、真挚的感情和自然、流畅的笔势。如何其芳在散文《我歌唱延安》的第一段，从初念一下笔，就把革命圣地延安最突出的特点化作了形象，给全篇的纵情歌唱的主旋律定了基调。初念也可能是片面、表面、不成熟、不稳定甚至是谬误荒唐的，这就需要作者有意识地借此在作品中形成曲折和波澜，写出作者认识和感情的深化、反复和升华的过程。初念也可能有“潜伏期”。如冰心的散文《一只木屐》，从萌发初念到构思成篇，前后相隔15年（冰心《谈点读书写作的甘苦》）。

第二节　散文的结构

一、散文结构的内涵与基本形态

结构是构思的有形化，它是作品各部分的搭配和排列。要讲清楚某一文体行文布局的特点，人们常用比较的方式来加以辨别。关于散文文体行文布局的特性，李广田曾有一段十分精辟的论述：

> 我以为以诗与小说来和散文相比，也许更容易见出散文的特点。假如各用一个字来说明，那就是：诗必须圆，小说必须严，而散文则比较散。如用比喻来说，那就是：诗必须像一颗珍珠那么圆满，那么完整……小说就像一座建筑，无论大小，它必须结构严密，配合紧凑……至于散文，我以为它很像一条河流，它顺了壑谷，避了丘陵，凡是可以注处它都流到，而流来流去却还是归入大海，就像一个人随意散步一样，散步完了，于是回到家里去。这就是散文和诗与小说在体制上的不同之点，也就足以见出散文之为“散”的特点来了（沈世豪，《散文创作艺术》，辽宁教育出版社，1988，第97页）。

把散文的行文布局比作河流的自然流淌，比作散步的随意从容，十分形象地说明散文无拘无束、舒卷自如的特点。

散文结构外观有两种基本形态，一是情绪结构，二是理念结构。所谓情绪结构，即将情感作为散而有序的凝点，“散文作品的结构线，就是作家的抒情线”（曹国瑞《情有独钟——散文奥秘的探寻》）；将情感流向作为作为结构散文的中心轴线，这种“散文的结构不像小说那样是以人物的活动为主线构成情节结构，也不像诗歌那样以专职的抒情构成完整的情感结构，而是以情感的流向为中心轴线，去纵横交错地‘黏结’一切使情感得以产生和表现的自然之物”（曾绍义《散文论坛》）。即凡属散文，不管是偏于叙事、记人，还是议论、抒情，都是以情渗透全篇，以情贯穿始终。所谓理念结构，是“指构思活动自觉地受理性的控制。它讲究立意，重视法度，行文缜密有致”（佘树森《中国现当代散文研究》）。相比之下，理念结构比之情绪结构更看重散文的秩序美、法度美、立意美，更讲究“行文缜密有致”。

二、散文的结构样式

古今中外的作家在长期的散文创作实践中，探索总结出了许多具体的散文结构样式，如：纵贯式、线式、网络式、迂回式、聚焦式、屏风式、虚实相生式以及散漫化结构法等。

1. 纵贯式

纵贯式是以事物本身发展的进程作为线索，纵深地组织材料。因为无论什么事，都有个本末始终，如果将事物的来龙去脉从头至尾叙来，是最能反映事物的发展程序和本来面貌的，也是最能适应人们的理解和接受习惯的，因此，纵贯式是散文最常用的组织材料的方式。但这种方式若运用得不好，就容易平铺直叙，使人感到枯燥呆板，而且笔致也处于一种低态势，缺少高屋建瓴的气势。因此运用纵贯式，需努力打破一叙到底的格局，努力创造描述的曲折生动，时时注意续中有断。如朱自清的《荷塘月色》，虽是以一路游踪为转移的纵贯式结构，但因以虚实相生的笔调打破了平铺直叙，就显得生动活泼而不呆板。再如《莱茵河》，其结构为以空间为转移的纵贯式，因用了记叙范围层层缩小和记叙重点层层突出的办法，就打破了平铺直叙，避免了呆板。又如冰心的《樱花赞》的中间部分，虽是以时间发展与空间转移相结合的纵贯式，但因用了画面的转移，就打破平铺直叙，避免了呆板。

2. 线式

线式是指用一条十分明显的线索，把一些生活片断串联起来。如曹靖华《小米的回忆》，就是以小米为线索，把童年时代在故乡种小米和吃小米的情形、三十年代赠送鲁迅小米的事和对抗战期间周恩来赠送小米的回忆等不同时代、不同地点，看上去毫不相干的三个生活片断，巧妙地联在一起，形成一串珍珠，共同表现了艰苦奋斗的“延安精神”。

3. 网络式

网络式又叫蛛网伸展式结构。这类结构的散文，就像蜘蛛结网那样，开始点出网心，然后围绕这个网心向四周伸展，纵横交织，里外穿梭，越织越多。这种布局不受时间、空间的束缚，而是以作者的情感为总纲，任其情思奔涌，想象升腾，使立意越来越鲜明，显示出一种疏密错综、浓淡相宜的网状结构。这种结构的难点在于如何做到“放”与“收”的辩证统一。如刘白羽的散文《月》的第一段写眼前，起笔即奠定描写冬月的基调。第二段引用古人描写秋月的诗句，以烘托眼前的冬月，又从古人的诗意转回到眼前的感受。第三段具体描写当前月色，抒写胸中美感，点出本文的中心层次。第四段从眼前之境又联想到古人的两段精妙文字。第五段又将陆游《入蜀记》和苏轼《记承天寺夜游》中对月光的描写与眼前的月光连接起来。这样，以冬月这一客观对象为中心位置，将所见、所闻、所思、所感交织在这个网状结构中，表现了对月光的爱，表达了对美的向往和追求。又如秦牧的《社稷坛抒情》的中心事物是社稷坛五色土。围绕它写了穿着衮服的帝王，古代诗人悲悯深沉的吟咏，各种各样的古代农民，苦苦思索探索五行的古代思想家，我国各地的色土和祖国国土的统一。全篇就这样从“五色土坛”出发，围绕着“五色土坛”这个中心纵横交错地形成了网络式结构。

4. 迂回式

迂回式又叫曲径通幽式结构。作者开头不显示意旨，而是使用曲笔，几经周折，逐渐接近意旨，最后笔锋陡转，意旨显露，读者豁然开朗。《春秋·鲁哀公十四年》记载，“麟见于郊，被叔孙氏的手下人捉住了，折断了左前足，装了回去。叔孙氏认为这是不祥之物，将它丢弃在城外。孔子去看了，说：‘这是麒麟。为什么会来呢？’掩面不忍看，掉着眼泪说：‘吾道穷矣’。就一心地著《春秋》，写到‘西狩获麟’，就停笔不写了”。韩愈感于此事，就写了《获麟解》。“祥”，“不祥”，“不为不祥”，“不祥”，通篇共有三个反复，形成了典型的迂回结构。大约是考试落第，别人不赏识他的文章，或者没有人推荐他，所以有感而发。前从“知”的角度论麒麟的“祥”与“不祥”，指出是人的过错，孤陋寡闻，谓之不祥是必然的；后从“德”的角度说麒麟的“祥”与“不祥”，指出是麟的过错，圣人还没有出你就先出现了，人家说你不祥也是应该的。就这样迂回之中表达了自己的愤懑、心酸又自我嘲解的复杂感情。再如鲁迅的《记念刘和珍君》、贺敬之的《你永远和我们在一起——怀念战友李季同志》均用这种迂回式结构，前者用迂回曲折地直抒胸臆，把作者的愤懑之情表达得淋漓尽致；后者迂回曲折地追忆往事，把作者的悼念之情表达得淋漓尽致。

5. 聚焦式

聚焦式又叫焦点式结构法。一起笔就在面上取一个点，将笔墨聚在这个点上着力刻画，显现其特有的细节和光彩，然后让感情爆发，尽情地抒写。运用这种结构，关键是选好点，写好点，使它成为感情奔泻的源泉。如夏丏尊的《白马湖之冬》，全文将“风”作为一个聚焦点，白马湖冬天的全部情味，都在这个点上表现出来。又如贾平凹《盼儿》，一开头就点出爱人寄给“我”的一张盼儿“心身发育测验表”这个点，在着力描画了这个点后，作者的感情尽情地奔泻，先抒发自己对爸爸的怀念之情，又抒发了自己诚挚的爱子之情，最后又表达了使自己的刺刀成为“一道不可逾越的山尖，蚂蚁也别想爬过来”的战斗激情。

6. 屏风式

这种结构是把几幅形象画面剪辑下来，排列起来，形成一座美丽的“屏风”，与拼贴画法相似。如碧野的《天山景物记》，全篇以雪峰、溪流、森林、牧场、天然湖与果子沟等一系列风景画面连接而成。

7. 虚实相生式

虚，指空灵、超脱或引人生发联想、补充的笔墨；实，则是指真实具体的描绘。虚实相生是指行文中虚与实两副笔墨互相转化、互相促进、互相补充、互相成全。虚实相生式结构又有以下三种形式。

一是由实寻虚。即通过部分有形的描写，借助于艺术的比喻、象征、暗示等作用，引导人产生一种必然的联想，从而传达出一种虚的境界，使虚的部分和实的部分结合而形成完整丰满的艺术形象。这样，表现在散文的材料组合上，就显现出了实和虚两大层次，散文的布局谋篇在很大程度上体现在实和虚这两大层次的内容组合得是否合理，是否能将立意恰如其分地表现出来；体现在虚实的组合是否巧妙，是否能以情感和意念为主线，使记叙、抒情和议论真正融合在一起。由实寻虚是虚实相生的一种重要方式。人们平常所说的托物言志，指的就是这种方式。以这种方式写出来的散文，通常有两个台阶：第一台阶是实，第二台阶是虚，实在前面，虚在后面。先写实示之以形，动之以情，再写虚，晓之以理。这样来实现情与景、情与理的相生相成。如王安石的《游褒禅山记》，全文在材料的布局上，十分注意实与虚辩证相生关系：写实，处处为虚埋下伏笔；写虚，句句与上文的实呼应扣连。再如郑伯琛的《荷叶咏》，“由实寻虚”布局中的实与虚两个台阶，也是相互补充、相互渗透的。实的笔墨中渗透着虚的精神或线索，虚的笔墨中又渗透着实的形象或内容。

二是以虚串实。这种布局是以情或理为连缀线把一连串的形象材料连接起来，从而结构成一篇散文。这种布局的好处在于，它可以多角度地反复地描绘作者的“意”，也可以海阔天空，不受时空的束缚，信手拈来，皆成文章。运用这种结构的关键是作者必须紧紧地把握住情、理这根线，让颗颗珍珠都串在这根线上。如刘白羽的散文《红》、巴金的散文《日》，实的形象呈现出空间时间的大跳跃，如“灯蛾→夸父→我”，但这种跳跃又始终是沿着“追求光和热”这条虚线上下起伏的。

三是虚实相间。这种方法是虚虚实实、虚实交替，即所谓夹叙夹议。这种布局方法与“客观—主观—客观—主观……”的心理过程是一致的，这种过程体现在行文上就是“叙述—议论—再叙述—再议论……”即“实—虚—实—虚……”的相间。如冼济华的《芦苇的赞美》，全文共段，其中，第一段由白洋淀芦苇荡的实景描述；第二段通过一系列的比喻联想，使芦苇荡实景虚化；第三段以“古往今来”芦苇与鲜花、芳草、青松、翠竹、娇杨、垂柳等在画图和诗文里的地位对比，虚写（议论）这平平凡凡、朴实无华的芦苇是很值得人们赞美的；第四段在材料布局上虚实相间，以拟人的手法，先写“集群而生，聚众而长”“成林似海”“不折不弯，掀起千重浪，喧腾澎湃”的实景，后虚化导出“芦苇”“的”“众志成城，气势磅礴的壮观”；第五、六两段在材料布局上虚实交融，将“芦苇”“是”“一大宝”“对土地要求极少，而自己为人们全部献身”这个“虚”，化入“它曾经是抗日英雄儿女的天然屏障”和“人们生活的一种来源”，是“广大乡村里”“普通房子必不可少的建筑材料”，“发挥了自己的特长，给人们编织成日常生活中的芦席和各种用具”，“变作纸浆，造出洁白柔美的纸张”，“就连那些苇梢碎叶，也勇于投入炉灶，用生命的火焰，为人们驱寒取暖，烧火做饭，全部化为光和热……”等许许多多的“实”中；第七段笔锋一转，由芦苇写人，由实导虚，“我凝望着这青青的芦苇，沉思遐想”点出全文主旨：“任何一个人必有所长，只要各尽其才，对人类就有贡献；一个人的能力有大小，只要为人民而献身，全部发光发热，就应受到赞扬。我呵，我也愿作这绿色海洋中一根小小的芦苇……”。

8. 散漫化结构法

散漫化结构是一种充分利用散文自由、随便的特点，抛弃任何固定的格式、现成的套子，以作者所要抒的情、述的志、说的理为准绳，为线索，来考虑文章的布局。该怎么写，写多少，从哪里起头，在哪里停笔，都不加刻意设计。这种方法以真情实感讲完讲好为限，既要散漫，又要讲技巧，犹如风行水上，自然成文。其最高境界，是看不出有任何雕琢的痕迹，与情感抒发完全融为一体。这种结构方法，具有“随物赋形”的自适特性，所谓“随”即随机应变，随文而生，随缘自适，即随着内容（物）的需要，赋予其恰当的结构体式（形）；所谓“自适”，实际上是结构体式自身的调整和变化要适应于表现思想内容的需要。

此外，还有各式各样的散文结构形式，像时间推移式，如朱自清《择偶记》、刘白羽《长江三日》；移步换形式，如叶圣陶《记金华的两个岩洞》；特写式，如阿累《一面》；双桥并架式，如方纪《桂林山水》；写此注彼式，如秦牧《在仙人掌丛生的地方》。

第三节　散文的艺术表现手法

范培松说：“散文，是一种强烈表现感情的文体。”（范培松：《散文天地》，花城出版社1984年版，第32页）表现作为我们人类认识生活、反映生活的一种方式，旨在将作者内在的情感生活呈现出来，外化在作品之中，使读者对作者（甚至人类）的内在主观世界产生理解和沟通。散文作为表现艺术的一个重要品类，它无疑是人类审视内心、观照心灵的最佳形式。因此，学习、了解一点作家们在长期的散文创作实践中，形成和总结出来的艺术表现手法，不仅对于我们在阅读理解散文的基础上，实现与作者的交流沟通，而且对于我们实现散文的鉴赏批评甚至尝试散文写作，都是有助益的。

一、一线串珠

秦牧说：“散文虽‘散’而不乱，全靠思想把那一切材料统一起来，用一根思想的线串起生活的珍珠，珍珠才不会遍地乱滚，这才成其为整齐的珠串。”这“一根思想的线”是说，“一篇好散文自然只能以某一思想为主题，并不能够无所不包。”（《散文创作谈》）从秦牧散文创作的总体特点来看，由于他广博的知识和对事物的独到见解，常使联想的彩翼海阔天空地翱翔，构成了他散文丰富的内涵和深远的意境。而海阔天空的联想内容，是以“一根思想的线”来规范、组织和串联成整齐的珠串的。因此，联想和一线串珠在秦牧的散文创作中得到了有机结合。如果不从实际出发，把一线串珠这一艺术表现手法当作结构的金科玉律，到处套用，必然会导致单一化的结构模式，是不符合散文这种自由文体的内在要求的。

二、安设“文眼”

“文眼”语出刘熙载《艺概·文概》，是一篇散文中艺术构思的“焦点”，它是作者经过艺术概括与集中，把作品的思想与形象辩证地统一起来的“聚光点”，是作品着力刻画和描摹的“中心点”，精心安置的“节骨眼”。安设“文眼”是散文的重要手段。“文眼”是为创造意境服务的，是散文意境的内核。通过“文眼”可以传达作品的思想哲理和作品情绪的主旋律。“文眼”是布局谋篇的焦点，在结构上发挥着牵动、制约全篇的作用，能够根据创造意境的需要，将各个部分组成一个严谨的艺术整体。“文眼”是感情达到饱和状点时感情喷发的“泉口”，激起抒情波澜的情感动力。“文眼”的位置或在篇首或在篇中或在篇末。而“点睛”则总是在作品结尾，是“画眼”的最后一笔，是对“眼”本身的一种艺术的阐释，是意境之跌宕、主题之开掘、诗情之升华的必然。散文艺术“点睛”的方法，或开门见山，直接点明，有一种明朗开豁、和盘托出的美感；或化虚为实，以画传神，把思想感情的“虚”变成形象画面的“实”，言有尽而意无穷，画外有袅袅不绝的余韵；或妙语解颐，曲中见奇，以引而不露、诙谐幽默的话语，启迪读者思索回味，去领略作品主旨。

三、通感

通感是各种感觉器官的沟通。钱钟书说：“花红得发‘热’，山绿得发‘冷’；光度和音量忽然有了体积——‘瘦’，颜色和香气忽然都有了声息——‘闹’；鸟声竟熏了‘香’，风声竟染了‘绿’；白云‘学’流水声，绿荫‘生’寂静感；日色与风共‘香’，月光有赖可‘听’；燕语和‘剪’一样‘明利’，鸟语如‘丸’可以抛落；五官的感觉简直是有无相通，彼此相生。”（《通感》）通感这种“有无相生，彼此相通”的特点，为散文灵活自由的艺术表现拓展出了更加广阔的天地。这就需要作者具有丰厚的艺术修养，对各种艺术触类旁通，融会贯通，同时在生活积累中，经常有感于物，有悟于心，从而左右逢源，运用自如。

散文通感有多种形式，有一种感觉通向另一种感觉的单项通感，有一种感觉通向三四种感觉的连珠通感，有把先发生的感觉写在后边、后发生的感觉写在前边的倒置通感；还有将比喻、比拟、象征和通感结合使用，形成比喻式通感、比拟式通感、象征式通感。

运用各种通感，使描述事物更加形象化，更有利于传神写照，抒情言志，使形象寓意更加深刻，语言的容量倍加扩大。各种通感艺术手法，尤贵创造散文意境，那便真正是含不尽之意于言外，状难写之景如在目前。

四、艺术“点化”

周振甫说：“古典诗词中讲的仿效和点化，有些例子具有推陈出新的意味。它不是单纯仿效，而是加以点化，有所继承，并且构成新的意境，新的风格，把继承和创新结合起来，，在继承中进行创造。”（《诗词例话·仿效和点化》）现代散文艺术汲取了诗词艺术的“点化”手法，多方面地运用于散文创作中。有的把古典诗词名句的意境“点化”为散文全新的立意和意境，如鲁迅的《野草·题词》，杨朔的《秋风萧瑟》，黄秋云的《雾失楼台》；有的将古典诗词名句意境"点化"为散文意境的构成部分，如朱自清的《荷塘月色》，李广田的《花朝》；有的将绘画意境"点化"成散文意境，如朱自清的《温州的踪迹》（"月朦胧，鸟朦胧，帘卷海棠红"）；有的将他人散文的意境"点化"为自己作品的新的意境，如方令儒的《在山阴道上》，刘白羽的《长江三日》。不论哪种"点化"，都必须要作者自己的艺术境界，有作者的新创造，才能点石成金，新颖独到。

五、指点法

指点，是散文中作者直接表白自己的意见、倾向的文笔。它不仅担负着"显志"的作用，有时也是文中显露意境的一个重要手段。指点在文中可用于篇首、篇中和篇末，但都居于关键之处，"立片言而居要"（陆机《文赋》），它通常是文中意境的点化之笔、升华之笔，成为意境的组成部分，所以这种指点也就常常成为文章的"意眼（主旨）"所在。如柳宗元《捕蛇者说》、范仲淹《岳阳楼记》以及方志敏《清贫》文末的指点。更多的情况下，指点是服从艺术构思中活化、扩充、联想、缀合多种材料，创造散文意境，作为写人、叙事、绘景的引申，熔情、景、理于一炉，"焊接"意境各有机成分的思想火花。

指点要注意火候与时机，正如电影中的插曲总是在关键场合出现，或是在故事的高潮处出现，或是在最感人的时刻出现。散文中的指点，也像电影中的插曲，应该放在关键时刻。可以在叙写完一件事后指点，如吴伯箫《记一辆纺车》，在写完延安同志珍爱自己亲手劳动出来的成果后，以及在细述完纺线的过程后的两处指点，身兼三任，既是总结，又是升华，还是抒情。从全文看，它还起到调节整篇文章节奏的作用。也可以在细描一个景物后指点，如范仲淹《岳阳楼记》，在写完"霪雨霏霏"时登楼所见的景象后，在写完"春和景明"时登楼所见的景象后的指点，把景、情、议熔于一炉，叫人回味无穷。也可以像电影电视中的主题歌反复演唱那样，一篇散文中的某一指点，也可以在文中反复出现。如茅盾的《白杨礼赞》中，"白杨树实在不是平凡的"一语，在文中反复出现了四次。丰子恺《忆儿时》一文，每当回忆儿时一件事，就写道："这回忆一面使我永远神往，一面又使我永远忏悔"，在文中这样反复指点三次。这种反复咏叹似的指点，成为文章感情的主旋律，它统帅全文，有利于意境的逐步深化，也有利作者感情的层层抒发。

六、以"意"写人

写意，原是一种绘画技巧，指以简练的笔墨传神，这种笔法，也非常适合散文用来写人。散文格局小，篇幅短，不要求有完整的故事情节，也不要求多方面塑造人物形象；要想把人写活，把事记生动，使作者可以充分地抒情述怀，就要借助于传神笔法。

散文人物形象有不同于小说人物形象的审美特征。散文人物形象塑造的内在依据不是人物自身的性格，而是作者的主观之"意"，即作者的思想感情。散文人物的生命是由人物的行动和作者思想感情的评价相结合而产生的。散文人物的行动好比血肉，作者的思想感情的评价好比筋与骨，二者互相依存。散文人物，可以撇开性格逻辑，只受制于作者主观之"意"。散文人物往往不是立体的，而是仅就某一方面加以展开的浮雕式的形象。散文人物的行动，往往打破时空的因果联系，呈现出行动与细节的片断性与跳跃性，按照作者的思想感情即"意"的发展脉络加以贯通和组合，通过环境的烘托和作者主观的评价，得以放大、强调和突出，获得审美的意义。散文人物行动的环境在于使人物的社会意义得到突出。散文人物好比一棵树，环境就是衬托这棵树的背景，正是在特定的背景衬托下，才显示这棵树与众不同的生机与魅力。作者的“意”规范着描写对象，也规范着自身的表现手段和技巧，所以散文写人，多采用精粹的细节“传神写照”，写意的笔法遗形求神，白描手法勾勒情貌，诗意手法创造意境，从而描写出浸润着作者强烈思想感情的人物形象。

运用写意笔法来写人叙事，要求叙事虚中带实，写人粗中有细。

1. 叙事虚中带实

虚，是在散文中叙事，不必处处实指，而要抓住传神的特征，概括地叙写。如吴伯箫《记一辆纺车》中写“纺线有几种姿势”的一段，只是概括地写了坐和站的不同纺线姿势，它是虚指，没有落实到某人在某日某地的某次的纺线姿势上。但却写得很传神，因为它抓住了能传神的特征性动作——“白鹤亮翅”式的纺线来叙写，形象地写出了纺线的气势，充分地抒发了作者把纺线看成是生产，是舞蹈，又是体育锻炼的情致。

当然，叙事虚一点，概括一点，并不排斥实写。在一些能充分传神的地方，就不妨实一点，力量用得重一点。正如著名的散文作家秦牧所说：“一篇散文理，总得有它的特别强烈细致的尖端部分。正如一出戏剧有它的高潮，一阕音乐有它的旋律紧张处一样。如果从头到尾，都像缓慢的泥河似的，流水不快不慢，毫无突出之处，就不会动人。”（秦牧《散文创作谈》）鲁迅的散文《风筝》写了好几件事，从北京的“风筝浮动”，想到故乡的“风筝时节”，又写了小时和“小兄弟”对风筝的不同态度，这些都写得比较概括，比较虚，但当写到那次“风筝事件”时，就不同了，就写得很实，很具体：“有一天，我忽然想起……后来他怎样，我不知道，也没有留心。”

2. 写人粗中有细

粗，是在总体上用粗线条勾勒人物形象，寥寥数笔，而形神毕肖。它常用质朴简劲的笔墨勾勒形象。对人物的音容笑貌，服饰举止，一般不作精细描写或烘染，而是抓住若干典型特征用洗练的手法加以描绘，让人物风神跃然纸上。它常用精粹生活片断写性格，以突出人物的“闪光点”。它常借助含蓄手法，文外传神态，将人物形象深广的内涵于有限凝练的语言形式里表达出来。细，是在一些能充分表现人物本质特征的关键地方，用重笔“特写”，即通过人物形象在特定情景中的细致描写，达到使人物形象栩栩如生的目的。范培松说：“作者在写人时，粗中还有细，而且有时非常细，细到入木三分。”（《粗中有细》）局部细写的好处在于，把人物、事件的本质展示出来，做到不写须眉而须眉毕现。局部上的细写，换来的是整体上的省俭。如归有光《项脊轩志》对母亲、祖母、亡妻形象的粗笔描写：

> 写母亲，借老妪之口来回忆：“汝姊在吾怀，呱呱而泣，娘以指扣扉曰：‘儿寒乎？欲食乎？’”就这么一句。
>
> 写祖母，是凭借一象笏来叙写：“顷之，持一象笏至，曰：‘此吾祖太常公宣德间执此以朝，他日汝当用之。’”也只有一笔。
>
> 写亡妻，只有一句间接描写：“庭有枇杷树，吾妻死之年所手植也，今已亭亭如盖矣！”

共计三四笔，神情毕肖地写“活”了三个人，这就是用写意法写人的特点：能抓住体现人物特征的、能传神的某一点，粗笔挥洒，使人物栩栩如生，鲜明突现。

七、兴波法

兴波法是造成文势起伏曲折变化的技法总称。刘熙载说：“大起大落，大开大合，用之长篇,比如黄河之百里一曲,千里一曲一直也。然即短至绝句,亦未尝无尺水兴波之法。”所以又叫“尺水兴波法”。

(一)在感情深化上兴波

认识的深化、反复和升华,会激起人们感情的浪花和波澜。优秀的散文作者常常根据自己对物、事、景的感情深化、反复和升华,在散文中显示出波澜。有两种方法。一是以作者感情的转化为脉络显示波澜。如杨朔《荔枝蜜》的感情波澜:文中一开始写自己原来见到蜜蜂的感情是“总不大喜欢”,因为他曾被蜜蜂螫过,所以“感情上疙疙瘩瘩的,总不怎么舒服。”→吃到了荔枝蜜并听了老梁对蜜蜂的介绍→“心头不禁一颤:多可爱的小生灵啊,对人无所求,给人的却是极好的东西。蜜蜂是在酿蜜,又是在酿造生活;不是为自己,而是在为人类酿造最甜的生活。蜜蜂是渺小的;蜜蜂却又多么高尚啊!”使文章顿起波澜,人们读了也觉得心头一颤,为之动情。二是随作者观察视线的转移,引起感情深化而兴波。如朱自清《绿》的感情兴波:初见潭水的绿是“惊诧”→受潭水绿的“招引”→去“追捉”潭水绿的“离合的神光”→“心随潭水的绿而摇荡”→张开两臂抱住潭水的绿→不禁惊诧。这里作者从“惊诧”到“不禁惊诧”,步步深化,仿佛像掘井一般,层层递进,使感情逐步升腾,到达顶点,显示了波澜。

(二)在景和物的变化上兴波

由于观景的立脚点、感情、角度的不同,同一时空的景物在人们眼中也会千变万化。巧妙地抓住景和物的变化兴波是散文常见的方法。在景和物的变化上兴波,有以下两种情况。一是以景和物本身的变化兴波。如贾平凹散文《云雀》的兴波:先写隔壁老头养的云雀在笼里不安,左撞右碰,向往蓝天→“我”不忍看到云雀这样的处境,瞒着老头,偷偷打开笼门,放走云雀→隔了两天,云雀又自动飞回笼里:“我已经喂它两年了,这笼里多舒服啊!”这样,作者以云雀从向往蓝天到安于牢笼的变化,自然地组成全文的跌宕和波澜,深刻地揭示了冲破思想牢笼的艰巨这一道理。二是抓住由于作者对客观事物的感受的变化而兴波。如俄·柯罗连科《火光》的兴波:开始,作者看到火光,以为“就在眼前”→船夫的话:“远着呢!”(兴起一波)→“的确还远着呢”(从不相信到确信,又兴起一波)→“火光却依然停在前头,闪闪发亮,令人神往,——依然是这么近,又依然是那么远……”(由“非常遥远”到“毕竟就在前头!”,再兴起一波)的令人深思的结论。这是由作者感受变化所引起的一波三折的景物变化兴波。

(三)在强烈的对比中兴波

对比的范围很广,事物的美丑、正反,时间、空间的差异,思绪、心情的变化,等等,都可对比以兴波。如鲁彦《杨梅》的兴波:儿时喜爱杨梅,因为杨梅的形状、颜色、滋味都令我迷醉→现时的杨梅却是“比故乡的小,比故乡的酸,颜色又不及故乡的红”,加上多病的身体,抑郁的心情,感受大不相同。文中让欢乐和痛苦对比,引起波澜,表现作者对美好事物的向往和追求,对黑暗现实的愤怒和不满。

(四)在人和物的扬抑上兴波

这是一种利用现象与本质之间的矛盾性来刻画人物、表现事物的一种方法,多用于表现正面人物和作者要加以肯定和赞扬的事物。也用于烘托气氛。在行文上,是先给读者以假象,把读者的判断引向相反的方向,到一定的时候揭开真相,使读者突然醒悟,从而产生强烈的艺术效果。如贾平凹的《丑石》,开头极写“丑石”的种种“丑”处,写人们都讨厌它,骂它“真是丑的不能再丑的丑石了”。种种数落之后,笔锋一转:原来这丑石竟是一块极有价值的陨石,最后,作者忍不住赞叹:“丑到极处便是美到极处。”文中运用先抑后扬的写法,使读者的心中激起阵阵波澜。运用这种“欲扬先抑”法须注意由“抑”到“扬”的过渡要自然、合理，要符合人物性格或事件发展的必然。在未“扬”之前，于“抑”中找好“扬”的理由，这样“先抑后扬”才会收到既出乎意料又符合情理的艺术效果。

思考与练习

1. 散文有哪些不同于其他文学文体的特点？
2. 你认为现当代散文已经或正在发生哪些变化？
3. 散文在立意、构思和结构上有什么特点？
4. 生活中总会有使你感动、振奋、惊奇乃至思索的事情，从中选取一件，写一篇散文。
5. 写一篇描写校园风光或者人物的小散文。

模块九　小说的写作

第一节　小说的概述

一、小说的源流与界定

小说是一种源远流长的文学样式。魏晋时期的志怪、志人,篇幅短小,叙事简单,已经具有小说模式。唐代传奇的成熟,标志着我国小说已正式成形。在小说艺术上已有了长足的进步的宋元话本,是我国小说的源头,也是我国市民文学的先声。明清两代,作家众多,风格纷呈,名著经典不断涌现,章回小说和短篇小说交相辉映。《儒林外史》、《红楼梦》更是达到了长篇小说的巅峰。"五四"新文化运动使中国近代小说迅速发展,社团众多,流派纷呈,小说创作数量猛增。鲁迅、郭沫若、茅盾、老舍、巴金、沈从文、钱钟书等等,以各具艺术风格的创作闪耀文坛。新时期小说以高扬的主体意识和多样的审美把握方式,深刻反映时代的变革和社会心理,表现当代人在社会转型期对历史与现实的全面观照和深沉思考。新时期小说经历了伤痕文学、反思文学、改革文学、寻根文学、先锋文学、新写实文学等小说形态和小说主题的演进、深化与发展。

那么,什么是小说呢?很多文学词典对此都有大同小异的解释。大多从传统小说的背景出发,虽有一定参考价值,但仍不全面。如何解释和界定,才更接近小说的本质呢?这是值得进一步探讨和研究的。

我们认为,对小说的界定,既要依据传统小说的历史背景,又要注意现代小说的变化与更新。众所周知,传统小说的观念在20世纪已受到西方现代主义小说的挑战,出现了诸如"意识流""黑色幽默""荒诞派"等小说流派。传统小说强调的"再现"形式受到现代小说提倡的"表现"与"变形"的冲击;传统小说中的三要素人物、情节、环境也受到"意识流"着重描写人的内心世界和主观感情的挑战。同时,西方现代派小说的出现,也在一定程度上动摇了传统小说创作观念和艺术做法。因此,对小说的界定,我们应吸取传统与现代中的合理因素,在考虑其基本规律和变化更新中,给予客观、科学、辩证的界定。

综上所述,小说是以虚构为主、重在刻画人物、讲究情节并借以表现生活和人物内心世界的具有充分创造性的文学样式。

二、小说分类

小说分类很复杂,标准多、角度多,即使从不同标准与角度划分,其类别也只是一种相对独立而不是完全独立的。因此,类别之间常常存在交织与游移的情况。

如从题材分,小说有城市小说、乡村小说、爱情小说、武侠小说等等。如从题材时间分,小说有历史小说和现实小说。从表现艺术分,小说有写实小说、意识流小说、怪诞小说、象征主义小说等等。从审美意义和效果分,小说有哲理小说,通俗小说、严肃小说等等。从叙事模式分,小说有情态小说、情节小说、情调小说。我们从小说常见的依篇幅和特点的标准,把小说分为长篇小说、中篇小说、短篇小说和微型小说四类。

(一)长篇小说

从篇幅和字数看,长篇小说一般在10万字以上。其中既有二、三十万字的,也有百万言不嫌长的,长达数百万字的"多卷本"也不乏少见。长篇小说就文体特点看,被称为"时代的丰碑",如巴尔扎克所说的,应描写"一个时代",具有"全景式"和"大容量"的特点。长篇小说可以描写众多人物群像,叙述上铺陈洋洒,情节曲折多变,由复杂的人际关系构成典型的社会环境,其思想内容宏大厚重、丰富深刻。在一定程度上,一个时代的文学成就体现在长篇小说的创作上。

(二)中篇小说

从篇幅看,中篇小说一般在3万字到5万字。从文体特点看,中篇小说在选材、结构和语言方面更接近于短篇小说。中篇小说结构较为复杂,人物较多,但一般是围绕一个核心人物展开,描写一定历史时期的纵断面生活,表现人物性格命运和令人深思的生活内容。如鲁迅的《阿Q正传》、海明威的《老人与海》等都是中篇小说的典范。

(三)短篇小说

短篇小说在篇幅上一般两千字以上以至三万字以内。短篇小说一般截取生活中富有典型意义的横断面来表现人物性格命运和特定时代的社会生活,达到"一叶知秋""滴水映日"的效果。如鲁迅先生的《狂人日记》、《风波》,契诃夫的《套中人》,莫泊桑的《项链》、欧·亨利的《警察与赞美诗》等等,堪称短篇小说的经典。

(四)微型小说

微型小说是20世纪80年代中期以后才成为一种独立的小说品种,跻身于长、中、短小说之列,成为小说家族中的第四成员。从篇幅看,微型小说短小精悍,几十字、几百字,最多不超过1 500字。微型小说多取材于生活中的小事或一个生活片断,通过机智而巧妙的构思,来反映人物性格元素,揭示耐人寻味的人生哲理,表现出深刻新颖的艺术内涵。在当代,因其顺应了人们快节奏的现代生活,满足了人们艺术欣赏中的"审美经济原则",出现了空前繁荣的态势。

三、小说的特征

小说的特征是较之文学中诗歌、散文、戏剧影视文学而独立存在的。小说中的长、中、短、微四类中,虽有各自不同的特点,但作为一种文体,有着如下共同的特征。

(一)虚构性

小说创作中,根据现实生活的素材写成小说,变成艺术品,就必然有一定的虚构。小说中的艺术形象虽源于生活形象,具有生活形象的常态,但它绝对不等于生活形象,它必须经过作家的心灵过滤并贯注作家的主观情感,经作家分解、集中、重组、更新等艺术加工,因此,小说中的人物、故事情节、环境,都具有虚构的逼真性。

虚构性被认为是小说最基本的特点,并不意味着作家是一个高明的骗子。虚构的价值不在于"虚"而在于"实";常常与大量的事实材料交织在一起。虚构的本质在于对生活现象和生活材料作出合乎逻辑的剪裁和组合,过滤掉现实生活中纯属偶然的现象,以更好地反映生活的本质真实。正因为如此，我们阅读小说，有时会有比现实生活更加真实的感觉。因此可知，虚构不是幻想家的信口开河和胡编乱造，也不是将生活事实抛在一边的主观臆造和信马由缰。艺术虚构只有当它与事实携手合作，才能有效地完成在小说中“去伪存真”“去粗取精”的任务，才能创作出成功的作品。故高尔基一方面指出“一切巨大的文学作品都使用了虚构，而且不能不使用虚构”，另一方面也明确强调：对小说家的创造而言，“归根到底是事实，事实！”（高尔基，《文学论文造》，人民文学出版社，1958，第181页。）

传统现实主义小说偏重于“再现”的虚构，常用隐蔽或仿真记事的再现方法，力图掩盖这种虚构性，以求得小说的逼真性，因此传统现实主义小说给人的感觉不是虚构而是生活本身。

现代小说也讲虚构，但常超出直观现实的常态，强调主观真实的“表现”。为此，现代小说常采取幻化、象征、变形、荒诞等手法，塑造人物和设置人物环境。其中，人物形象趋于模糊，情节淡化，环境幻化，以此表现主观真实与象征意义。

（二）隐秘性

小说在反映生活时比其他文学样式更具隐秘性。明确地讲，小说在洞幽显微地反映人性的隐秘方面，诗歌、戏剧文学只能望之项背，而且也是影视艺术的盲区。小说能描绘出诗难以曲尽的东西，描写出戏剧中无法表现的隐微之处。小说在写故事写人物时，比起诗歌的空灵意象更为具体细致；小说在写人的心理活动时，将各种情绪和意念，能充分展示给读者。特别是在写“性爱”方面，戏剧不能像小说那样向读者敞开所有的秘密，让人领略到各种隐私。例如，将劳伦斯小说《查泰莱夫人的情人》改编的电影，与原著相比，不难发现，在导演与演员共同努力下，电影在表现人类正当性行为方面，在相当大的程度上逼近了小说的内涵，但仍无法与小说相提并论。小说将人的这种行为从肉体到精神作出全方位的展示与透露，表现得淋漓尽致，而在电影中，仅是一种有保留的仿做。因此，小说在审美地表现人类不便详尽曝光的隐秘现象时，较之其他文学样式具有更大的优势，这方面，正印证了司各特的那句名言“小说比什么都更有资格称作能单独享用的食品”。

（三）综合性

小说在文体方面无疑具有综合性的特征。本世纪初杰出法国作家阿诺书·本涅特就说过，小说具有“综合性的庞大的有利特点”。那么如何理解小说综合性的特点呢？别林斯基有一论断：小说内在地汇集表现与再现于一体，具有诗、画、戏剧及音乐、建筑等艺术的特性。同样的意思也曾为许多小说大家所道出，弗里德曼指出“……小说必须尽量具有雕刻的可塑性，绘画的色彩、音乐的有魔力的暗示”（《文艺理论译丛》，中国文联出版社，1983，第一期第372页）上述见解早已被近两个世纪以来尤其是当代小说的发展所证实。契诃夫的中篇小说《草原》刚发表，著名作家爱伦堡就立即撰文指出，“这部作品其实构成了一首长诗”。对海明威的小说，美国学者信倍克尔也曾指出“在他整个精彩的表面之下，潜伏着支配作用的诗的技巧”。我国张承志的《黑骏马》、邓刚的《迷人的海》、王蒙的《海的梦》等，不难从中品尝到诗的韵味。

小说与戏剧的关系比之与诗歌的关系更为密切。别林斯基指出，在小说中，既有作者对所描写事件的情感吐露——抒情诗，也有使人物更为鲜明而突出地表达自己的手段——戏剧因素，雨果干脆认为“小说不是别的，……有时由于心灵而超出了舞台比例的戏剧”。（艾略特，《四个四重奏·译者前言》，漓江出版社，1985）戏剧中的冲突和情节，在小说中同样不可缺少，即使情节淡化的现代小说，其“心理化”也是同戏剧的一次逼近，所谓“戏剧化”小说便是由此而得名的。如海明威小说《桥边的老人》，通篇写的是一位青年军人与桥边老人的对话，我们阅读时，犹如在欣赏一出独幕剧。

关于小说与散文，有学者认为，“散文化”是小说在形态上的一个基本表现形式，对于小说来说，“真正的散文方法才是唯一适当的媒介”。

（四）大众性

小说从消费的角度讲，无疑是一种独特的文化产品，因而同样具有文化学方面的特征，表现在它与读者的关系上，就是所谓的“大众性”。一般说诗是一种“圈子”艺术，只能在少数人中去寻求知音。而小说不仅老少皆宜，雅俗共赏，既为一般老百姓所喜爱，也为文人名士所垂青。而且诗在某种意义上粘连母语，只能供熟谙这种母语的本民族读者品鉴，而小说则可以超越国界，为异国他乡的读者所分享。实践证明，诗歌的读者历来显得稀少，即使在诗的黄金时代，“诗人”的桂冠令人崇敬，但他们的读者仍是曲高和寡。相反，小说却拥有一大批忠实的读者，甚至最糟糕的小说也有人阅读。近年来，短篇小说，特别是微型小说更是达到空间的繁荣，所以，无论是就读者的数量，还是从多层次多民族的读者接受的普遍性而言，小说都具有“大众性”的特点。

第二节　小说的写作要领

本节拟从人物塑造、文本写作、环境设置、主题开掘四个方面，讲授小说的写作要领。

一、人物塑造

中外小说长廊中，堂·吉诃德、哈姆雷特、高老头、简·爱、阿Q等人物形象已超越时空，跨越国界，成为不朽的艺术形象。由此可知，优秀的作品就是要塑造出令人难忘的人物形象，所以很长时间，“写小说”等同于“人物塑造”。那么，从生活到文学，人物塑造的具体方法有哪些呢？

（一）原形塑造法

这是小说塑造人物最常用的方法。小说中的主人公是在现实生活中真人真事的基础上经过取舍、更新等艺术加工后而成的。众所周知的高尔基自传体小说《童年》、《在人间》、《我的大学》，就是依据作者自己的生活经历创作的，书中的主人公其人其事都有作者自己的影子。还有罗曼·罗兰的小说《约翰·克利斯朵夫》中的主人公原形是作曲家贝多芬。《钢铁是怎样炼成的》中，主人公保尔的原形就是作者本人。作品中的主人公虽源于生活原型，但他已不等同于生活原型，经过作家的艺术加工，有了脱胎换骨的变化。对此，司汤达在根据1827年《法院公报》上的一篇新闻报道的真实故事创作《红与黑》说，在这部小说中：“我采用了非常熟悉的某些人物，我让他或她保持他或她性格中的基本特点，然后，我赋予他或她更多的机智。”（勃兰克贝升，《十九世纪文学主潮》，第五册，人民文字出版社，1982，第26页。）从中可知，在原形的基础上，作者进行了艺术加工，使作品中人物形象比生活原型更集中更典型更鲜活更具艺术价值。原形塑造法更多用于史传类小说。比如前面提到的高尔基自传体三部小说，还有笛福的《鲁滨逊漂流记》、杰克·伦敦的《马丁伊登》等，都可以从小说主人公的故事中找到作者本人的生活经历。

（二）多种合成法

多种合成法就是将多个生活原型，重新更新、加工改造，塑造人物形象的方法，如鲁迅所说的“杂取种种，合成一个”。例如，鲁迅先生小说《祝福》中的主人公祥林嫂，是根据鲁迅身边熟悉的几个人物宝姐姐、家中女仆长妈妈、看坟人的妻子，经过重组更新加工改造而成的。这种方法需要的生活素材多，需要作者有丰富的生活积累，且概括的过程比较复杂、漫长而多变，因此难度较大，把握不好容易造成大杂烩，使人物性格丧失稳定性。

（三）理想寄寓法

现实中无法实现的理想，可以在想象的世界里得以实现，为此，作家创造出理想寄寓法。理想寄寓就是根据作家的理想塑造人物的方法。我国古代神话中补天的女娲、射日的后羿等等，他们在大自然的灾难面前惊心动魄的斗争的故事以及显示出来的惊人的伟力，都寄托了当时人们力图战胜自然灾害的理想。所以，马克思在《〈政治经济学批判〉导言》中说，神话是“人民幻想中经过不自觉的艺术加工方式所加工过的自然界和社会形态”。又例如，我国明代小说《西游记》中的孙悟空，是全书中最光辉的艺术形象，他在“洞天福地”领着群猴过着“不伏麒麟辖、不服凤凰管、又不服人间王位所拘束”的自由生活；他只身泛海访师求道，学得七十二变、一个跟斗十万八千里；西天取经，一路上斩妖除魔，帮助唐僧战胜了九九八十一难，等等；这种超自然的神性，体现出当时处于苦难深重中的人民要求征服自然、摆脱封建压迫、掌握自己命运的强烈愿望，孙悟空正是寄托这一愿望的化身。另外，英国托马斯·莫尔的《乌托邦》、意大利康帕内拉的《太阳城》等，其中的主人公形象都是用此法塑造的。

人物塑造的方法在推陈出新中不拘泥于这些，初学写作的人，如能先学会并运用以上几法，也能为小说创作打下坚实的基础。

二、文本写作

小说文本的内涵是指包含着时间关系和因果关系的故事情节。故事是构成情节的要素，没有故事就没有情节；而情节是故事的安排与扩展，是“某种不同性格、典型的成长和构成的历史”（高尔基，《和青年作家讲话》，人民文学出版社，1978，第 335 页。）看来，故事与情节有着完全不同的内涵，但由于它们的相关性，所以人们习惯称为“故事情节”。而故事情节“是一种包含有开端、中间和结尾的、连贯又表达清楚的叙述构成”。（毛姆，《文艺理论研究》，1985 年，第 3 期。）因此，小说文本的写作，实际上就是开端、结尾及中间部分的写作，现就其写作要领予以简述。

（一）开端与结尾

开端即小说故事情节的发生，写作的方法因作家而异，现就常见的几种予以介绍。

（1）以景物描写为开端，交代情节发生的背景，烘托出某种氛围。

例如，契诃夫名作《第六病室》的开端是这样写的：

> 医院的院子里有一幢不大的房子，四周长着密密麻麻的牛蒡荨麻和野生的大麻。屋顶已生了锈，烟囱半歪半斜，门前台阶已经朽坏，长满青草；墙面的灰泥已经脱落，只剩下一点痕迹了。屋子的正面对着医院，后面朝着田野，小屋和田野之间由一道钉了钉子的灰色院墙隔开。那些尖端朝上的钉子，那围墙、那小屋本身，却有一种垂头丧气，罪孽深重的气象。

契诃夫通过一间病室的景物描写作为开端，不仅交代了小说故事发生的背景，且表现出一种令人窒息的生活氛围。

（2）从次要人物写起，再引出主要人物。例如《水浒传》，主要人物是写梁山 108 位好汉，但在第一回，却先写“张天师祈禳瘟疫、洪太尉误走妖魔”，写洪太尉领旨前往山西信州龙虎山请天师张真人祈禳瘟疫,强行妄开“伏魔之殿”,放走此殿内镇锁着的三十六员天罡星,七十二座地煞星,即所谓108个妖魔,以后的故事便从此开始。又如,刘心武小说《班主任》主要人物是学习委员和一个差等生,而小说的开头却从他们的班主任写起。

(3)用第三人称交代主要人物的身世。比如,鲁迅先生的《阿Q正传》开头(第一章 序),除了说明写作缘由外,主要交代了主人公阿Q的姓、名、籍贯等,为下文矛盾冲突的展开与情节的发展作了很好的铺垫。

(4)以诗词或民间曲艺引出主体部分。例如,《三国演义》的开头,词曰:

> 滚滚长江东逝水,浪花淘尽英雄。是非成败转头空;青山依旧在,几度夕阳红。白发渔樵江渚上,惯看秋月春风。一壶浊酒喜相逢;古今多少事,都付笑谈中。

这个开头,其实是小说的总纲,小说中汉末大小军阀之间的兼并战争及魏蜀吴之间的矛盾斗争,其间数以百计的大小故事,都是围绕着这个总纲演绎的。

(5)突出小说故事的核心问题,以引出后面的故事。例如,陆文夫的得奖小说《围墙》的开头:

> 昨夜一场风雨,出了些许小事:“建筑设计所的围墙倒塌了!”问题是围墙倒了以后,这安静的办公室突然和大马路连成了片。马路上数不清的行人,潮涌似的车辆,都像是朝着办公室冲过来;好像是坐在办公室看立体电影,生怕那汽车会从自己头上碾过去!马路上的喧嚣缺少围墙的拦阻,便径直灌进这夏天必须敞开的窗户。人们讲话要比平时提高三度,严肃的会议会被马路上的异常景象所扰乱,学习讨论也会离题万里,去闲聊某处发生的交通事故。人们心绪不宁,注意力分散,工作效率不高且容易疲劳,一致要求:赶快把围墙修好!”

开头将一堵倒塌的围墙提高到影响人们日常工作的高度,虽有些夸张,但显然反映出一种真实的感受。这种夸张的渲染,“修围墙”的问题被艺术地予以突出与强调,后面便自然引出“修围墙”的故事。

(6)以故事的结局或发展中的某一片段作为开端。这也是常见的开头方法。如鲁迅先生小说《祝福》和《伤逝》。《祝福》的开端是写祥林嫂带着极度的精神痛苦惨死在除夕之夜的雪地里,然后才回忆了她悲剧的一生。《伤逝》的开头:“如果我能够,我要写下我的悔恨和悲哀,为子君,也为自己。”然后才叙写了“我”与子君的爱情悲剧。而托尔斯泰的长篇小说《复活》便是从故事情节发展中的“法庭审判”写起的。

开端的方法太多、无法穷尽。好的开头是小说成功的一半。但好的开头不会信手拈来,需作家的惨淡经营。好的开头基本要求如下。一是简洁,特别是短篇小说的开端,不能离题太远。二是真实,给人以“逼真”感,让人们一读便觉得“真有那么回事”。三是要从全篇着眼,努力做到结构严谨匀称,不要给人以头重脚轻之感。

结尾的写法也很多,常见的有以下几种。

(1)反刍式结尾:例如史铁生小说《我的遥远的清平湾》:开头告诉我们“我插队的时候喂过两头牛,那是在陕北的一个小山村”。而小说的结尾处,十年过去了,“我”插队时那户农家小女孩来北京,给“我”常来许多土特产,这使“我”重又回想起过去的日子:“哦,我的白老汉,我的牛群,我的遥远的清平湾……”这个结尾犹如一个反刍,将我们带回作品的开头,去重温整个故事。

(2)推进式结尾:例如蒋子龙的《燕赵悲歌》,作品塑造了一个富有时代精神的农民企业家形象武耕新，他历经坎坷，闯过一个个暗礁、终于干出一番事业。但在结尾处，他因病住进了一个高干病房，引起老干部谢清的愤怒，几天后还出了一份题为《“皇上皇”自居向钱看》的内参，故作品最后结尾道：“这也许又是一场思想大爆破的导火索，而当事人还蒙在鼓里。生活——哪有个尾声啊！”这样的结尾不啻是又一个令人深思的开端吗？

(3)刹车式结尾：又可称“戛然而止”式结尾。作品在没有任何结局预兆之下突然刹车，给人留下许多弦外之音。例如汪曾祺《岁寒三友》的结尾：“这天是腊月三十。这样的时候，是不会有人上酒馆喝酒的。如意楼空荡荡的，就只有这三个人。外面，正下着大雪。”小说就在这一场景描写中煞车，似乎后面发生的故事，就留给读者去猜想了。

(4)收网式结尾：作品对故事结局逐渐逼近，在读者有充分思想准备的情况下，就像收网一般。例如契诃夫的《第六病室》中，病员安德烈·叶菲梅奇终于因中风而死。结尾处写道“第二天安德烈·叶菲梅奇下了葬。送葬的只有米哈依尔·阿威良内奇和达留希卡”。

(5)反期待式结尾：即结尾异峰突起，出人意料。例如，欧·亨利小说《警察与赞美诗》，小说叙写一个小偷在冬季到来时为重进监狱躲避严寒与饥饿，便用石头砸饭厅玻璃、抢一位绅士的雨伞等，做了各种努力均告失败。最后他来到教堂外，受赞美诗的感染而良心发现，准备打消原先的念头重新做人时，他原先的计划反倒得以实现——一名警察把他带走，法庭以他企图抢劫教堂为由判处他三个月徒刑。小说意外的结尾表现了对资本主义社会法律的虚伪与可笑的嘲讽，引发读者对这种嘲讽的反思。

上述结尾方式，各有其艺术特点，孤立地看，无法作出孰优孰劣的比较。作者采用什么方式结尾，应视具体的故事情节和表现主题的需要而定。

(二)中间部分的写作

中间部分是小说对开头的拓展，它要受到开头的制约并决定结尾的设计。如何展开作品的中间部分，根据作品写作的重点及意图，常见的有三种模式：人物小说是以人物为中心的情态模式；情节小说是以情节为中心的情节模式；情调小说是以场景为中心的情调模式。下面分别对三种模式作简要介绍。

1. 人物小说的情态模式

在以人物为中心的情态模式中，离不开人物的行为活动，同时是以人物性格的塑造或心态的透视完毕而告终的。因此，这种以人物为中心的情态设置，常出现辐射式，即以人物为凝聚中心扩展开去。这样的设置固然会冲淡情节的魅力，但由于读者的注意力主要在人物身上，小说仍具有阅读的吸引力。例如，青年作家矫健的小说《圆环》，其情态模式亦如标题，也是一个圆环，开头结尾互相衔接，中间部分用了四个小故事：眼镜事件、收音机事件、养黄鼠狼和捉蝎子，来刻画“泥禄”这个人物。故事之间的关系是并列的，将它们串接起来的是“泥禄”这个人物，其意义在于从不同的侧面和角度来表现人物的性格特征。因此，以人物为中心的情态模式的设置，更重要的是事件的选择而不是事件的安排。

在以人物为中心的情态模式中，对人物的刻画是通过对人物的行为活动而实现的。因此，作品中不仅要把握人物“做什么”，更要把握人物“怎么做”，人物的“怎么做”比“做什么”更能反映人物的性格。而把握人物“怎么做”的关键，又在于能捕捉富有特征性的细节。例如《水浒传》第25回，写戴宗、李逵做伴去取公孙胜。两人在路上进店吃饭、李逵给戴宗端来茶饭，自己走到后面。戴宗“见李逵讨两角酒，一盘牛肉，立着在那里乱吃。”一个“立着”，一个“乱吃”，两个细节，鲜明地表现出李逵大大咧咧的“粗”性子、“急”心肠。我国当代小说家贾平凹也曾说:“我写短篇小说的窍门就是找二三个典型细节,再加上开头结尾,一篇小说就出来了。”

在以人物为中心的情态模式中,还必须关注人物“想什么”和“怎么想”,它与人物的“做什么”与“怎么做”彼此渗透又各有侧重,共同构筑作为一种小说的情态模式。比如高尔基在读过茨威格的《一个陌生女人的来信》后评价道:这部作品“以其惊人诚挚语调、对女人超人的温存、主题的独创性,以及只有真正的艺术家才有的奇异表现力,使我深为震动。”(《三人书简·高尔基致茨威格信》,湖南人民出版社,1980)只要读过这篇小说的人就知道,其魅力主要来自于第一人称的女主人公内心世界的“想什么”和“怎么想”的淋漓尽致的展示以及这种内心展示的深刻性和真实性。

2. 情节小说的情节模式

以事件为中心的情节模式,这种模式历史悠久成绩斐然。这种模式以其曲折有致的情节和既在情理之中又出乎意料的布局安排受到了读者的青睐。虽然这种模式曾一度受到“新小说派”的质疑与冷落,但至今仍一如既往地稳坐在文学寨主的交椅上。

情节模式主要是以故事情节之间的跌宕起伏、转换发展为主,以主人公行动发展线索的结束而结束。情节模式的重点在于如何安排故事情节。在情节模式中,情节的设置一般是连环式的,区别在于单线与多维,这样有助于突出故事情节之间的因果关系。应该说明的是,生活只提供故事而无法提供情节,情节是对故事的一种重新安排,一系列的故事联结起来,构成表现人的行为的“情节”的整体。而情节模式特有的艺术魅力也源于内在的整体性。这种整体性首先是通过作家从生活中绵延的时间和广袤的空间中选择特定的断面才可能在有限的小说文本中建立起一个世界;其次是通过情节的纵向挺进并必须以横向并列为基础,因为人的性格发展不是一条链,而是一个完整的结构。最后情节模式的整体性还须以构成矛盾冲突为目的。

在情节模式的设置中,为了更好地发挥其优势,必须处理好以下关系。其一,偶然与必然。巴尔扎克说过,偶然是世界上最伟大的小说家。因为一个具有一定长度的故事情节若要维持读者对它的兴趣,需要不断变化,偶然的作用就在这里。但在情节小说里,一切偶然都是必然的替身,在于替必然开辟道路;而必然必须庇护偶然,偶然在情节中才有立足之地。其二,情节与情感。情节总是由人的外部行动构成的,而人的情感体验是一种心理状态,具有内在性,而这种隐秘的心理主宰着人的外在行为。因此,情节模式设置中,不能忽视对人的心路历程的透视。作者如何在展示人物心理状态时又不至于引起情节的中断,是值得考究的。其中一个很重要的方法是将情节内化,使之成为内部情节。例如,海明威的《老人与海》,其情节是:老人一直未捕到鱼——终于捕到鱼——鱼被鲨鱼吃掉——老人空手而归。其情节的变化并不突出,但就内部结构而言,情节的变化是很明显的,老人在新的一次捕鱼经历中完成了向命运挑战的使命,失败的结局成了他表现英雄主义的台阶。

3. 情调小说的情调模式

情调模式以场景为中心。情调,往往是指人的某种情绪体验。情调模式的小说中虽有故事但并未构成情节,人物形象十分模糊,作家讲述一些故事,介绍几个人物,其目的在于营造一种意境和气氛,最终捕捉一种情调,抒发某种人生体验。在情调模式中,着重描述的是“场景”,“场景”是情调小说主角。例如,在铁凝的《哦·香雪》中,作者虽写了香雪、凤娇、男乘务员几个人物,但与人物小说相比,在性格塑造上显得单纯;作品中似乎有故事,但与情节小说相比,这些故事微不足道,因此情调小说不以人物形象与故事情节取胜,而在于反映一种生活状态，传达出一种审美情调，具有很浓的抒情性。又例如，鲁迅先生的小说《示众》，作品没有主人公，那个犯人在何时何地犯了何罪，将受到什么处罚，这些都不得而知。作者写作的目的，是想通过“示众”这一场景对社会进行扫描，以表现某种情绪。

情调模式的小说，不重情节而重细节，故事简单而细节生动。情绪体验来自于具体的生活场景，构成场景的便是富有特征的生活细节，通过细节突出情趣，最终凝聚成某种情调。例如《哦·香雪》中，写几个姑娘议论男乘务员，开凤娇的玩笑，凤娇要香雪替自己说话，而香雪不适应这种逗趣打闹而不吱声，后又见凤娇在姑娘们的夹击下而不忍、又悄悄把手送到凤娇手心里的细节，将两个少女之间的那种温柔依恋的友谊表现得十分细腻动人。

情调模式的小说还注重景物描写，景物描写还常采用拟人化手法，使客观景物注入主观情感。例如《哦，香雪》中的景物描写：

> 小溪的歌唱高昂起来了，它欢腾着向前奔跑，撞击着水中的石块，不时溅起一朵小小的浪花。香雪也要上路了，她捧起溪水洗了把脸，又用沾着水的手抿被风吹乱的头发。水很凉，但她觉得精神。她告别了小溪，又回到了长长的铁路上。

这段写景文字中，用了拟人手法，使人、物相通，强化了文字的抒情性，情调也出来了。

情调模式的小说选材多为正面，以优美的人际关系和自然景色为主。

三、环境的设置

作为小说的环境，包括自然环境和社会环境。自然环境包括自然景观、山水花鸟等和自然现象风雨雷电等；社会环境包括时代风尚、社会风俗、宗教信仰、伦理规范、人际关系、生活场景、心理氛围等。环境，作为人物活动的空间，还可分为大环境和小环境。大环境主要是指由政治、经济、文化等因素构成的时代社会背景。小环境是指人具体活动的场所和环境。大环境要制约和影响小环境。环境设置的功能作用首先体现在：环境可以充当人物活动的见证与道具，可以为刻画人物性格、表现人物命运服务。例如，梁晓声的得奖小说《这是一片神奇的土地》，这是一个悲剧故事。主人公李晓燕虽然正直、善良、美丽，但终未活着走出沼泽地，走出那个让人沉沦的岁月。悲剧的直接导演者似乎是大自然，但在大自然背后是当时社会对“极左路线”的臣服，正是这种时代精神驱使李晓燕们盲目地去作无谓的冒险。由此可知，小说中环境的设置具有对人物性格与人物命运的深刻的影响。

环境描写还可以投射出人物的性格侧影。例如，缪塞《一个世纪儿的忏悔》里描写女主人公的卧室，是“阴郁同时又是肉感的”。这种感觉是来自于房间里的摆设“一盏白玉灯半明不亮地照着房间。靠椅和沙发也同床一样柔软”，是“用毛绒和丝绸做的”，房间里还弥漫着“一种强烈的土耳其熏香”。这一小环境的描写，反映出房间的主人对男女床笫之乐的心理追求及她日常生活的一种习惯。

环境能影响人的情绪，反过来，人的情绪也能影响他对环境的主观感受。列夫·托尔斯泰在《战争与和平》第六卷中写安德烈公爵两次看到同一棵橡树的印象，就有天壤之别。第一次，他刚经历过战争，又失去了亲爱的妻子，正隐居乡间，见到的这棵橡树：“……它的皮上出现了瘢痕。它生有不匀称地伸出的不好看的大胳臂，又生有多结节的手和指头，它像一个古老的、严厉的、傲慢的怪物一般站在会笑的桦树中间。”这时的橡树是丑陋的，尽管“这棵橡树下面，也有花有草，但是它站在它们中间，依旧板着脸，僵硬、丑陋、冷酷。”然而六个星期以后，当安德烈又经过这里，见到这棵树时，他的感觉完全不一样了，他发觉：那棵树完全变了样，展开一个暗绿的华盖，如狂似醉地站在那里，轻轻地在夕阳的光照中颤抖。这时那些结节的手指，多年的疤痕，旧时的疑惑与忧愁，一切都不见了。

显然，橡树并没有多大变化，而变化的是安德烈的心理状态。六个星期中，安德烈遇见了纯洁漂亮正值豆蔻年华的少女，这少女以她的青春活力感染了安德烈，使他重新焕发出对生活的热情。因此，橡树的印象变化正是安德烈心理变化的一个投影。

环境是人类生存的伴随者，也是人的心情意识的触动媒介，人与环境的这种联系使得人类常常可以从自然现象悟出人生道理，从对景物的关注中提取思想的精华。当小说作者带着这种视野观照景物，并将它描写出来时，景物就上升到一种形而上的层面，具有了主题表现的意义。这通常体现为一种象征和暗示。由此景物不再是一种单纯的审美对象，而是一种充满精神性的东西。如海明威的《大双心河》中对两岸景色的描写："一边是沼泽，一边是高原，沼泽地笼罩在一片迷蒙中，到处布满腐烂物与污泥；而高原绿草如茵，各种植物生机勃勃，有许多小生物栖息繁衍。一道河流将沼泽与高原隔开又连接在一起。"通过对这个景象的观照，让人体会到生与死的对比，悟出生与死既相对立又相联系的哲理。

环境的设置除了上述的功能作用外，在小说中还是有揭示人物生活背景、烘托气氛；及以自身的美感增添作品的艺术趣味和审美效果等等。但处于核心的还是它对人的命运与生存状态的表现作用。

出于以上认识，小说作家在各自的创作中都很重视环境的设置与描写，笔法也愈来愈细腻，乃至在篇幅上出现了连续多页的展示，其弊端显露无遗：一是因为太长，使阅读兴趣受挫；二是因为离开了人，孤立地为写景而写景，反倒成为多余的布景与道具。

综上所述，小说中环境设置具有多方面的作用，但其核心的作用是为人物活动提供场景，为刻画人物性格、表现人物命运服务及主题意蕴的直接昭示，为此环境设置与描写是小说的重要元素，但是不可离开人孤立写景，也不能失却分寸，如果那样，必将适得其反。

四、主题的开掘

关于主题即小说的艺术内涵和思想意义，即使被少数理论家所置疑，甚至以"小说是对生活的逃避"而被取缔，但大量创作实践证明，没有一部伟大作品能够对意义加以怠慢。柯林伍德指出："艺术对真理并不是漠不关心的，它实质上是对真理的追求。"（科林伍德，《艺术原理》，中国社会科学出版社，1985，第 295 页。）艺术作品中的真理作为"思想意义"的一种晶化形式，是为了满足读者洞人生之幽烛历史之微的审美反思的需求。当然，作为小说，没有义务到政治讲坛和宗教礼堂去跑龙套，但无法回避也不能放弃对人生之谜和存在价值作出自己的解答这一责任。为此，成功的作品不是逃避生活，而是介入生活，所以小说的主题思想是小说审美品格的一种基本构成，它植根于读者对自身命运的关注。对此，小说家陆文夫在介绍自己写作心得时说，一部板着脸说教的作品固然因其缺失趣味性而遭读者的冷落，但反过来，当读者看完了一部小说之后，如果觉得思想上一无所获，也同样会因其"没意思"而被搁置。因此，小说主题的重要性，可见一斑。那么怎样开掘小说的主题呢？

首先，表现在作者对素材的搜集、归纳上，更重要的是对素材所作的纵向的深化改造上。比如汪浙成、温小钰夫妇创作的《苦夏》的经过很能说明这个问题。这部作品的题目原先叫《仲夏之盟》，主要想通过一场紧张的升学考试来抨击当今社会的不良风气——实用主义。但结果他们发现，升学考试如此紧张的根本原因在于就业危机，这个认识使得作者的目光从考生家长身上转向教育制度和有关社会问题，小说的题目也就改成了《苦夏》。题目的改变意味着主题的改变，主题的改变意味着作品思想意义的更新与深化。如此看来，主题的开掘不是一般意义上对材料的整合，而是创造性地实现对题材的征服与超越。

其次，主题的开掘也与叙事的控制机制等有关。例如，陀斯耶夫斯基写《罪与罚》时，一开始用第一人称“自白”的方式来写，但结果他放弃了这一计划。因为这种叙述视角固然有利于传达主人公自己的感受，但其强烈的主观色彩和视野上的局限，会妨碍作者客观地全方位地表现生活中实际存在的那种“多声部”的声音，也会影响整个作品对主题的表达。

最后、小说主题的开掘，植根于作者对生活认识的深刻，植根于作者对生活中感性现象所包孕的意蕴的审美处理。例如，美国作家皮丘·斯托夫人的《汤姆叔叔的小屋》，其巨大的声誉，不仅因为它反映出一个时代的缩影、一段历史的必然命运，在此基础上塑造了可信可敬的黑奴汤姆的形象，而且更重要的是作品所表现出来的重大而深刻的政治主题：对当时美国社会中普遍存在的种族压迫现象的抵制和控诉。无疑，作品主题的深刻性与作家斯托夫人对当时存在于现实生活中种族压迫认识的深刻性不无关系，也与作家对生活中感性现象所包孕的意蕴作自觉的审美处理有着密切的联系。

小说主题开掘，这一命题不能顺着“强化使命感”而投入到“文以载道”的怀抱，但必须肯定的是，一部具有史诗风范的作品，本着对艺术真实的追求而在客观上体现出一定的思想意义和进步的思想倾向，不仅不会损害它的艺术价值，而且还会使它更伟大。这是毋庸置疑的。因此，小说创作中作家不能缺乏起码的主题意识，但也不能以一个思想家的眼光去审视生活，使小说变成教科书。

但是，当代一些新生代小说家，在创作中企图取消作品主题。在这方面走得最远的首推法国的“新小说派”。1985 年诺贝尔文学奖获得者克洛德·西蒙称“对我来说，小说不是时间概念上的故事，而是从某一图像出发，由这个图像引起的插曲所构成的概念上的无主题故事。”(《法国作家论文学》，三联书店，1984，第 111 页。)显然，小说的主题面临着一次挑战。但从实际看，“新小说派”的宣言并未在他们自己创作中付诸实践。如西蒙的代表作《弗兰德公路》，以 1940 年春法军在弗兰德地区被德军击溃后大逃亡为背景，描写了骑兵队长和他们三个士兵的不幸遭遇。小说虽在表现手法上完全摆脱传统的时序结构，将现实印象与历史幻觉交叉，但读后仍能捕捉到作品的主题：在一个非理性的世界里，人生很难拥有生活上的真正意义。由此而旁视开去，主题相对淡化的侦探，惊险类小说，仅靠紧张的悬念和情节取悦读者，终究难登大雅之堂。

第三节　微型小说写作

一、微型小说的界定、产生与现状

微型小说又称小小说、袖珍小说、一分钟小说。总而言之，是指那种写得简短、微小、精练、字数在几十字，几百字，最多不超过 1 500 字，体现了小说要素，如情节、环境、人物，又具有自己审美特征的一种文学体裁。微型小说的界定，经历了一个发展的过程。20 世纪 80 年代中期以前，中国小说界把长、中、短篇小说并列为小说的三大品种。人们常自觉不自觉地用短篇小说的艺术特征审视微型小说。到20世纪80年代中期以后，随着微型小说创作的发展与繁荣，人们才逐渐认识到它是一种独立的小说品种。在1985年的《小说年鉴》(中国新闻出版社)中，微型小说才作为一种新兴的独立小说文种，单独列为一卷，跻身于长、中、短小说之列，成为小说家族中的第四个成员。

微型小说的产生，源于快节奏的现代生活。

现代生活呼唤精短，快节奏的现代生活使得人们传递信息的总趋势是走向简明和精练。在艺术领域中，一方面是浩如烟海的文学作品，一方面是快节奏的生活，使人们欣赏这些作品的时间相当有限。每年面对成千上万册小说大量涌现，人们已无法安静坐下来从容欣赏那些大部头作品。然而，作为人的本质力量的全面发展和充分实现，人们仍需要在快节奏的生活中挤出极有限的艺术欣赏时间，以便在艺术中观照社会、观照人生，获得知识的启迪和精神的愉悦。为了缓解这样的矛盾，满足精神生活之需求，艺术欣赏领域里的“节省律”(又称审美经济原则)产生了，这就是在快节奏的现代生活中，人们希望花费较少的时间能获得最大的审美信息量。

由于微型小说顺应了人们的审美需要，因此就目前看，微型小说创作呈现出繁荣兴旺的态势，研究微型小说的专著也层出不穷。可以说，微型小说的创作与欣赏已走向普级化。其表现在以下几个方面。

首先，发表的园地多。可以说，任何一种刊物、任何一种报纸的副刊，都可以发表。有人统计，发表微型小说的刊物不下500家，微型小说的年产量早已突破几万。且微型小说刊物的发行量大大超过了其他纯文学刊物的发行量。

其次，举办微型小说创作函授学习的单位多。据不完全统计，全国近10家文艺单位经常举办微小创作的函授学习。如天津文学院、吉林文联、河南“百花园”杂志社等，举办的小小说函授，使得全国数以万计的文学青年的创作得到切实的指导。近年来，很多大学，也把微小创作列为写作教学的重要内容。

再次，创作队伍越来越壮大。除了很多专业作家，如文学大师王蒙、冯骥才、林斤澜、谌容等也从事微小的创作，还有专门从事微小创作的刘国芳、孙方友、白小易、沈祝连、邓开善等，还有很多的文学青年，也把微小的创作看成是跨入文学殿堂的第一台阶。特别是一些在校的大学生的参与，使微小与校园生活、校园文化有了密不可分的渊源关系，在《小小说选刊》、《小小说月刊》、《微小选刊》开辟的反映校园生活的专栏中，很多在校大学生都是这些专栏的作者与读者。阿·托尔斯泰说：小小说是训练作家最好的学校。有很多大学生就是从微小的创作走向文坛的。不仅如此，有人把微小看成是“闲暇文化”的副产品，故创作队伍中还出现了工人和离退休人员。

最后，微小译成外文走向世界的最多。微小不仅满足了当代人们的审美经济原则，且包孕了五光十色的现代生活，故外国人常通过微小了解中国当代的社会生活，了解中国当代人的生活方式与情感方式。故中国当代微小，不仅成了中国人的一面审美镜子，也成了外国人观照中国的一扇窗户。因此，中国当代文学中被译成外文走向世界的文学作品，微小最多。

综上所述，微小的创作与欣赏，已越来越普及化，呈现出一派繁荣兴旺的态势。

二、微型小说的艺术特征

(一)篇幅精短

微型小说篇幅简短、精悍。从字数看,少则几十字,多则几百字,最多不超过1 500字。故称小小说、袖珍小说、一分钟小说等。像《聊斋志异》中,多篇不足千字,有40多篇不足百字。可见,微型小说的艺术载体是微小有限的。但微型小说微小有限的艺术载体中,却包含了作者机智化的构思,蕴含着丰富的艺术内涵与审美信息,因此,微型小说篇幅虽短却内涵精深。故曰"精短"。

(二)选材精粹

由于微型小说的艺术载体微小有限,因此特别强调选材的精粹与典型。这体现在两个方面:其一,选择生活中具体单一的事件或生活场景,但这个"单一"的事件或场景必须凝聚着许多生活内容,蕴含着一定的人生滋味;其二,选择一、二典型细节来表现人物性格元素,从这一性格元素中,可以看出人物性格的整体特征。这就要求作者在构思时,能在人物诸多性格元素中,精准地找到作为艺术突破口的那一性格元素,这是微型小说中人物形象能否成活的重要的艺术基因。

(三)构思精巧

微型小说篇幅短小,艺术载体十分有限,如何在有限的艺术载体中传达出丰富的艺术内涵和审美信息,使得它比任何小说品种更讲究艺术构思。可从两方面着手。

其一,精巧的情节设置。微型小说表现的单一事件或生活场景,构成的是单一的情节,但必须在单一情节中追求艺术的大变化、大反差。如通过悬念、误会、巧合等制造意外结局;通过情节的反转、曲转等让单一情节一波三折、曲折有致;通过对比、重复等技巧突现人物性格与作品意蕴等等。

其二,新奇的立意。"意"是微型小说创作的生命之魂,没有"意",一篇微型小说无法成活,没有好的"意",微型小说也很难进入真正的艺术殿堂。因此,在构思中,如何以小见大,让作品包含着作者对生活独特的哲理性思考,对人生意义的探求与评价,使作品表现出新奇的艺术内涵,这是至关重要的。

(四)语言精美

微型小说篇幅短小而内涵丰厚,对语言的要求极高。既要求惜墨如金,又要求语言的形象美和情意美。因此,在微型小说的创作中,常采用大容量快节奏的叙述,生动形象的白描,含有潜台词和兼有动作的对话语言等。除此之外,从接受美学的角度看,强调文本语言的"含蓄""省略",以制造艺术"空白"和"不确定性",以此增强作品的艺术魅力。

三、微型小说制作的规律

从作家、读者、作品三个方面入手,微型小说创作有如下规律。

(一)单一律

微型小说由于其短小,进入"微小"艺术描写的范围必须是单一的,如王蒙所说:它是生活中"某个场景、某个瞬间、某个侧面"的描写。即只能写单一的事件、单一的人物、单一的场景。但不是生活中所有的单一事件、人物、场景都能写进"微小"中。生活中,只有那些有内涵、有意味的单一事件、人物、场景才能写进"微小"。

小说创作根本上是用语言来叙述时空的艺术，时间、空间两个要素便成为小说艺术最基本的构成要素，在小说家那里，他要面对两个时空：一个是真实的生活时空，一个是制造的艺术时空，一般说，真实的时空要服从小说世界的艺术时空规律。作家用艺术的时间来反映、折射生活的时间，故生活中几十年的时间过程，在小说里会变成瞬间的阅读；而生活中一个短暂的片段又可能被作家描写成需要若干小时才能阅读完的作品。

微型小说表现艺术时空的载体是微型单一的，作家必按“单一律”来创作。但经作家创作的单一的艺术时空，已经不是一般的单一，而是“机智化”的单一，凝聚着作家巨大的艺术才华和创造能力的单一，由于“机智化”（艺术才华，创造能力）的介入，使“微小”在单一的场景、有限的艺术时空（瞬间）中蕴含着丰富的艺术内涵和审美信息。

例如，日本作家田二四二微小《新婚的祝福》，只写了一对老年夫妇到京城祝福新人的一次旅行，所表现的艺术瞬间是写主人公在婚礼上诵读祝词。其间插叙了：男主人公结婚多年，但他却是一个相当自私、冷酷、傲气十足的丈夫。年轻时，他拼命工作，妻子是孩子的保姆；到了中年，他有了成就、地位，妻子成了他的奴隶；进入晚年，他患了重病，行动不方便，妻子又成了他的仆人。这一切丈夫觉得天经地义。在祝福新人的婚礼上，他突然发现妻子满头白发已超过了她的实际年龄。他才猛然醒悟，发觉自己不是一个合格的丈夫。于是在祝词结束后，说了一句肺脏之言“我非常感谢我的妻子”。与其说他在表达对妻子的谢意，不如说他在真诚地忏悔。此文写男主人公思想巨大的转折变化，相当深刻地揭示出日本社会那种不平等的夫妻生活，概括了日本社会中普遍存在的一个社会问题。然而写主人公思想的巨变是在新婚祝词的这一瞬间实现的，同时表现出夫妻间几十年的生活和今后的新生活，一个点（单一瞬间）写了几十年的一条线，又概括了生活的一面，还体现出作者对未来生活充满亮色的理想。这一切，使得作品所描绘的这一艺术瞬间，远远超出了它自身文本的意义。由此可见，微型小说创作，虽然描写的是单一的场景、事件、人物、有限的艺术时空（瞬间），但通过作家机智化的艺术构思，作品已具有了丰富的艺术内涵和审美信息。

（二）参与律

单一律是从作家的角度揭示微型小说创作的规律；而参与律，则是从读者的角度阐析微小创作规律。参与律就是要最大限度调动读者艺术想象，参与二次创作。

“接受美学”强调文本的“空白”和“不定性”，产生“含蓄”“省略”的魅力，以此诱导读者的艺术想象与参与创作的意识。

微型小说短、小，艺术载体十分有限，怎样从有限中去追求“无限”，从精短中体现博大，从作家角度考虑，要求作家必须有机智化的艺术构思，要充分发挥自身的艺术才华和创造能力；从读者的角度考虑，就是要充分调动读者的阅读积极性和艺术想象力，使读者的审美本质力量参与其中，和作家共同完成微型小说的创作，使有限的艺术载体产生尽可能多的艺术内涵。

例如：马克·吐温小说《丈夫支出账单中的一页》：

招聘女打字员的广告费（支出金额）
提前一星期预付给女打字员的薪水……（支出金额）
购买送给女打字员的花束……（支出金额）
同她共进一顿晚餐……（支出金额）
给夫人买衣服……（一大笔开支）
给岳母买大衣……（支出金额）
招聘中年要打字员的广告费……（支出金额）

全文，情节完整，一位公司老板喜欢上女打字员，给她预支薪水，买鲜花，共进晚餐……不料此事被夫人发现，为平息风波，花了一大笔钱为夫人、岳母买衣赔罪了，事后只得另招聘一位中年打字员。如此丰富的情节，作者没有刻意渲染，极大地调动了读者的参与性，在有限的艺术载体中，给读者留下了极大的想象空间。

（三）突变律

这是从作品本身研究微小创作规律的。作品要成为连接、沟通作家与读者的桥梁，必须是一种有生命的艺术形式。什么是有生命的艺术形式呢？西方美学家苏珊朗格认为“一个生命的形式也是一种运动的形式”，强调了“运动”。孙绍振《美的结论》中，曾用“两种情感的距离”来论证小说的艺术规范，其中“两种情感的距离”即指形成矛盾冲突、错位的情感，矛盾冲突错位的结果必定形成小说的艺术变化。因此，有生命的艺术形式指的就是“运动的形式”，“艺术变化”的形式。

例如，长篇小说《青春之歌》，林道静由一个青年知识分子成长为一个坚强的革命者，这是一个人物命运和性格的变化；《李自成》农民起义领袖从起义、建立政权到最后走上失败，这是重大历史事件的变化；其中，人物情节、环境，时时刻刻都在变化，没有这种变化，就形不成有特定效果的小说。

“微小”作为小说的一种，也是通过艺术变化来形成自己有生命的形式，由于微小的艺术构思是单一的，要求在有限的艺术时空中完成这种艺术变化，有时这种艺术变化不仅是一次，而且是多次的变化，还可能是一次“艺术突变”，让读者在阅读中产生“吃惊”和“震撼”的审美效果。

例如：邓开善小说《第一夜》，全文 78 字：

夜阑珊，一黑影忽闪。小李子一惊，遂尾追去。又隐蔽于仓库墙角，窥而视之，那黑影悄然而至。一腿扫去，影儿颓然扑地。近前一看，竟是厮守了 30 年仓库的老父。搀扶起老父，大惑之。答：你小子第一夜值班中！

原来是老父特意考验儿子第一次上夜班是否尽职尽责的情景。事情的结尾与开端恰恰相反，结尾的突然释悬，构成了小说矛盾反转的艺术变化。让读者在“吃惊”的同时，看到了一个老人不仅自己尽职尽责一辈子，而且要求自己的儿子也要尽职尽责的高贵品质。

又一例：邓开善《山》，全文 64 字：

眺望一带寒山。她伫立。那个风雪之夜，结发人汇入一支铁流，远走了。一去六十秋。归！归！归！年复年，子规常啼血。这一年，她栽下六十棵水杉。又一年，她站成了一座山。

女主人公等到死，融入泥土化着山的一部分。对主人公盼夫归的感情，随着 60 年岁月的流逝，一次次被强化，加重渲染，使小说情节构成了扩大倍增的变化，不能不引起读者心灵的震动。

微小的艺术突变是体现了偶必概率的艺术突变，达到“既出意料，又入情理”的审美境界。即偶然性中体现了必然的规律。微小出现的艺术突变要以偶然性的形式出现，如果读者的阅读期待和艺术突变的轨迹一样，那么，读者就可能猜出作品的结局，于是这个突变就没有任何“意外”可言了；如微型小说的突变全是偶然的，它的突变没有隐藏着任何意义和规律，那么，也就失去了艺术的真实性。

四、微型小说创作技法

(一)情节技法

小说情节技法多达20多种,其中有的是各类小说通用的,而有的是微型小说独有的。情节技法是为了构造微型小说在有限的艺术时空中形成巨大的艺术反差和变化,造成微型小说的艺术突变,给读者以强烈的审美刺激。下面介绍常见的几种技法。

1. 反转

所谓"反转",指情节的开端与情节的结局形成相反方向的突变。作者在情节构思中,故意设计一个圈套,让读者顺着情节发展方向,去推想最终的结局,当这种艺术蓄势做足以后,情节突然向相反方向逆转,造成一种意外结局。

例如,文学史上一名篇《河豚子》,小说写男主人公养着一家五口,一连三年灾荒,全家无法生活,迫不得已,男主人公讨来一篮河豚子,准备全家集体自杀。河豚煮在锅里,男主人公怕见惨相迟迟未归。等他归来,全家一起吃完晚饭,等死却没死成。从准备到死最后到没死成,这就是由情节反转造成的"意外结局"。

情节反转中,可以是主要事件的陡转。如浩歌的《最佳人选》:小说写乡党委在讨论接班人问题,而室外等结果的人们正七嘴八舌猜测谜底。那个刚从部队转业回来被人们看成是"耍宝"的小李(武装干事),对大伙说:王秘书是最佳人选。他摇头晃脑一口气数了五个理由。谁知,会议报出的结果,最佳人选不是王秘书,而是毛头小伙小李自己。——事情的结局与开始形成反转。

情节反转也可以是人们行为的突变。白小易的《易外》,写的是农村青年牛牛,得知他的女友怀孕是下乡知青君明作的孽时,拿起刀要去找君明算账。当他赶到堤坡,正好碰上君明推车失误,掉进湍急的河流中。他蹬掉布鞋,连衣服也没脱,就跳进湍急的河流中把君明救了出来。人物的行为动机和行为结果发生突变。

情节反转还可以是人物情绪的转换。例如小说《那团云雾》,写主人公在山顶买了一袋云雾茶,花了一元钱。后到了莲花峰发现同样的一袋茶只要8毛钱。到了玉屏楼,没料到只要5毛钱,他懊悔不已,心里像天都峰的一团云雾,严严地包裹了一层愁云,无法像上山时那样快活,不管怎样安慰自己,都无法解脱。后来得知自己的同伴在光明顶花了10元钱买了10袋,他突然产生了莫名的喜悦,那失去的兴趣又复归了,眼前的山水又显出了迷人的魅力——这是人物情绪的突变。

无论哪种突变,都应符合偶然与必然的规律,才具有真实性。例如《一团云雾》,人性的弱点:吃亏上的平均主义,构成了偶然与必然的交叉点;而《意外》,靠的是人性的优点:不打处于劣势中的人来实现偶然与必然的统一的。

反转依据情节运行的轨迹的不同,又可分为"递升反转"和"多重反转"两种。

首先讲"递升反转"。所谓"递升反转",即情节在运行中,不是一般的重复发展,而是递升向上进一步的延升和变化,直到把反转前的艺术蓄势做足,再跌下来反转,形成大反差,结局更加出人意料,使读者全然缺乏思想准备。例如,许行小说《钱包》,情节轨迹是:

A. 他从饭店打完工,在回家的路上忽然被一个小个子亚洲人撞了一下,他警觉地摸摸裤兜,发现钱包没了。

B. 他立刻大叫:钱包!钱包!那撞他的人没有停下,反而加快脚步跑开了。

C. 他奋起直追，且边跑边喊：赶快站住，把钱包拿来！撞他的人更加慌张，跑得更快了。

D. 他以百米赛的速度猛追，撞他的人绕着树跑，企图用灵巧的身躯摆脱他，而他也绕着树追，就在他马上要追上的时候，撞他的人扔下钱包跑了。

—A. 他捡起钱包回到自己的住所，当他打开钱包看时，才发现钱包不是自己的，里面有800多元美钞，几枚硬币和一张工资结算单。原来撞他的人也在饭店打工。他看看自己的裤子才猛然想起，早上起来换了一条裤子，自己的钱包还在原来的裤兜里。

从前面的情节运行轨迹，情节开头A发现钱包被偷，然后B、C、D是情节的递升向上的发展变化，当情节发展到高潮，紧张气氛渲染到极致，陡然向下反转，追回的钱包竟然不是自己的而是对方的(－A)，开头与结局形成极大的艺术反差，给人的意外也令人震惊。这就是"递升反转"的情节技法。

"多重反转"与"递升反转"相比，后者是靠"质"的变化来构成艺术反差的，而"多重反转"则是靠"量"的变化来实现反转的。在一篇作品中，让情节出现两次或两次以上的反转，构成多层次的艺术变化和反差。例如，美国作家凯特·肖班的小说《一个小时的故事》，情节运行的轨迹是：

A. 马莱德夫人突然获悉她丈夫在铁路事故中遇难。

－A. 马莱德夫人不仅不悲痛，反而有一种挣脱束缚获得自由的喜悦。

A. 不到一小时，马莱德夫人的丈夫突然回来了，原来关于他遇难的消息是失实的。

－A. 马莱德夫人短暂的喜悦化为乌有，她承受不了这巨大的反差，心脏病突发猝死。

从情节运行的轨迹看，上文跌宕起伏的戏剧性情节中，出现了两次反转，作者紧紧抓住该悲则喜，该喜反悲的情感反转，让情节一正一反一正一反连续发展，造成了非一般的反转效果，让读者在一次又一次的吃惊中产生强烈的审美刺激。

2. 曲转

所谓"曲转"，也是情节技法中的一种。但这种技法与反转大不相同。"反转"是情节开端与情节结局发生相反方向的艺术突变。而"曲转"的情节结局与情节开端不是相反，而是朝另一方向曲转，即情节结局与情节开端是互不相关的两码事。

曲转又可以分为"释悬曲转"和"波状曲转"两种。

释悬曲转是通过制造悬念，并在这一悬念不断强化的基础上实现艺术蓄势，蓄势愈充分悬念渲染愈强烈，结局与开端的距离就愈大，就愈能增加情节的艺术趣味。例如，白小易的小说《幽默的夜空》，其情节运行的轨迹是：

A. 作家在民族馆平台纳凉观赏夜景时，发现一个漂亮的姑娘微妙地出现在身边。

B. 作家调动了丰富的想象力，对姑娘作了种种猜测。

C. 作家感觉到这个漂亮姑娘在向他悄悄接近，她多情的眼光以及欲言又止的神态，使作家内心涌起许多微妙的情感波澜。

D. 作家决定送给姑娘几分勇气，他首先问："你一直在等我吗？"姑娘说："是的，我是顶层的服务员，我要等最后一位旅客离开平台才能锁上平台的门。"这一刹那，作家一切美好的想象和微妙的情感都烟消云散了。

分析上述情节运行的轨迹，可知情节开端与情节结局不是"爱"与"不爱"的反转，而是由于误会，两个人的思想意识发生了错位的对接。作家自作多情，姑娘坚守岗位，姑娘的行为神态与作家的猜测是完全不相关的两码事，这就是情节的曲转。

波状曲转同释悬曲转相同的是：情节开端与情节结局仍是毫不相关的矛盾转化，而不同的是，波状曲转的变化不是一重，而是两重以上，其运行轨迹成波壮形态。例如波兰作家格律罗津斯卡的小说《文艺评论家和部长》，全文如下：

"您看斯普罗塔创作的小说怎么样？"部长问道。

评论家回答："部长，我以为他创作的小说是好的。"

部长摇了摇头。

"我是说，从某种意义上讲是好的。"评论家赶忙更正。

部长摇头。

"我说的'从某种意义上讲'，是针对咖啡馆那些为数不多的庸俗的知识分子。"

部长摇头。

"确切地说，就是针对那些没有鉴赏力的人，刚才我没表达清楚。"

部长摇头。

"总的来说，部长先生，这是一部坏小说。"

部长又摇头。

"当然，也不能全部否定。"

部长摇摇头说："这衣领真别扭"。

从上述情节中，针对一部小说的评价、文艺评论家表述了五种不同的意见，而对这些评论意见，部长的摇头并不表示同意或不同意，而是衣领别扭所致，人物意识发生错位对接，一个变色龙式的评论家的丑态便跃然纸上。

（二）对比与重复

1. 对比

对比被文学创作频频使用。对比的目的，是为了突出人与人、事与事、一个人的前期与后期的变化或差异，以此表现人物性格和作品的意蕴。微型小说对比的运用，常选择生活中的一件事或者人物的一个性格元素或者一个物品的细节，作一单纯的对比。对比按照性质分，有一般对比和反跌对比。

一般对比，将人、事、物作前后，正反的对比，强化人物性格和作品的思想内涵。例如契诃夫的小说《合二为一》，故事情节的梗概如下：

伊凡卡皮统内奇是一身材短小、猥琐而窝囊的公务员，对上司只会唯唯诺诺。但在傍晚的公交车上，他以为车上没人认识他，于是相当充分地表现出他平时被迫隐藏的另一面性格。他对车上的人大胆发表自己对国际时事和外国总理的看法，愤怒指责售票员服务不周到，积极主动要求其他乘客为一位太太让座，还对不准他吸烟的人表示抗议，并一再声明不许任何人侵犯他的自由。其所作所为，令人想到他一定是个胆大豪爽、锋芒毕露的人。可是当他在车厢里猛然看见自己的上司，他的形象立刻发生了骤变，他"脊背弯下去，脸上露出一副哭丧相，说话声停止，胳膊耷拉下去，手心紧贴着裤缝，腿发软。"

从上述故事梗概中，可知，通过同一人物前后行为的对比，充分揭示了沙皇专制下普通人因精神压抑而导致的人格分裂和异化，作品的主题具有艺术的深度和力度。

反跌对比的模式是：应该的却出现了不应该、不应该的却出现了应该，形成错位的连接。反跌对比不仅能突现人物性格，表现作品丰富的审美内涵，且使作品呈现艺术反差之美。例如时大春的小说《岳跛子》，故事梗概是：

鞋匠岳跛子身体孱弱，木匠憨二身体剽悍，并与岳跛子老婆偷情。可当岳跛子的老婆遇到日本兵奸污时，连喊救命。身体剽悍的憨二却丢下斧头溜走了，而身体孱弱的岳跛子迅若脱兔、捷如猿猴，拿起鞋锥把日本兵的头扎成了马蜂窝。他的老婆说：你才是真正的男人。

上文通过两个人物行为的反跌对比，把岳跛子富有光彩的人格鲜明地表现出来了，且颂扬了可歌可泣的民族反抗精神，批判了表面强大而内心卑微的人格。

2. 重复

重复是指两个或两个以上的情节细节在一个或若干个艺术场面中相加而形成的重复场。表面看来，重复违反了微型小说应该简练的品格，但在特定的重复场中，却可以产生独特的艺术效果。

重复的形态具体有三种：其一，同形同质细节在同一场面中的重复；其二，异形同质细节在同一场面中的重复；其三，不同场面中相同细节的重复。下面分别举例说明。

例一：路东的小说《！！！！！！》，全文如下：

车站旁，有一棵婆娑的老树。

老树下两个孩子做着游戏——

“我们都是木头人，不会说话不会动。一不许笑，二不许动，三不许交头接耳听。看谁的意志最坚定。”

我哑然，这是一个古老的游戏了！

车没来，孩子依旧做着——

“我们都是木头人……”

我陶然，这是一个古老的游戏了！！

“我们都是木头人……”

我惘然，这是一个古老的游戏了！！！

车还没来，孩子依旧做着——

“我们都是木头人……”

我慨然，这是一个古老的游戏了！！！！

“我们都是木头人……”

我愕然，这是一个古老的游戏了！！！！！

车依旧不来，孩子依旧做着……

老树下，我已怆然！！！！！！

在上文中，一个细节重复了六次，的确把微型小说的重复用到了极端。然而这同质同形的细节在同一场面中的六次重复，绝不是有意拼凑的文字游戏，如果把这些重复细节作立体观照，就像品橄榄一样，会品出许多味来。你会品出历史惰性形成的一种消极的心理定势，这种心理定势对儿童天性的扼杀，甚至你还可品出对下一代教育的方法、内容、观念上的弊端。你不得不折服，这六个单元的细节重复点化为一种寓言或象征，表现出神奇的艺术魅力。

例二，契诃夫小说《在钉子上》，小说写一个十二等文官请同事到他家去过命名日。当他们走进门厅，忽然发现墙上钉子上赫然挂着顶头上司的帽子，这位上司到这里来是找这位文官的漂亮妻子的，文官只得赶快把同事们打发到饭馆喝伏特加。一个半钟头后，他又领着同事走进家门，不料又发现，墙上钉子上换了一顶貂皮帽子，他认出来了，这是另一位上司的帽子，这位上司也是来找他的漂亮妻子的。文官又只好领着同事回到饭馆喝啤酒。又过了一个半钟头，文官带着同事再次回家，那顶貂皮帽子仍挂在钉子上，他们只好再来一次撤退。

在上文中，钉子上重复出现了三次帽子，文官被迫撤退三次，异形同质细节的重复，把俄国官场的腐败、小人物的卑微、大人物的跋扈写得力透纸背，且使情节腾挪跌宕、曲折有致，产生迷人的艺术魅力。

例三，林荣芝《慰问》，小说的情节是：

> 教师节到了，镇长带着慰问团逐个学校进行慰问。他来到镇中心小学，兴致勃勃握住黄老师的手，亲切而热情地说："陈老师，教师节快乐！"镇文教助理在旁悄声说："是黄老师，不姓陈。黄老师是县里的先进教师。""哦，原来是黄老师，不是陈老师，张冠李戴了，抱歉！"镇长又握住黄老师的手说："像你这样的先进教师，全镇人民不会忘记你！"
>
> 第二年教师节又到了，镇政府又例行搞慰问。来到镇中心小学，镇长依然兴致勃勃地握住黄老师的手说："龙老师，教师节快乐！"镇文教助理又在一旁说："是黄老师，炎黄子孙的黄，不姓龙。""哦，对，是黄老师。"镇长又一次紧紧握住黄老师的手，使劲摇了起来，"黄老师，节日愉快吧！""嗯，愉快！"黄老师这时感到双手有些酸痛了。
>
> 年复年，又一教师节到了。镇政府照例搞慰问。镇长来到镇中心小学，黄老师见了，心里竟打起鼓来，忙向前握住镇长的手，强笑着说："张镇长，我姓黄，炎黄子孙的黄……""哦！"镇长的脸一沉，但很快又堆笑起来。
>
> 回家的路上，镇长问镇文教助理说："黄老师今天是不是有点不正常。"

上文中，三个情节单元，重复中有变异，把镇长心口不一的行为刻画得栩栩如生，辛辣讽刺了官僚主义和形式主义作风。

思考与练习

1. 简述小说的特点。
2. 人物塑造的方法有哪些？
3. 微型小说的特点是什么？
4. 什么是反跌对比，有何作用？
5. 以递升反转或波状曲转为技法，自拟题目自选题材，写一篇微型小说。

模块十 戏剧文学的写作

第一节 戏剧文学的概述

一、戏剧文学的含义及发展

戏剧文学是戏剧的四个必备要素之一，它的出现是戏剧这种艺术形式发展成熟的一个重要标志。戏剧文学的发展与戏剧的发展密不可分。

（一）戏剧及戏剧文学

戏剧是演员在舞台上扮演给观众看的一个已经做了专门安排的故事，有广义和狭义之分。广义的戏剧是话剧、歌舞剧、戏曲等的总称，狭义的戏剧主要是指话剧。

戏剧有四个必备的要素，分别是演员、剧场、观众和剧本。戏剧文学就是指专供戏剧演出用的剧本，是作者用语言记录戏剧人物言行、叙述故事情节的发展以及舞台演出的有关提示。戏剧文学必须由导演、演员、舞台工作人员共同合作才能完成，集体性、综合性是戏剧文学的特征。

（二）戏剧文学的产生

戏剧是一种古老的艺术形式，产生于宗教仪式和英雄崇拜。早在4000多年前古埃及为庆祝主神奥赛利斯举行的宗教节日活动中，曾产生过所谓的“阿皮杜斯受难剧”。奥赛里斯的兄弟赛思妒忌他的权力和声望，将他引诱到一口棺材中，然后用铅把棺材密封了起来。赛思使棺材漂流在尼罗河上。奥赛里斯的妻子伊希斯不眠不休，直至安葬了自己的丈夫。她追踪他的棺材，并将棺材运回了埃及。赛思非常生气，他把奥赛里斯的尸体砍成碎片，撒遍整个埃及。但伊希斯找到了尸体碎片，将涂上腊的碎片放到一个庙宇里供人膜拜，还在阿努比斯（Anubis）的帮助下将奥赛里斯的尸体用亚麻布绷带绑起来进行保护，并向他吹气，使他死而复生。他复活后成了主宰冥界的神灵。

在戏剧发展的萌芽期，并没有专门的供戏剧演出的剧本。也就是说戏剧文学晚于戏剧的产生。随着经济文化的发展，东西方都在不同的时期使戏剧这种艺术形式得到了成熟发展，戏剧文学也应运而生。中国戏曲、古希腊戏剧、古印度梵语剧，常被并称为世界三大古老戏剧。

古希腊戏剧对于西方戏剧影响深远。埃斯库罗斯、索福克勒斯、欧里庇得斯，史称“希腊三大悲剧家”，他们在戏剧艺术上的巨大成就，代表着古希腊文学的辉煌及人类在戏剧上的探索与收获。埃斯库罗斯，史称“悲剧之父”。他的悲剧创作提倡民主精神，反对专制暴政。其一生写了70个剧本，大部分以“三联剧”形式写成，流传下来的只有7部完整的悲剧。其中对后世影响较大的是《被缚的普罗米修斯》和《俄瑞斯忒亚》三部曲。索福克勒斯，一生中创作了120余部悲剧，但现存的只有7部，代表作是《俄狄浦斯王》。欧里庇得斯，一生写过92部剧本，有17部流传下来，代表作是《美狄亚》。

二、中国古代戏剧的沿革

奴隶社会时期，随着阶级的分化，祭祀性的歌舞成为国家祭奠仪式中的重要组成部分，并形成一系列严格的等级规定，屈原的《楚辞·九歌·云中君》及《史记·华稽列传》中就有记载。从外形与神态上扮演人物，可以说是具有表演性质，展现了戏剧艺术的萌芽。因此，登台演戏也称为"优孟衣冠"。汉代，开始盛行抵戏、歌舞、杂技、幻术等各种演出形式的"百戏"。盛唐时期，由于南北文化的融合和中外文化的大规模交流，出现了"参军戏"和歌舞戏。唐代宫廷还设有专门训练艺人的组织场所——梨园，《新唐书·礼乐志》中就有关于梨园的记载，所以后世的戏曲演员都自称"梨园子弟"，称戏曲界为"梨园行"，并把唐玄宗奉为梨园行的祖师爷。宋金年间，多种形式的歌舞杂戏进一步融合，产生了"宋杂剧"。到了南宋，杂剧有了较严格的规范，剧本的结构、角色行当、演出内容、风格等都已经具备了中国戏剧的雏形。由于南宋受金朝的统治，因而戏剧也逐渐演变为两种不同风格的艺术形式，分别是北方杂剧（金院本）和南方杂剧。后来，南方杂剧逐渐演变为南戏。南戏是"南曲戏文"的简称，因最早产生于温州等地，又名"温州杂剧""永嘉杂剧"。它的曲调原出自南方民间小调，后在流传中不断发展，形成了包括歌、念、诵、舞蹈等成分的综合艺术，它通过人物的表演来表现复杂而完整的故事，常见南戏有《王魁》、《赵贞女蔡二郎》、《张协状元》等，它的出现是中国戏剧成熟的标志。

元代是中国古代戏剧史上的黄金时代。元杂剧，也称为元曲，是在宋代北方杂剧（金院本）的基础上发展起来的，所以也叫作北杂剧、北曲。当时著名的"元曲四大家"主要指的是关汉卿、马致远、白朴和郑光祖。他们创作的《窦娥冤》、《汉宫秋》、《墙头马上》、《倩女离魂》以及王实甫的《西厢记》，对后来的戏曲艺术和戏曲文学有着深远的影响。元杂剧在元灭南宋以后逐渐流传到南方，元代后期开始衰落。明代中叶，南戏发展成为传奇戏，这使中国戏剧发展进入一个新的阶段。特别是明代中叶至清代中叶陆续出现了大批优秀剧作，因地域差异而产生了各种不同的声腔。著名的四大声腔分别是海盐腔、余姚腔、弋阳腔、昆山腔。昆山腔经著名音乐家魏良辅改革加工后，流向全国各地，影响了许多地方戏曲。弋阳腔也在民间流传，并不断演变，形成了一些新的地方声腔剧种。在历史演变中称为"雅部"的昆腔在清代中叶衰落，而根植在民间的"花部"（指除了昆腔以外的所有声腔，包括各少数民族的戏曲剧种）则又得以发展，形成新的高潮。清代戏剧，因各种声腔代表了不同的地方文化，形成了昆腔、高腔、柳子腔、梆子腔、皮黄腔等五大声腔体系，每一体系又分为许多剧种，号称"三百声腔"。清代中期，"四大徽班"进入北京后形成了中国戏剧的典型代表——京剧。

三、戏剧文学的分类

戏剧文学的分类与戏剧的分类是一致的。

从戏剧的形式划分，有话剧、歌剧、舞剧和歌舞剧。话剧是通过演员的对白来揭示全剧内容的戏剧。我国的话剧起始于五四运动以后，它受欧洲话剧的影响，也继承和发展了我国传统戏剧中的有益成分，经典作品有《雷雨》、《茶馆》等。歌剧是以歌唱、音乐为主的戏剧，所以也称为乐剧。有的歌剧只有歌唱，没有独白和对话，有的则是歌唱、独白和对话三者兼而有之。西洋古典歌剧只有唱歌，没有对话和独白，中国古代的戏曲则是歌舞剧或歌剧。歌剧的唱词像诗歌一样，有韵律，有浓厚的感情色彩，比较宜于表现人物的心理活动，经典作品有莫扎特创作的《费加罗的婚礼》（原作者博马舍）和根据中国故事改编的《图兰朵》等。舞剧是一种把舞蹈、音乐、戏剧三者结合在一起的戏剧艺术,如柴可夫斯基的芭蕾舞剧《天鹅湖》、《胡桃夹子》、现代舞剧《白毛女》等。歌舞剧是一种将诗歌、音乐、舞蹈、戏剧等因素综合在一起,载歌载舞,亦唱亦白的戏剧艺术。它不仅是我国最早的戏剧形式,而且也是我国最有民族特色的艺术形式。现代美国百老汇的音乐剧就属于这类歌舞剧。

从审美效果划分,则有悲剧、喜剧和正剧。悲剧起源于古希腊,由酒神节祭祷仪式中的酒神颂歌演变而来。在悲剧中,主人公不可避免地遭受挫折,受尽磨难,甚至失败丧命,但他们合理的意愿、动机、理想、激情预示着胜利、成功的到来。悲剧在发展的过程中形成了不同的悲剧形态,主要有英雄悲剧,如《普罗米修斯》;命运悲剧,如《俄狄浦斯王》;性格悲剧,如《哈姆雷特》;社会悲剧,如《雷雨》;日常生活悲剧,如《等待戈多》。喜剧同样起源于古希腊,一般以夸张的手法、巧妙的结构、诙谐的台词及对喜剧性格的刻画,对丑的、滑稽的予以嘲笑,对正常的人生和美好的理想予以肯定。基于描写对象和手法的不同,可分为讽刺喜剧、抒情喜剧、荒诞喜剧和闹剧等样式。喜剧冲突的解决一般比较轻快,往往以代表进步力量的主人公获得胜利或如愿以偿为结局,代表作有《威尼斯商人》、《钦差大臣》等。正剧,也称严肃剧,是在悲剧与喜剧之后形成的第三种戏剧体裁,产生于18世纪启蒙运动时期。在正剧中,生活的肯定方面和否定方面往往同时作为表现的对象。正剧主人公也像悲剧人物那样把历史的必然要求作为自己的目的,具有明确的自觉意识,通过自己的行动使这种要求有实现的可能,人物的命运、事件的结局在正剧中具有完满性,我国古代戏曲中的公案戏均属于正剧。

从戏剧场次划分,有独幕剧、多幕剧和戏剧小品。独幕剧是独成一幕的短剧,它的容量较小,把全剧情节集中在一幕中来表现,类似于小说中的短篇。它的人物较少,情节也比较简单,往往通过一个集中的生活片断反映具有重大意义的主题,表现尖锐的矛盾冲突。多幕剧是大型的戏剧。它的容量较大,剧情较复杂,同长篇小说一样,篇幅长,可以容纳更多的人物,可以有比较复杂的故事情节。它分幕分场,能够通过换幕来表现时间的间隔和空间的转移。因此,多幕剧能够反映更广阔的社会生活。戏剧小品原来是戏剧学院培训和考核表演、导演人员的一种"表演练习"和"教学小品",20世纪80年代开始形成一种独立的戏剧样式。它仅仅截取生活的一个片段,只叙述一个单一事件,一两个演员只用很少的修辞性和道具烘托性的表演突出人物鲜明的个性特征,机智地展开某种生活情趣。这个戏剧品种造就了像黄宏、陈佩斯、郭达、赵本山、潘长江等一大批小品明星,也培养了无数在电视机旁的观众,出现了诸如《超生游击队》、《大米和红高粱》等脍炙人口的戏剧小品名篇。

还可以从题材内容划分,有情节剧、社会问题剧、心理剧、纪实剧和历史剧。

第二节　戏剧文学的审美特点

一、人物语言的动作性

虽然戏剧文学与小说一样都以塑造典型的人物形象为创作的中心任务,但除了舞台说明和少量的旁唱、伴唱以外,剧本中的语言都是剧中人的台词(或唱词),必须由剧中人口中说出(唱出),这就是所谓代言体。作为一种代言体的艺术形式,戏剧文学排斥作者出面,它不能像小说那样,可以由作者出面用叙述、议论的语言来引导读者去理解人物、解释人物隐蔽的思想活动和行为动机。作者的意识必须通过舞台不同角色的表演来传达。

而演员的表演手段主要由语言、动作和神态来构成。剧本中的语言是塑造人物的基本手段,要求有动作性。那些想在舞台上演出而不能演出的剧本,究其原因是语言缺乏动作性。

从本质上说,戏剧是动作的艺术。人物的台词或唱词不仅说明动作的内容、规定动作的方式,而且台词本身也是动作。这就是说台词要能引发人物的行动,与人物的形体动作浑然一体,表达出人物的意向、内心,让人物在舞台上动得起来,并通过自身的行动,在观众眼中显示出各自的个性来。这与小说家通过对动作的叙述、描写,帮助读者理解想象,从而在眼前浮现相关人物的动作是完全不一样的。如巴金的小说《家》第三十六章中,陈姨太借口所谓“血光之灾”逼瑞珏到城外分娩时,写到了众人的反应。其中对觉新和瑞珏,分别只用一句话交代了他们此时的直接反应——“他没有说一句反抗的话”,“瑞珏也不说一句抱怨的话”,然后叙述人再深入分析他们无言的哀楚。但是,曹禺改编的同名四幕话剧则是这样表现的。

陈姨太:(阴沉)大少爷?

觉新:(望一望低着头的瑞珏,转对克明,痛苦地)三爸,您看——(克明毫无勇气地低下头来,觉新转对周氏)母亲,您——(周氏用手帕擦着眼角。觉新缓缓转头,哀视着瑞珏,——)

瑞珏:(哀痛中抚慰着觉新)不要着急,明轩。(对陈姨太,沉静地)我就搬,(转对周氏)城外总可以找,找着房子的。

主人公那些无言的哀楚在这里化作伴随着动作神态的精练台词,虽无小说中的直接剖白,我们却分明能够深切地体察到角色的感受和作者要传达的意识。戏剧从根本上排斥叙述,剧本的语言只有富于动作性,才能促使演员把人物的生活在观众面前直观地再现出来,产生特殊的艺术魅力。

二、人物、时间、空间的高度集中性

戏剧表演在舞台上,舞台性是戏剧的重要特性。演出的舞台与广阔的社会生活相比,无论是时间还是空间上都极为有限。这也就决定了戏剧文学不能像小说那样上下千年、纵横万里,而必须浓缩地表现生活。

1. 人物

剧本是戏剧创作的基础,戏剧受舞台的制约,要求剧本中的人物、时间、空间高度集中。舞台不可能给众多的人物创造活动的空间。《茶馆》中有名有姓的人物有 70 多个,这已经是罕见的。一般的剧本,写四五个主要人物就很不容易了,独幕剧通常只有十数个人物。人物太多,人与人之间的关系、人与事之间的纠葛必定复杂化,既给观众欣赏带来困难,也不可能在规定的舞台时间内充分展开,势必影响艺术效果。

2. 时间

即便像《茶馆》那样反映时间跨度很长的剧作——它表现了半个世纪的社会生活,剧本中也只截取了不同时期的三天,将社会生活浓缩进三天的特定时刻,限制在不超过三个小时的舞台时间里。

3. 空间

小说可以插叙、倒叙,电影可以闪回,不断变换环境,上天入地,海誓山盟,表现起来得心应手。而剧本则不然,舞台上只能依靠分幕、分场来改换场景;就是现代最便捷的采用灯光来切割表演区、变换场景的做法,在舞台上也是有限度的。

用电脑设置也许可以突破空间限制,但毕竟不如小说来得方便。事实上,如果频频更换场景，势必造成换景时间增加，影响剧情的连续性，同时也加大场景制作的开支，这绝不是戏剧所要求的。

4. 三一律

为了解决舞台表现的有限性，古典主义戏剧提出了戏剧创作的“三一律”，要求戏剧创作在时间、地点和情节三者之间保持一致性。即，一出戏所叙述的故事发生在一天（一昼夜）之内，地点在一个场景，情节服从于一个主题。莫里哀的喜剧《伪君子》就是按“三一律”写成的。全剧五幕，单线发展，情节发生在一个地点，即奥尔恭的家里；所描写的全部事件都在一昼夜之内发生；主题集中在揭露答尔丢夫的伪善面目这一点上。

曹禺的《雷雨》创作也完全运用了“三一律”。两个家庭八个人物在短短一天之内发生的故事，却牵扯了过去的恩恩怨怨，剪不断，理还乱。狭小的舞台上不仅突现了伦常的矛盾，阶级的矛盾，还有个体对于环境与时代强烈不协调的矛盾，在种种剧烈的冲突中完成了人物的塑造。其实，悲剧早已潜伏在每一句台词、每一个伏笔中，只是到最后时分才终于爆发出来，化作一场倾盆雷雨，无比强烈地震撼每个人的灵魂。

三、戏剧冲突的尖锐性

自然界与人类社会都充满了矛盾和斗争，反映自然现象和社会现实的戏剧必然要描写这些矛盾、斗争。这些矛盾和斗争不一定都具有普遍和典型的意义，它需要作者去加工选取；把富有典型意义的矛盾斗争写进剧本里就成为戏剧冲突。冲突是构成剧本的基础和根本因素，没有冲突就没有戏剧。

剧本必须表现一个迅速爆发、迅速发展、迅速解决的冲突过程，也就是将生活中变化最显著、斗争最激烈的那些事通过舞台表现出来。而那些生活中平和的，即使是一般性的冲突，是不能在戏剧中表现出来的。因此，人们把剧本叫作“激变艺术”，而把小说叫作“渐变艺术”。剧本如果没有波澜起伏的矛盾冲突，往往只能是失败。

戏剧冲突在作品中的表现方式多种多样，可以表现为某一人物与其他人物之间的冲突，有人把这种方式称为外部冲突；也可以表现为人物自身的内心冲突，有人把它称为内部冲突。戏剧冲突的这两种方式，有时各自单独展开，有时则交错在一起，相互作用，互为因果。还可以表现为人与自然环境或社会环境之间的冲突。有些剧本在表现主人公同社会环境的冲突时，往往把环境“人化”，即把它戏剧化为主人公与其他人物之间的冲突。如《哈姆雷特》中主人公面对的社会是一座“牢狱”，而克劳迪斯及其周围的朝臣恰恰是社会环境的“人化”。而有的剧本中，社会环境往往成为对人物产生影响的背景，给主人公造成一种外在的压迫感，如《琼斯皇帝》中准备造反的土人群众。荒诞派戏剧有时又把社会环境“物化”，即化为具有象征性的道具，造成“场面直喻”的效果，像《椅子》中堆满舞台的椅子和《阿麦迪或脱身术》中那具无限膨胀的尸体等。

第三节 戏剧文学的写作要领

戏剧文学的写作就是剧本的创作。剧本是戏剧的文学因素，是供演员在舞台上演出的文学脚本，它是戏剧的基础，是一剧之本。

剧本主要由剧中人物的对话、独白、旁白和舞台指示组成。对话、独白、旁白都采用代言体，在戏曲、歌剧中则常用唱词来表现。剧本中的舞台指示是以剧作者的口气来写的叙述性的文字说明，包括对剧情发生的时间、地点的交代，对剧中人物的形象特征、形体动作及内心活动的描述，对场景、气氛的说明以及对布景、灯光、音响效果等方面的要求。

一、选择题材

选择剧本的题材要考虑其故事性，要求有比较集中、完整的故事，有开头、有发展、有结局，中间要有跌宕，人物不一定过多，但要有扣人心弦之处。如果说戏剧的材料可以同时用作小说的材料，那么小说的材料就不一定都能做戏剧的材料。冈察洛夫的《奥勃洛莫夫》中，主人公躺在床上想这想那，思想十分活跃，作品写了近百页还没有下床。但面对这样的材料，恐怕再高明的剧作家也写不出剧本来。《雷雨》选用的材料是一天中发生在周家的潜藏了几十年的冲突，高潮迭起，扣人心弦，这就是《雷雨》剧本的成功的重要因素之一。

二、安排情节

剧本的情节是要以人物的性格冲突作为基础的，以人物行动作为内容的。一般情节是不宜入戏的。人与人的性格冲突、人物自身内心冲突、必然引发人物一系列冲突的外部动作和内心动作，只有这样的情节才是剧本写作所要求的。所以，剧本情节的设置要注意其是否能扣人心弦，还要注意情节的新奇、独特，要出人意料之外，避免雷同。易卜生的《玩偶之家》如果改用小说来表现，则至少要安排一个中篇的形式，娜拉与海尔茂长达8年的生活变化与性格变化才能完成一个完整的叙述。但易卜生只用了3幕戏的时间、空间来表现这个故事，同时这3幕戏的场面都集中安排在海尔茂的客厅里。在时间长度上，易卜生只写了8年来最后三天的情景，8年中的许多事件——娜拉借钱的真相；柯洛克斯泰与林耐太太的旧情；柯洛克斯泰过去和海尔茂的矛盾……这些本来是小说中很好的情节，易卜生都通过人物语言的交代做了暗场处理。8年的故事只用3天的时间来表现，各个复杂的事件只集中在海尔茂的家里去展示，《玩偶之家》的总体戏剧情节显得精练、集中。3天的时间集中了8年的矛盾，海尔茂的客厅又是各种矛盾总爆发的地点。观众在面对如此浓缩、精练的情节时，他们观赏戏剧的情绪被迅速有力地调动和激活了。

在戏剧中，经常运用到的安排情节结构的技巧有以下几种。

1. 悬念

悬念亦称“紧张”。根据观众看戏时情绪需要得到伸展的心理特点，编剧或导演对剧情作悬而未决和结局难料的安排，以引起观众急欲知其结果的迫切期待心理。它是戏剧创作中使情节引人入胜，维持并不断增强观众兴趣的一种主要手法。

戏剧悬念源自心理学中人们由持续性的疑虑不安而产生的期待心理。在西方编剧理论中，最早涉及悬念手法的是亚里士多德的《诗学》。在中国戏曲理论著作中，虽无悬念一词，但李渔在《闲情偶寄》词曲部格局一章中提出的有关“收煞”的要求，其内涵与悬念基本相似，“令人揣摩下文，不知此事如何结果”。

戏剧悬念的构成，主要依靠以下条件：人物命运中潜伏着危机；生与死、成功与失败均有可能出现，存在两种命运、两种结局；发生势均力敌而又必须有结果的冲突；剧中主要人物的性格、行动能引起观众在感情上的爱憎；观众对未来事态发展的趋势清楚。合乎逻辑的剧情发展和对人物的强烈爱憎，是构成悬念的两个重要元素。

悬念在剧本中的运用，一般分为以下两类。

一是总悬念与小悬念。亦称整体悬念与主要场面中的小紧张格局。总悬念是全剧主要冲突的焦点所在，在剧本开始即要提出，并随着冲突的上升而不断加强，一直到高潮。它是贯串全剧的戏剧性结构的情绪支柱。小悬念则属于剧本的每一个发展段落或主要场面中出现的局部紧张情势，它起着不断丰富和加强总悬念，并在每一幕或每一场结束时，把观众的注意力和兴趣引向下一幕或下一场的作用。

二是期望式悬念和突发式悬念。期望式悬念建立在对观众不保密的基础上，它是在观众对人物命运和事态发展有一定预感和了解的情况下所造成的期待；突发式悬念则主要依靠对观众保密，通过使观众大吃一惊来加强戏剧效果，是剧情发展过程中出乎观众意料之外而又在情理之中的复杂情况和险要转折，亦称吃惊或惊奇。

在实际创作中，不同风格类型的剧本，对这两种悬念的运用也各不相同。侧重于性格描写的，多用期望式悬念，而情节戏剧更多地采用突发式悬念。在实际运用中，二者有相辅相成的关系。一般情况下，作者总是通过期望式悬念维持观众的情绪，又通过突发式悬念造成戏剧情节和观众情绪上的跌宕，从而进一步加强冲突的紧张性。

悬念的形成、保持和加强，还需要依靠"抑制"和"拖延"的艺术手法，有的剧作理论也称之为"延宕"或"缓解"。它指在尖锐的冲突和紧张的剧情进展中，作者利用矛盾诸方各种条件和因素，以副线上的某一情节或穿插性场面，使冲突和戏剧情势受到抑制或干扰，出现暂时的表面的缓和，实际上却加强了冲突的尖锐性和情节的紧张性，加强了观众的期待心理。延宕手法的另一种方式是在冲突的紧张时刻突然落幕，造成欲知后事如何，且听下回分解的悬念和间隔，从而大大加强了艺术效果。

悬念和延宕交替进行的格式，与观众看戏时的精神忍受限度有关，始终不懈的紧张，只会使观众感到疲惫，暂时的缓解，是调节情绪，为进一步紧张做精力上的准备。

社会生活是复杂的，矛盾的发展受各种各样因素的影响和制约，必然迂回曲折有进有退，也必然会产生想不到的变化。要懂得如何在戏里安排悬念，首先必须熟悉生活中事物发展的规律，戏剧悬念的美学价值在于是否符合生活发展规律，符合人物性格的发展逻辑。

2. 发现与突转

突转，也称陡转、突变，指剧情向相反方面的突然变化，即由逆境转入顺境，或由顺境转入逆境。它是通过人物命运与内心感情的根本转变来加强戏剧性的一种技法。发现，指从不知到知的转变，它可以是主人公对自己身份或者与其他人物关系的新的发现，也可以是对一些重要事实或无生命实物的发现。在创作实践中，发现通常总是与突转相互联用或者同时出现，剧本往往通过发现来造成剧情的激变。例如索福克勒斯的《俄狄浦斯王》第四场，俄狄浦斯为了解救城市的苦难，全力以赴查访杀父娶母的罪人，最后由于报信人无意之中透露真情，发现正是自己在无意中犯下了这一罪孽，于是，一个公正贤明的国王成了一个自我放逐的瞎眼乞丐。在剧本创作中，好的突转场面不光着眼于剧情的起伏跌宕，而且立足于人物刻画，力求通过情节的合情合理的突转写出人物剧烈丰富的心理变化与感情活动。

3. 时空交错

根据人物的梦境、幻觉、遐想和回忆等心理活动来组织舞台时间和空间，把过去、现在和未来相互穿插、交织起来。追求主观真实的现代派戏剧常采用这种结构方式。它主要导源于"意识流"。如 A. 米勒的《推销员之死》，贯串始终的是威利的心理冲突和潜意识活动，作者通过威利的神思恍惚、自言自语，在下意识中听到笛声和笑声，把舞台时空自然地过渡、闪回至以往，又通过第三者的打断，使之回到现实，以此形象地展现人物一生的悲剧命运。

时空交错的结构方法，突破了传统戏剧按客观时序反映生活的局限，通过多层次和多变化的时空组织，表现人物隐秘复杂的内心生活。但由于人的意识活动带有很大的随意性和跳跃性，使用不当，也会形成情节结构上的凌乱和模糊。

中国戏曲由于不拘泥于舞台的写实性，时间与空间的运用历来比较自由，也有一些戏剧局部使用时空交错的结构手法，着重表现人物内心活动，但不像现代派戏剧那样带有很大的随意性与跳跃性。

4. 巧合

戏剧情节是不排除偶然情况的，一切戏剧作品的情节几乎无一例外地都具有偶然性因素，可以说排除偶然性就无法构成戏剧情节，正如俗话所说：无巧不成书。但是，巧必须合理、自然、有意义。要做到偶然性和必然性的有机结合。

5. 场幕的安排

场内和场外舞台的场面处理主要是导演的工作，但剧作者懂得舞台场面的处理，能够使剧本创作更符合舞台的需要。

(1)场内和场外

也叫明场与暗场，事实上就是实写和虚写的结合。凡通过演员在舞台上直接表演，通过视觉形象可供直观的戏，统称为明场，也即实写；不在舞台上直接出现视觉形象，由人物在台词中叙述交代或通过幕后的音响效果，基本上诉之于听觉形象的戏，称为暗场，也即虚写。场内戏和场外戏的结合，可以拓展戏剧舞台的时空疆域，扩大戏剧的容量，有效避免戏剧舞台限制。明场戏与暗场戏的选择处理，和戏剧场面的主次划分以及舞台形象特殊的审美要求有关。剧中的主要场面，一般都作明场处理，次要场面或有碍于舞台表演的情节场面，则作暗场处理。

(2)上场和下场

舞台上情节要集中，与情节无关的人，站在台上，无戏可演，与情节有关的人，不能不在场。舞台上的人，多一个不行，少一个也不行。所以，人物上场和下场的处理和安排，也是编剧需要认真考虑的一个问题。作者要从剧情出发，想个充分的理由让人物合乎情理地上场和下场，自然而然地上场和下场。不能武断地随意摆布人物，使其贸然上场或突然下场。

三、组织冲突

这是剧本结构的特殊要求。为了在舞台中展现一个事件的开端、发展、高潮、结局，不同的题材、不同的事件以及不同的剧本类型，都可以采取剧本特有的多种多样的结构手法。一般来说，有开放式、锁闭式、人像展览式等类型。不管哪种类型，在剧本写作中都是为了组织好戏剧冲突的。

剧本的开头，是矛盾冲突发生的时刻。写作要开门见山，单刀直入，干净利落。这部分要把时间、地点、人物关系、特定环境作简要交代，还要求将上场人物、特别是主要人物的轮廓勾画出来。至少给观众一个印象：在什么环境、什么时间、哪些人之间、一个怎样的冲突发生了。

剧本中"承"的部分就是冲突高潮部分，一般占有的篇幅较大。人物逐步卷入冲突，冲突双方为实现各自的愿望展开一系列紧张、尖锐、曲折的斗争，此起彼伏，一浪高过一浪，一直把剧情推向高潮。这部分通常被称为"有戏看的地方"，要写得充足、饱满、曲折有致，切忌直露、平淡。在《玩偶之家》里，柯洛克斯泰揭发娜拉的那封信投入了信箱，这个时候戏剧悬念开始紧紧抓住了观众——海尔茂能否看到信？海尔茂看到了信以后如何对待娜拉？易卜生迟迟不释悬，他运用情节来不断地强化悬念——娜拉想尽办法不让丈夫开信箱，林耐太太去找柯洛克斯泰求情让他把信收回；娜拉疯狂地跳舞，拖住海尔茂不让他开信箱。这些情节实际上进一步强化了戏剧悬念，直到戏剧高潮出现——海尔茂终于看到信了，他没有保护娜拉，他的自私和虚伪的丑恶本质至此暴露无遗。易卜生的悬念处理技巧使整出戏剧情节起伏多变，高潮迭起，有力地冲击着观众的心灵。

冲突的激化也就是高潮，在剧本中属“转”的部分。这是结构中最主要的环节，也是冲突的顶点，它是全剧各种冲突交织发展的结构，是危机的总爆发。当然，一部剧本不一定只有一个高潮，在总高潮出现之前还可能有几个小高潮，总高潮之后也可以有一个反高潮。高潮一般在剧本的后部。

冲突的结尾就是剧本的结尾，俗称“合”的部分，除了个别在高潮处结尾的剧本之外，都有这一部分。该部分切忌节外生枝，拖泥带水。几乎所有的作家都十分重视这一部分的写作，有的强调不想好结尾不动笔，有的则认为写戏要从结尾处写起。

四、塑造人物

要写好人物的行为动机，这是人物为实现自己的目标而进行斗争的基础，是人物行为的出发点。人物的行动目标要定准，这是检验人物全部行动的标准。要把握好人物的行动线，即人物在全剧中的贯穿行动，这是人物成长的链条。它必须环环相扣，不可倒错。只有写出人物在“做什么”，而且写出其“怎样做”，剧本中的人物才能在舞台活动起来。

在戏剧文学里，人物形象的塑造、戏剧情节的发展，都是通过剧中人物的语言和动作来完成的。戏剧文学的人物语言主要有以下几个方面的要求。

(1)充分的个性化。从戏剧人物口中说出的语言，要符合人物的身份、性格、年龄，要符合人物所处的特定的环境。《超生游击队》中两个人物这样对话——大哥：“谁让你不争气来的。”大嫂：“就好像都怪俺似的，人家都说生男孩生女孩老爷们是关键，你种的茄子能长辣椒吗？”大哥：“就你那破盐碱地种啥也不行。”这是典型的农民口语语汇和口语句式构成的个性化语言。

(2)富有动作性。戏剧人物语言要有明确的行动目的，能够引起更多的外部的直观动作。演员的说话配合着动作进行，并借以推动剧情的发展，这就是“话里有戏”。

(3)既有可听性又有含蓄性。戏剧文学中的人物语言，要演员便于“上口”，观众听来“入耳”。在《玩偶之家》的高潮，海尔茂说：“娜拉，我愿意为你日夜工作，我愿意为你受穷受苦，可是男人不能为他爱的女人牺牲自己的名誉。”娜拉回答：“千千万万的女人都为男人牺牲过名誉。”这一句话既简洁又含意深远。娜拉的语言不是在发泄她个人的恼怨，而是点破了他们矛盾产生的根源，家庭冲突升华、扩展为社会冲突，这样的人物语言就是既动听又含蓄的戏剧化人物语言。

思考与练习

1. 请举例说明戏剧文学的审美特点。

2. 观赏话剧《雷雨》,分析《雷雨》在情节安排上的运用技巧有哪些?
3. 试将契科夫的《变色龙》改编成戏剧剧本。
4. 分小组排演话剧小品。

模块十一　影视剧本的写作

第一节　影视剧本的概述

一、影视剧本的含义

影视艺术被称为“第八艺术”，它是通过影视技术的手段，在银幕上或屏幕上创作形象活动的画面和声音来表现生活。随着影视艺术的发展，影视艺术的表现手段不断提高，影视剧本也就有了更高的要求。

影视艺术是一种用文学手段表现影视作品内容的文学式样，主要通过叙述和描写手段为影视创作提供内容、框架、故事情节、人物形象和作品主题等。影视艺术创作的第一个环节是影视剧本创作，它是影视艺术创作的基础。因此，也可以说，优秀的影视剧本也是优秀的文学作品，具有较高的文学价值。与小说创作不同的是，影视剧本的创作必须为搬上银幕提供基础，要充分考虑影视特性，考虑导演、演员、摄像、音乐、美工等二次创作的需要和可能。所以，与别的文学样式相比，影视剧本在写作上更注重剧情冲突的设置和人物语言的个性化。影视剧本的作者——影视剧作者除了需要有深厚的生活根基和扎实的文学功底外，还需要熟悉影视创作的基本知识和方法，能够熟练运用影视语言来思考和表达。如我国著名的影视剧作家夏衍、田汉、阳翰笙、李準等，他们首先都是一些成就卓著的戏剧家或小说家。

美国著名影视剧作家悉德·菲尔德指出：“一个电影导演可以拿到一部伟大的电影剧本拍摄成一部伟大的影片。他也可能拿到一部伟大的电影剧本而拍摄成一部糟糕的影片。但他绝不可能拿到一部糟糕的电影剧本而拍摄成一部伟大的影片。”由此可见，影视剧本的创作对影视作品的成功与否有着决定性的意义。如影片《卡萨布兰卡》、《教父》、《唐人街》等的成功，都跟其优秀的剧本有着直接的关系。

影视剧本的创作使命之一是塑造鲜明生动、呼之欲出的人物形象，但是与文学创作中作者可以随时先知先觉站出来进行心理描写、发表评论不同，影视艺术是拒绝作者参与的艺术，它主要靠人物自身的行动来演绎故事、推动情节发展。所以，这就要求影视剧作者在进行创作的时候，要以高超的编剧艺术将自己对社会人生的体验、对具体人物性格的要求融入人物行动中，从而塑造出典型环境中的人物形象。优秀的影视艺术为我们留下的往往是一些性格鲜明的人物形象，如《霸王别姬》里的程蝶衣、《还珠格格》里的小燕子、《茜茜公主》里的茜茜公主等，而不是如画的风景、曲折的情节，其中的原因也就在这里。

二、影视文学的源流

电影诞生于1895年，迄今只有一百多年的历史，电视发展于20世纪30年代，迄今还不到一百年。无论是电影还是电视，其诞生之初都没有被看作是一门艺术而仅仅被看作一种记录和传播的工具。经过无数影视艺术家的代代努力，电影和电视终于成为人类继文学、绘画、雕塑、音乐、舞蹈、戏剧之后的又一艺术门类。

应该说，影视文学晚于电影、电视出现。最初的电影没有声音，电影史家称为“默片”。直到 1927 年，好莱坞的华纳兄弟公司推出歌舞片《爵士歌王》，电影才结束了“哑巴”生涯，成了视听综合艺术。

“默片”时期的电影没有声音，观众听不见人物的对话，卢米埃尔期人们曾尝试在放映时请钢琴师在幕后演奏，让演员直接在幕后对话。当时，影片的情节都比较简单，人物也没有什么性格可言。导演只需在拍摄前拟好一个故事提纲就好了，无所谓剧作，电影大师卓别林的提纲甚至直接就写在自己的袖口上。有声片以及后来的彩色片技术出现以后，电影的变现手段取得了长足的进步，简单的情节和没有性格的人物，再也不能满足观众的精神需求，故事提纲也就被应运而生的电影剧作所代替。

因为电视剧的产生是在电影获得相当经验和成熟以后，所以电视剧就少走了电影“提纲拍摄”这一段历史，一开始就有相对完备的电视剧作。

“电影文学”这一概念是中国化的。在我国，电影一开始就和戏剧结下了不解之缘，戏剧剧本的文学性就影响到了电影剧本，加以其他多种元素，所以，长期以来观众就有阅读电影剧本的习惯。电影剧作家包括后起的电视剧作家都比较重视影视剧本的可读性和文学性，这样，就逐渐形成了一种独立于小说和戏剧之外，介乎于小说和戏剧之间，既供实地拍摄又供读者阅读的文学样式——影视文学。

三、影视剧本的分类

电影剧本的分类标准很多，大致可以分为以下几种。

1. 按影片的分类标准分

电影片的基本类型通常分为四种：故事片、纪录片、科教片和美术品。故事片是由演员扮演并且具有一定故事情节的艺术影片。故事片还可作各种具体的划分：按其反映题材的时期来划分，可分为历史题材片和现实题材片；按其题材范围来别分，可分为工业题材片、农村题材片、军事题材片、警匪题材片、儿童片、政治片和体育片等；按风格和样式来划分，可分为喜剧片、闹剧片、恐怖片、神话片、科幻片、动作片、功夫片、悬念片、惊险片、侦探片、推理片和灾难片等。但这些类别并不是依据着统一严谨的标准而划分的，各种类别多有交叉，种类概念也比较含混，但由于这些分类已约定俗成，且有其实践意义，所以仍被沿用至今。

电视剧本与电影剧本在内容方面没有本质的差别，因此，人们一般也参照电影剧本的上述分类来对电视剧本予以分类。不过，电视与电影在长度上有差异，所以，我们有必要从篇幅长度上对电影和电视作一些考察。

电影的长度是相对固定的。中国电影的长度规定在 10 本至 11 本，亦即 90 分钟至 100 分钟，上下集巨片一般在 160 分钟左右，国外的情况也大致相似。

电视剧的长度却相对自由，虽然单集长度较固定，但却可以并无限制地多集摄制，其总长度相当灵活。以长度为标准，可将电视剧分为如下几种类型。

电视短剧——又叫微型电视剧和电视小品（如江苏电视台 1986 的获奖作品《满票》），长度为 15 分钟至 20 分钟，剧情简单集中，表现手法近似于小品。

电视单本剧——我国单本剧的长度为 45 分钟至 50 分钟，国外则有长达 90 分钟的单本剧,其情节容量大致相当于一部短篇小说。

上下集电视剧——总长度为90分钟左右,容量相当于一部电影。上下集之间的衔接处一般安排为情节转折点,不是任意地分为两集。

电视连续剧——3集以上8集以下的称为多集连续剧或中篇连续剧(如《过把瘾》),8集以上即称长篇连续剧(如《水浒传》、《黑洞》),其特征是各集故事情节相连贯。它又被叫作"肥皂剧"("肥皂剧"的得名,源于它们在美国诞生和风行之初,大多有肥皂厂商赞助并插播肥皂广告),脱胎于美国20世纪30年代诞生的广播肥皂剧,它多年来发展迅猛,到20世纪60年代完全取代了广播剧的统治地位,但它仍带有十分强调人物语言的广播剧色彩。电影亦有连续剧类型,比如油谢铁骊执导的六部八集《红楼梦》,但毕竟比较罕见,票房效果亦不佳,一般来说,电影不宜采用多集连续形式。

电视系列剧——系列片亦为多集,但各集相对独立、不相连贯,只是剧中主要人物相对固定地贯穿于各集,《神探亨特》、《编辑部的故事》和《小佳佳游园》等便是此类电视剧。

影视文学是未来影视作品的蓝图,由于题材、艺术个性和审美原则的差异,影视文学呈现出各种不同的样式、风格和类型。就样式而言,有悲剧、喜剧和正剧等;就风格而言,有戏剧风格、小说风格、诗歌风格、散文风格、哲理风格和纪实风格等;就类型而言,有故事片、纪录片、科教片和美术片等。这些并不是依据统一严谨的标准来划分的,各种类别之间又多有交叉。

2. 按文体形式分

就影视剧本的文体形式而言,通常分为小说式剧本、镜头式剧本、对话式剧本和分镜头剧本。

(1) 小说式剧本。小说式剧本在形式上与小说有共同之处,如生动的人物刻画、细致的环境描写、逼真的细节描写等,都带有鲜明的视觉形象,具有很强的可视性,极容易转化为影视画面。剧本语言形象、准确,具有抒情性和音乐性,同时也隐含着有关影视拍摄的技巧。

(2) 镜头式剧本。镜头式剧本具有鲜明的视觉形象,但是文学性不强,不具可读性。剧本创作以影视艺术技巧和场面转换作为划分段落的依据,往往一个镜头或一个场景就是一个段落,每段的开头都标有场景、镜头号、地点、时间等内容,明确规定了拍摄方法、景别、画面构图、人物造型等技术要求。此外,剧本中对动作和画面的描述也主要以白描手法为主。

(3) 对话式剧本。对话式剧本是以人物对话为主,强调用个性化语言表达人物内心世界,含有丰富的潜台词和文学性。具有口语化特点,简洁、明了,通俗易懂。这在电视剧本中表现更甚。另外,对于时间、地点的提示以"某时、某地"等字样出现,非常简洁,对环境、场面也不作细致描绘。对话式剧本对影视拍摄技巧有具体的规定,有助于导演的再度创作。

(4) 分镜头剧本。又被称为影视脚本,是导演根据影视文学剧本对影片内容进行的再创作。它以镜头为基本单位,对于场景选择、拍摄技巧、镜头组接、音乐、效果等都有明确详细的规定,代表着导演的总体构思,专业性很强,不具有可读性,但可以直接供各方面创作人员拍摄使用,是真正意义上的"施工图",所以还可以称之为"导演剧本"。

分镜头剧本一般包括以下几个部分。

①镜号。一部影视作品是由几十、几百甚至几千个镜头组成,导演要对所有的镜头按顺序进行编号,以利于现场拍摄和后期制作。

②镜位。主要依景别而定,既要考虑主体表现情况,又要符合人的视觉规律。常见的景别有全景、中景、近景和特写,这些都在镜位一栏注明;若同一个镜头中有景别的变化,也要标明。

③摄法。拍摄技巧有拍摄角度（水平拍摄、仰拍、俯拍）、运动镜头方式（推、拉、摇、移、跟）、画面的转换技巧（淡入、淡出、化、划、切、叠化、叠印）等，这些技巧都要在摄法一栏注明。

④内容。内容包括环境、人物、动作和对白的描述，导演对选景、色彩和灯光等的注解要求。

⑤效果。效果即效果声，包括自然声响、动作声响、背景声响、机械声响和特殊声响等。剧本中要注明效果声的种类，如“风声”“雨声”“吃饭声”等的明确规定。

与前三种剧本着重于影视主题、人物、情节、结构以及风格等文学性相比，分镜头剧本是未来影视制作的可操作性文本。从文学可读性看，小说式剧本最强，对话式剧本次之，镜头式剧本和分镜头剧本最弱；从影视技巧性看，分镜头剧本最强，镜头式剧本次之，对话式剧本和小说式剧本最弱。

下面以《农奴》为例，来看看小说式剧本与分镜头剧本的不同。

小说式剧本

强巴定了定神，回过身来，见那负伤的战士挺立在那里，手里端着枪，向他笑了笑，又仰面朝天地倒在地上。

强巴忙奔了过去，俯下身去，探视战士。

就是在那山口，藏族老阿妈赠予哈达的青年战士，他还像个未成年的孩子，是那样的善良，又那样的刚毅。他又睁开眼，深望着身边的藏族兄弟，强撑着从胸前扯出了珍藏的哈达，已经浸透了鲜血；他把染红了的哈达交付强巴手里，瞑目了。

分镜头剧本

镜号	镜位	摄法	内容	效果
392	全		解放军战士已受伤倒地。	
393	全	跟	强巴跑到战士身边，将战士扶起。	
394	近	摇	战士面带微笑地看着强巴。	
395	特		强巴含着泪，感激地看着解放军战士。	歌声起
396	中		战士挣扎着从怀里掏出染血的哈达交给强巴，强巴接过哈达。	
397	近		强巴激动地看着哈达，抬头发现战士已经牺牲，他一惊。	
398	中		战士安详地躺在地上，强巴进画面，把哈达盖在战士身上。	

3. 按创作方式分

从创作方式分类，影视剧本还有原创剧本和改编剧本两种。原创剧本是编辑从现实生活中取材，通过虚构进行创作的影视文学剧本。大多数情况下，剧本中的人物和事件不受真人真事的局限，与原型相距甚远，难以从剧本中辨别出来。即使是虚构性作品，有时为了追求真实感，也常常通过手提摄影机拍摄、插入纪录片画面、即兴台词等处理办法，形成纪实视听效果。改编剧本是编剧将小说、戏剧、散文、报告文学、民间传说、寓言、童话乃至诗歌、小品等文艺形式的作品进行改编创作的影视剧本。近年来较为常见的重拍片、改拍片都属于改编范畴。

改编方法主要有以下几种。

①节选式改编。从整部原著中节选相对完整的内容单元加以改编，被称为“节选式改

编”。如动画片《大闹天宫》，就是根据我国古典名著《西游记》中有关情节改编创作的。

②创造性改编。从大量相近的文学或戏剧作品中，将主题、人物、情节等主要内容移植过来的称为“创造性改编”。如苏联影片《这里的黎明静悄悄》、中国电视剧《围城》等，就是根据同名中篇小说改编的。与原著相比，这种改编在形态上有显著变化。

③浓缩式改编。将头绪纷繁、篇幅浩大的文学作品加以浓缩，创作出影视剧本，称为“浓缩式改编”。如中国电视剧《水浒》、美国影片《乱世佳人》等。

④取材式改编。从原著中得到启发，在内容上重新创作从而写出剧本，称为“取材式改编”。如中国影片《黑骏马》、美国动画片《花木兰》等。

无论用什么方式改编，对原作都会有取舍、挖掘、创新。改编的难点在于如何处理同原作的关系，尤其是对名著的改编，一般要求在忠实于原作的基础上进行再创作。

第二节　影视剧本的审美特点

影视文学剧本是一种具有独特个性的文字样式，它在语言、表达方式、表现技巧、结构安排等方面都有着自身的特点。从审美的角度，影视剧本具有如下特征。

一、视觉造型性

影视艺术是所有艺术中最接近生活本身的种类，是造型表现力极为丰富的视觉艺术，所以影视剧本首先就要考虑视觉造型性，即影视剧作者所写的东西必须是可见的、能够被表现在银幕上的实人、实景或实物造型。正如普多夫金所说：“编剧必须经常记住这一现实，即他所写的每一句话将来都要以某种视觉的、造型的形式出现在银幕上。因此，他所写的字句并不重要，重要的是他的这些描写必须能在外形上表现出来，成为造型形象。”

与文学作品可实可虚的视觉造型性相比，影视剧本中不能出现小说家挺身而出对人物的评价，也不能出现散文家及诗人自由抒发的主观情感。如“我从乡下跑进京城里，一转眼已经六年了”这样的叙述性的语言，没有强烈的造型感，就不能直接转化为影视剧本中的造型形象。文学创作中的人物形象是在读者的脑海中间接生成的，而影视剧本的人物形象最终是以视觉方式直观形成的。如小说《红高粱》中“九儿出嫁”的情节只是一句极其平淡的交代，而放在电影中，则是一场长达十分钟的“颠轿”。轿夫们强健的身躯，动感极强的“颠步”，幽默诙谐的“嚎歌”，粗犷豪放的气质，这些生动的动态造型比起小说平淡的表现方式，更加活脱脱地表现出了黄土地的祖辈们“敢生、敢死、敢爱、敢恨”“活得痛快、死得干脆”的性格。当然，影视造型中有些内容从视觉审美的角度出发可能是让人无法接受的，是不美的，如血淋淋的凶杀、阴森恐怖的面容、暴露的情爱，出现在银幕上过于刺激、不太适合，而出现在小说中则是可以接受的，甚至还可以吸引读者无限想象。影视剧本中的象征、比喻等表现手段也要受到视觉审美的制约，如文学作品中很有表现力的比喻，如称赞白杨树是“树中的伟丈夫”、讽刺人的打扮像是“驴粪蛋上下了霜”等，在影视剧本中就无法运用起来。

在创作的具体阶段，影视剧作者应该是运用视觉造型性的画面语言来创作，也就是要考虑到色彩、构图、景别、光影、镜头剪辑等画面因素，即通常所说的把“摄影机纳入剧作构思”。

二、镜头运动性

影视镜头是影视作品最小的结构单位，是一个活动着的画面。这种镜头内部的“活动”既可以记录拍摄对象的动作，也包含着摄影机自身的“推、拉、摇、移、跟”的运动，可以细致生动地展示人物面部特写、言行举止，从而使画面产生强大的视觉感染力。一位电影理论家说过：“电影中人物的一个微妙手势所取得的效果，小说家可能要重复二三十次才能取得。”由此可见，通过动作写人，写出行动中的人，既是影视艺术的优势，也是影视艺术获得艺术魅力和艺术效果的重要特点。

影视剧本编写的是活动的影像，所以首先就应该让剧本的语言富有动作性。黑格尔指出：“能把一个人的性格、思想和目的最清楚地表现出来的是动作。人的最深刻方面，只有通过动作才能见诸显示。”举一个简单的例子，比如写一个人打电话，最好不要让他坐在电话旁只顾说话而没有明显的移动，如果剧情需要，可以让他站起来，或拿着电话走几步，尽量避免画面的呆板和单调。这样，“动作”就具有可视性。这要靠演员的形体表演来完成，同时也可以通过动作性画面的描写表现人物的心理活动，用明晰的语言动作表达人物的情绪、情感和思想。在影视作品中，人物的语言动作要和人物的形体动作、面部表情协调一致，使观众获得一个完整的视听结合的屏幕形象。

三、蒙太奇思维

“蒙太奇”原是建筑学上的用语，意为装配、安装，影视理论家将其引入到影视艺术领域，指影视作品创作过程中镜头之间的连接方法和组合关系。它是影视艺术独特的表现手段，好比装配工人把一部机器的各个零件按一定的顺序装配到一起，就构成一部可以产生动力和进行操作的机器。影视镜头就是蒙太奇的“零件”或“细胞”，蒙太奇则是将这些零件和细胞进行组装的规则，是一种影视语言符号系统中的修辞手法。

在文学创作中，尤其是我国传统的诗歌中，就可以发现大量蒙太奇手法的运用。如温庭筠的《梦江南》：“梳洗罢，独倚望江楼。过尽千帆皆不是，斜晖脉脉水悠悠，肠断白蘋洲。”这首词通过把“梳洗的少女”“独倚望江楼”“千帆经过”“脉脉含情的夕阳”“无情流过的江水”和“白蘋洲”等几幅不同的画面进行蒙太奇组接，从时间上完成了自早到晚的“跳跃”，生动刻画了一个女子等待所爱的人而终究失望而归的心情。

随着影视艺术的发展，蒙太奇已由过去的表现手法发展到剧作总体的蒙太奇思维。所谓蒙太奇思维，指的是影视艺术家为塑造屏幕形象而运用的一种形象思维方式，是创作者对现实生活观察、分析、概括并进行艺术构思所采取的一种特殊思维活动。因此，影视剧本在选择题材、组织素材、结构故事、创造节奏、营造氛围、拓展或浓缩时空、加强感情的时候，能够自觉运用蒙太奇的原则进行考虑，以不断运动的视觉效果来展现、叙述和描写，就会获得更大的成功。

当两个单独的镜头组合在一起的时候，将产生第三种含义，蒙太奇剪接赋予镜头以叙事和表意的功能。如苏联著名的库里肖夫实验的“创造性地理学”。

一个青年男子从左向右走过来。

一个青年女子从右向左走过来。

他们相遇了，握手。青年男子用手指点着。

一栋有宽阔台阶的白色大建筑物。

两个人走向台阶。

这样几个连接起来的片段，在观众眼中成了不间断的行动，两个青年在路上碰见，男子请女子到附近的一栋房子里去，而实际上这几个片段都是在不同的地点拍摄的。第一个片段是在国营百货大楼附近拍的；第二个片段是在果戈理纪念碑附近拍的；而第三个握手的片段是在大剧院附近拍的；第四个镜头中的白色建筑物是从美国影片上剪下来的白宫的画面；最后一个镜头中主人公走上台阶的片段则是在救世主教堂拍的。这些在完全不同地点拍摄的片段通过蒙太奇的组合，让观众看来就是一个整体了。“创造性地理学”就是这样利用人们的错觉把不同时空的片段构成一个可以理解的连贯整体，使蒙太奇的分解组合功能得以充分的体现。

一些影视剧本由于没有运用或没有完全运用蒙太奇思维来创作，这就使得导演不得不进行一些必要的改动。一个电影剧本中这样写道：“胡同拐角的井窝子旁，吱吱嘎嘎独轮水车一辆来一辆往。”导演将其改为：“水从深井里被打上来，倒在水槽里，流向接水的独轮车，吱吱嘎嘎，独轮水车一来一往接水送水。”显然，前者是运用文学思维，侧重于文学性的描写。而后者则是运用蒙太奇思维，侧重于描述视觉的流动感，我们似乎可以看到水是怎样被打上来，怎样流向水车，以及水车怎样接水。像“老天爷很不公平地为他安排了一条不幸的人生道路”“虽然他从小就很聪明、能干”“不平凡的道路上走着一个不平凡的人”等一类文学性的词句，是很难以视觉形象将它们体现在银幕上的，因而也就不能用在影视剧本中了。

影视蒙太奇是影视艺术得以生存和发展的特殊的、神奇的艺术方式。把蒙太奇思维融进构思和表达中，一方面可以使影视剧作者懂得如何从无限的、丰富的生活素材中选择和提炼出形象化的画面，从而组接成能够生动自然地表现剧作者创作意图的形式和动作；另一方面，可以使剧作突出主干，剔除枝蔓，从而达到简洁明快的效果。同时，观众也可以在观赏的时候充分发挥自己的想象力，补充剧作省略的枝节，为有所发现而获得一种审美的愉悦。

四、声画结合性

影视剧作者在注重视觉造型性的同时，也要注意构成影视镜头艺术表现力的特殊手段——影视艺术声画结合的特点。自从 1927 年美国第一部有声电影《爵士歌王》开始，影视艺术就变成了声画结合的艺术。声音与画面的结合，展现出影视艺术广阔的表现领域和非凡的表现力。影视艺术中的声音必须附之于视觉形象，一旦离开了视觉形象，声音就毫无意义。所以，一个影视剧作者的艺术能力，在一定程度上就表现为他能够巧妙地处理好声音与画面的关系，将听觉因素和视觉因素融合成一个有机的整体。

影视艺术中，声音在表现情感、心绪和意念方面有着独特的功效。影片《妈妈，再爱我一次》中，小强那一声声发自心底的呼唤和一曲《世上只有妈妈好》曾使多少人为之动容。如果离开了听觉的支持，仅靠视觉形象，艺术效果就会大打折扣。在某种程度上，听觉形象确实可称之为情感的“催化剂”，而在表现心绪上，声音更显得不可缺少。在影片《城南旧事》的结尾，小英子一家到父亲的墓地去扫墓后，宋妈要回老家了，画面是碧云天、黄叶地、车儿向东、驴儿向西，由此，那哀婉的滋味油然而生，使观众受到深深的感染，获得一种“有我之境”的美的感受。在《祝福》的片尾，当祥林嫂步履艰难地行走在风雪中，最后慢慢倒下去的时候，观众听到了财主家欢天喜地的爆竹声，声画对比所形成的强烈反差，使人们在同情之余，更悟出了其中的深意。

影视中的声音包括人声、音响和音乐三个方面。

人声主要是指人物语言,它是影视声音的第一要素,包括对话、独白、旁白和解说等。

对话在影视艺术中有展示说明、传递信息、塑造性格、推进情节、表现思想和烘托环境等作用。所以,影视剧作者应该对人物的对话予以高度的重视。在编写剧本时不仅要运用台词来交代故事情节、刻画人物性格和展示人物内心世界,同时还要把音乐和音响纳入统一的艺术构思之中。一般来说,设计人物对话要遵循四个原则:第一是个性化原则,即台词要符合人物特定的身份和个性,表现人物思想和性格特征;二是生活化原则,即台词要具有鲜明的地方特色和时代特征,富有浓郁的生活气息;三是简练化原则,即影视作品要尽可能用镜头"说话",尽可能少用对白,并要赋予对白以丰富的潜台词,能够给观众留下体味的余地;四是动作化原则,即台词要能够同演员的外部动作和内部动作密切配合,给演员的表演留下发挥的余地。

写好影视艺术中的对话,最重要的是要写出对话的动作性。所谓影视艺术对话的动作性,是指人物的对话要能够泄露人物的内心奥秘,能够表达人物的意志和愿望,能够对他人起到一定的刺激和影响作用,从而推动剧情发展,这样的对话才有意义。如果失去了动作性,对话就显得苍白无力了。

独白是指将人物在特定情境下产生的内心活动用语言的方式表达出来,它也是一种从内部来解释人物性格的手段,更多的则是一种强烈抒情性的诗意。旁白在影视艺术中往往以画外音的形式出现,是剧作者以第三人称或剧中人以第一人称的形式对剧情进行的说明或评述,主要体现为一种哲理性的诗意。解说是剧作者以局外人的身份对事件和剧情进行的阐释和说明,它在纪录片中运用得十分普遍。

音响在整个电影声音中是占比重最大的一个,约占声音总和的三分之二。音乐是最善于表现节奏和人的内心世界的。

声音和画面的结合一般有声画合一、声画分立和声画对位三种方式。

第三节　影视剧本的写作要领

一、影视剧本的题材选择

题材是影视剧本构成的基本要素,是影视剧作者在生活积累的基础上,根据总体艺术构思对大量素材进行审美化和有序化的选择、剪裁、加工而形成的剧本的基本内容,它是作品中人物、事件和环境的综合。

影视剧本从大量素材中提炼出影视题材,并在作品中描写具体的事件或生活现象。如果对影视作品进行宏观区分,在影视剧本表现生活所属的范围或性质方面,就有农村题材、历史题材和工业题材等。从题材描写的事件规模或意义大小方面,又有重大题材和一般题材之分。比如,苏联影片《莫斯科保卫战》和中国影片《开国大典》等,往往与重大的政治事件、历史事件相关,容易引人关注。而一般题材,像美国影片《克莱默夫妇》、《雨人》以及中国影片《邻居》、《本命年》等,则与人们日常的生活、思想、感情相关,容易引人共鸣。题材的选择不能完全决定一部剧本的思想成就和艺术价值,但是选取什么样的题材,却直接牵涉到创作者的生活积累和艺术个性,影响接受者的心理趋同和期待视野,也涉及社会和时代的要求,对作品的审美价值和社会效应会产生多方面的重要影响。

首先,题材的独创性是整个作品独创性的重要组成部分。剧作者在进行题材选择时,应该努力探寻那些被忽视的、陌生的、新鲜的生活内容,不必去重复别人已经表现过的东西。其次,影视作品要求有比较具体、集中的人物和人物关系,影视剧本最终是为银幕造型服务的,因此在选材时应该充分考虑到题材和造型的需要,尽量避免那些过分抽象或宏观的事件和场景,同时也应该避免那种过分内在化、心理化的内容。

二、影视剧本的主题提炼

影视剧本的主题是指通过艺术形象所表达出来的中心思想,是剧作家经过对题材的发掘、提炼而得出的思想结晶,也是剧作家世界观、人生观和美学观的集中表现。在创作过程中,主题是始终处于灵魂和统帅地位的,它制约着剧作者的创造性选择,主导着全部的创作活动。

一部优秀的影片在思想上或哲学上是具有引人注目的鲜明主题的,它代表着人们对真善美的希望,对和平、友爱、幸福、人性和人道主义的歌颂和弘扬。所以,进步性是选择主题时最基本的要求,如《战狼》,讲述了一个小人物成长为拯救国家和民族命运的孤单英雄的传奇故事,表现了个人、国家与民族的主题。同时,主题要有深广性,能够表达作者对历史、现实、人性的深刻观察和认识,揭示深刻的警示主题和发人深省的生活哲理,从而产生一张跨越时空的普遍意义。如《流浪地球》将故事背景设定在 2075 年,讲述了太阳即将毁灭,毁灭之后的太阳已经不适合人类生存,而面对绝境,人类将开启"流浪地球"计划,试图带着地球一起逃离太阳系,寻找人类新家园的故事。科幻电影虽然起源于欧美,但是改作品中不再是传统科幻电影中的超级英雄拯救世界,作品体现的中国亲情观念、英雄情怀、奉献精神、故土情结和国际合作理念,将中国独特的思想和价值观念融入对人类未来的畅想与探讨,拓展了人类憧憬美好未来的视野。

主题的提炼还要符合当代性、开放性、支配性的要求,所以,剧作者不仅要具有丰富的社会知识和文化知识,还要有一定的艺术修养和精湛的才能,构思出生动、真实、丰富、新颖的艺术作品。

三、影视剧本的结构安排

对于影视剧本来说,结构便是情节的组织和安排,是剧作者根据创作的总体需要对情节、人物、事件及其发展所进行的有意识的组织和安排。一部作品的结构是否精密、完美,是否有独创性,是衡量其艺术性高低的重要标志。视听结合的影视艺术,是由银幕或屏幕上一闪而过的画面连接而成的,所以影视剧作者应该重视结构技巧的掌握。完整巧妙的结构,能使作品的主题更加突出,人物性格更加鲜明,情节更加生动。

影视剧作者需要倾其全力,在剧本中精心营造叙事结构。影视作品中常见的叙事结构有以下几种。

1. 戏剧式结构

这种结构叙事性最强、情节最紧凑。它强调激烈的矛盾冲突,以冲突的肇端、发展、激化、爆发、解决为叙事逻辑来安排剧情,导致一个戏剧性的结局。像影片《公民凯恩》是由闪回来叙述的故事,但也有一个明确的开端、中段和结尾。戏剧式结构有相对简单的故事和人物关系,有跌宕起伏的情节线,也有疏密相间的高潮段落和极富戏剧性的结局。如美国影片《魂断蓝桥》,故事的矛盾冲突就是"纯洁爱情与传统观念"的冲撞,情节发展有着一张一弛、一起一落的波浪式运动轨迹。在开端中,罗依与玛拉一见钟情,这是美好爱情的第一次"起";情节的发展中,罗依的上司同意了他们结婚,这是美好爱情的第二次“起”;可惜因错过时间,婚礼推迟到第二天,这是一次“落”;玛拉到车站送罗依而被老板开除,这是第二次“落”;玛拉以为罗依阵亡,沦为妓女,这是第三次“落”;罗依突然生还,坚持要与玛拉结婚,这是美好爱情的第三次“起”;玛拉与罗依回家乡,发现两人有很多差距,这又是一次“落”;故事的高潮里,玛拉向罗依母亲坦白自己曾经堕落的经历,矛盾冲突总爆发;在结局里,玛拉出走、自杀,美好爱情在贵族传统观念的压迫下最后归于毁灭,这是最后一次“落”。多数故事片和电视剧都采用这种传统式结构模型。

2. 小说式结构

这种结构不要求对矛盾冲突的精细刻画,也不追求错综复杂的故事情节,而是追求时空的客观性与描写的微观性,用丰满的人物形象来表现人物的内心世界、生存状态、生活际遇。这种叙事结构往往可以赋予作品深刻的人文内涵和厚重的艺术品质,如美国影片《美国丽人》和中国影片《不见不散》等就是近似这样的结构。

3. 散文式结构

这种结构不强调故事的完整和情节的连贯,甚至没有鲜明的线索和紧张的冲突,它常常从主人公独特体验的真实经历里取材,以自由舒缓的节奏、平稳安静的段落、富有诗情画意的场景和镜头来抒发感情,描写生活,追求艺术美感。如《城南旧事》里三个不同时空的事件:秀贞和妞儿的故事、小偷的故事、宋妈的故事,这三个独立成章的故事是以作者美好人性的诗意体验为红线的一个艺术整体,创造了一种海外游子思乡、思国的抒情氛围,充分打动了观众。

4. 意识流结构

这种结构以剧中人物的内心活动为线索,随着人物的意识流动,如梦境、幻觉、奇想等,都可以通过画面的记录和再现来组织情节,让观众看到。例如,瑞典影片《野草莓》、法国影片《广岛之恋》和中国影片《阳光灿烂的日子》等。

5. 扁平式结构

这种结构最大的特征就是反叙事、反逻辑,多以若干个段落构成,段落之间没有时间、空间、人物、事件、因果等虚实要素的关联,甚至根本没有时间、因果。这样的结构在叙事上是完全静态的、扁平的,没有开端、没有发展、也没有结局,可以用来诠释某种隐含的主题或情绪,并带给观众难以名状的视觉和心理感受。如丹麦影片《白痴》和中国影片《重庆森林》等就具有扁平式结构的特点。

影视剧本的结构形式是多种多样的、千姿百态的,它们既有某些相同之处,又有各自的特点。从剧本结构的组成看,一般分为序幕、开端、发展、高潮、结局和尾声等。其中,开端、发展、高潮和结局又是剧本的主体。

序幕是中心情节展开以前的段落,一般是介绍人物身世,介绍剧情发展的起因、背景或环境等。剧本中的序幕可以采用直接造型表现,或者旁白、字幕等表现,有时则与演职员表的出现叠合在一起。序幕的篇幅必须简练。

开端主要交代时间、地点、人物,引出剧中主要人物和主要矛盾或者埋下伏笔,为情节发展打下基础。剧本的开端要引人入胜,特别是故事片,应该在第一时间抓住观众的注意力。如影片《芙蓉镇》的开端,从胡玉音的米豆腐店生意兴隆到李国香暗下计谋要陷害他止,主要人物都出场了,也拉开了矛盾的帷幕,为以后的剧情发展开了头。

发展是在开端以后,主要矛盾和次要矛盾的冲突不断加强、激化,是剧作情节的主干,言前启后，为后面高潮的到来做好准备，使矛盾冲突各方得到充分的展示，人物性格得到鲜明的展现。剧本中，发展部分的篇幅一般最长，内容最多，使观众的心理期待积累充分，高潮的到来便是“箭在弦上，不得不发”了。如美国影片《魂断蓝桥》，情节的发展经过了相爱、分离、误会、沦落等阶段，人物命运、人物关系的发展激起观众强烈的期待，为最后重逢、自杀的高潮做好了充分的准备。

高潮是剧中主要矛盾冲突发展到最紧张、最激烈、最尖锐的阶段，是决定人物命运、时间转折和发展前景的瞬间，也是积累起来的各种矛盾和情感的总爆发。高潮不宜出现过早，否则就会影响观众的接受心理，一般是在剧本的后半部。如影片《红高粱》，最后“我奶奶”壮烈牺牲，既展示了“我奶奶”的英雄本色和巾帼情怀，也将全片的感情推向了高峰，给人留下了深刻印象。

结局是情节发展的最后阶段，主要矛盾冲突已经结束，人物性格发展已经完成，主题也有了明确的完整表现。如《早春二月》的结局，萧涧秋离开了芙蓉镇，一方面说明他与当地各种封建习俗和社会势力的斗争是暂时结束了，另一方面又表明他开始了对人生道路新的探索。这样既对人物命运作了交代，也表达了丰富的主题思想，而且又暗示了一个新的开端，从而使剧作结构呈现出某种开放性。总之，影视剧作的结局应该从容而又干净，既不要潦草收场，也不能画蛇添足，而要做到画龙点睛，为全剧的思想、人物和情感拓展新的空间。

有的影视剧作还有“尾声”。它大致有这样几种作用：一是补充交代；二是展示事件未来的发展趋势；三是显示主要人物今后的生活方向；四是重复加深对全剧的主要人物、精彩情节或主题的印象；五是做出哲理性的概括。尾声有时采用字幕或旁白，有时是对剧中片断的重复，有时通过与画面配合的音乐、歌曲来点染。尾声必须简短、新颖、别致。

在结构手法上，影视剧本常用的设计手法是悬念和伏笔。

悬念，从本质上讲是观众的一种心理动机，是利用观众关切故事发展和人物命运的期待心理在剧作中所设置的悬而未决的矛盾，驱使观众从头至尾地观看影视作品，探寻“是什么”和“为什么”。不管是情节性很强的戏剧式结构的影视作品，还是扁平式结构的影视作品，都需要用悬念吸引观众。如希区柯克的名片《蝴蝶梦》，通过音响、道具、女管家的举止设置了一位不出场的丽贝卡的巨大悬念，紧紧牵动着观众的心理期待。如在丹麦影片《白痴》里，一群违背常理的年轻人毫无由头地“胡闹”，就是一种悬念，观众一直在试图弄明白：他们是谁？在做什么？为什么要这么做？

伏笔是指在剧情中，为将要出现的人物命运、时间变化所作的预示，其作用在于加强剧情之间的联系，同时也引起观众的期待。如《天云山传奇》中，冯晴岚在宋薇面前称赞罗群，这就是一种伏笔，为后来她与罗群的结合提供铺垫，同时观众也在关注着她与罗群关系的发展。

结构作为一种形式，首先必须为它所表达的内容服务，必须与总体艺术设计相符合。其次，结构要带给作品以鲜明的叙事节奏，既丝丝入扣，又从容不迫，在层层推进中，与观众的心理律动和感情变化相呼应。最后，结构还应追求和谐、变化和独特性，其本身也可以给作品带来独立的形式美。

思考与练习

1. 请分别阅读一个小说式、镜头式、对话式、分镜头式剧本，然后结合其内容实际，分析比较它们的特点，指出它们在写作艺术上的联系与区别。

2. 举例说明影视文学的造型性特点。

3. 结合影视文学剧本，分析蒙太奇的运用。

4. 练习写一个拍摄长度为 30 分钟的单本剧。要求：

(1)在“小说式、镜头式、对话式”等三种形式中选择一种形式练习，所写剧本要具备该形式的特点和要求；

(2)要有明确的人物关系，主要人物必须有一定的性格塑造；

(3)体现出应有的结构特点和情节推进方式；

(4)内容健康，主题明确。

参考文献

[1] 刘海涛.文学写作教程[M].北京:高等教育出版社,2005.
[2] 童庆炳.文学理论[M].北京:高等教育出版社,2008.
[3] 杨仲义.汉语诗体学[M].北京:学苑出版社,2000.
[4] 王泽龙.中国现代诗歌意象论[M].北京:中国社会科学出版社,2008.
[5] 范培松.中国散文史[M].南京:江苏教育出版社,2008.
[6] 孙绍振.文学创作论[M].福州:海峡文艺出版社,2009.
[7] 辛晓玲.平凡人生 宇宙深境——中国现当代散文意境研究[M].北京:民族出版社,2011.
[8] 徐扬尚.中国文论的意象话语谱系[M].北京:中国社会科学出版社,2012.
[9] 陈本益.汉语诗歌的节奏[M].重庆:重庆大学出版社,2013.
[10] 王成军.传记诗学[M].北京:新华出版社,2016.

后　　记

本书是教师们在长期的写作教学实践中，守正出新，博采众长，与时俱进，借鉴了“写作学”学科中一些新的科研成果，遵循国家最新颁发的《党政机关公文处理工作条例》和《党政机关公文格式》，经老教授和年轻老师共同努力而完成的。

本书的编写修订，得到了成都锦城学院校领导和重庆人文科技学院何向东校长及李茂康院长、教改办主任崔建的肯定与支持，才得以顺利立项；并得到了天津大学出版社有关领导及崔成山编辑对开发新教材的高度重视和大力帮助，才能使这部教材尽可能完美地进入大学课堂。在此一并致谢！

本书的编写分工如下：

郑　遨：模块一，模块二；

杨艾娟：模块六，模块九；

彭朝开：模块七，模块八；

温晶晶：模块三，模块四；

王　璐：模块五，模块十；

顾军霞：模块十一。

本书由于是多人执笔，行文风格可能不够统一，缺点甚至错误在所难免，请专家学者不吝赐教，以便再版改进！

本书在编写过程中，参考了一些专家学者的研究成果，借鉴了一些新的观点与提法，特此致谢！

2024 年 1 月